# MEMORIAS DE LUZBEL

# MEMORIAS DE LUZBEL

J.C. Ramírez

# MEMORIAS DE LUZBEL

Bellatores
Publishing

Copyright © 2020 by J.C. Ramírez
© 2022 by Bellatores Publishing LTD.
71-75 Shelton Street
Covent Garden
London
WC2H 9JQ
**www.bellatorespublishing.com**

ISBN: 978-1-7392181-0-2

Primera Edición

Para Siân, Evan y Joel, nunca olvidéis
que los sueños se hacen realidad,
vosotros sois mi prueba.

# Prólogo

Mi nombre es desconocido en la lengua de los humanos, por este motivo soy uno de los seres con más nombres del planeta tierra... El ángel caído, el anticristo, la bestia, Satán, Lucifer, Etc. Etc. Etc. Pero si tuviera la oportunidad de elegir un nombre entre todos ellos, elegiría uno que es el más acorde a todo lo que soy y a lo que siempre seré, un ser de luz, cuya luz es la más bella de todas... Luzbel.

Este será el nombre con el que me llamaré a partir de ahora para contarte mi historia.

Todos saben que para llegar a un juicio justo primero hay que escuchar las dos versiones de la historia. Ya habéis escuchado la versión del creador y de su hijo, y solo con esta versión todos me habéis juzgado y condenado sin darme siquiera la oportunidad de defenderme, pero... ¿nunca has llegado a pensar si mis acciones estaban justificadas? ¿Alguna vez has pensado que puede que no sea yo, el malo de la historia?

Por esta razón ha llegado la hora de que todos escuchen mi versión, pero... ¿realmente estás preparado para escuchar mi historia? por qué lo quieras o no mi historia cambiará para siempre tu forma de pensar y de ver la vida.

Si estás preparado para escuchar mi versión, entonces... comencemos por el principio.

# CAPÍTULO UNO
# En el Principio

Mi nombre es Luzbel, y no soy quién para decirte en que o en quien debes de creer, pero al igual que cualquier acusado en un juicio justo tengo derecho a defenderme y a decir mi versión de los hechos, y a partir de ahora te prometo que solo te diré la verdad y nada más que la verdad.

Para comenzar te diré que yo existo, más sin embargo no estoy vivo como tú, todo humano que nace vive y por consiguiente luego muere, yo nunca moriré porque simplemente no vivo, solo existo, siempre he existido y siempre existiré, soy igual que el aire, la luz o la electricidad, no están vivos, pero ahí están… Es mejor que no trates de entender esto porque solo te dolerá la cabeza. Los humanos aún sois muy jóvenes y en vuestra mente todo debe tener un principio y también un final, esas reglas no se adaptan a mí simplemente porque yo soy de otro mundo, y en mi mundo, las cosas son muy diferentes al tuyo.

Yo provengo de un mundo en el que no existe ni el tiempo ni el espacio, todo se compone básicamente de energía y luz. La materia, que es todo lo que compone tu universo, incluido tú, era algo que nunca se había visto en mi mundo, de hecho, era algo que solo existía en la mente de un solo ser, un ser al cual le debíamos la existencia, y a pesar de que al igual que yo tiene muchos nombres en tu mundo, a mí me gustaba llamarle solo de una forma… "El creador", porque era lo que más le gustaba hacer, todo aquello que nos rodeaba se lo debíamos a él. Él es uno de los seres más importantes y poderosos de mi mundo; solo había otro ser igual de extraordinario que El creador y ese era su hijo, los dos tienen un poder sin igual. Pero estando juntos era cuando su poder era invencible, sus dos fuerzas eran tan grandes que en ocasiones le daban vida a otro ser, lo único que tenían que hacer era desplegar todas sus fuerzas y unir sus manos, esto creaba a un ser con el doble de sus poderes, además su apariencia era la fusión perfecta del creador y de su hijo. Ese ser es al que hoy conoces como el "Espíritu Santo"; un ser que no podía existir sin la energía del Creador o la de su hijo, tres seres completamente diferentes que formaban un solo y todo poderoso dios. Todos los demás solo podíamos contemplar asombrados tan magnífico poder y ser agradecidos tanto con el padre como con el hijo.

En el principio yo era el ángel más importante de mi mundo, era el más poderoso y el más sabio entre todos los ángeles; solo superado por la santísima trinidad. Gracias a esta condición era considerado como el ángel favorito del creador, siempre fui incondicional con mi señor, y siempre trataba de ayudar a los ángeles por debajo de mi condición para que llegaran alcanzar mi nivel, ese era mi principal trabajo.

Si hay algo que tenemos en común en tu mundo y en el mío es que al igual que en el tuyo tenemos una jerarquía; esta es la que rige nuestro mundo y le da a cada ser un sitio en el que estar y un trabajo que hacer.

El origen de cada ángel incluido el mío proviene de la energía del creador, por eso estaría mal decir que nos ha creado porque siempre hemos sido parte de él, solo que en ocasiones daba forma a una pequeña parte de su energía, dando como resultado a un ser de luz, un ángel. Se podría decir que ese es el momento en que nace un ángel, pero a diferencia de los humanos cuando un ángel obtiene su forma la obtiene como adulto, y desde el primer momento ya sabe cuál es su objetivo y su razón de existir, ya que al haber sido parte de la energía del creador también obtenemos parte de su sabiduría y de su poder.

Cuando un ángel obtiene su forma lo hace sin alas, a medida que su poder va creciendo sale de su espalda unas sombras blancas con forma de alas, cuanto más nivel alcance este ángel esas alas pasaran de convertirse de sombras a energía, y finalmente cuando alcance el máximo nivel obtendrá unas alas de luz, ese es el máximo grado que puede alcanzar un ángel, esto lo sé muy bien porque yo era el único ángel con unas alas de luz; pero en mi caso a diferencia de los demás ángeles, yo he existido siempre con unas alas de luz. Nunca he sabido lo que se siente estar sin unas alas y desde luego nunca he tenido la oportunidad de subir de rango, porque desde mi posición mi próximo nivel sería convertirme en un dios, un igual al creador y su hijo.

A cada ángel con un nivel mayor se le asignaba un grupo de ángeles con un nivel inferior; el objetivo de cada ángel era el de llegar a ser igual que El creador, por eso nos ayudábamos los unos a los otros. El creador no era egoísta y nos alentaba constantemente a superarnos más y más para llegar a ser igual que él, eso era algo que se llevaba toda mi admiración y respeto. Por eso nuestro segundo trabajo como ángeles era el de servir al creador y alabarle siempre por su forma de ser, era algo que no nos importaba hacer y que yo disfrutaba mucho haciéndolo, porque él lo era todo para mí. Al menos eso pensaba en aquel momento.

Como había dicho antes mi mundo se compone de energía y luz, así que no tenemos edificios o casas donde vivir, mi mundo es realmente difícil de explicar cuando aún no habéis conseguido descifrar todas las leyes de vuestro propio universo, pero si podéis imaginar un espacio en blanco donde no existe nada más; tendréis una idea remota de como luce mi mundo. No tenemos viviendas, medios de transporte o ni siquiera algo que te pertenezca, todo es parte de todos y todos tenemos lo que necesitamos. Ricos o pobres es algo que no existe en mi mundo, si alguien necesita algo solo debe pensar en ello y esto aparecerá en frente, podrías pensar que es magia, pero esto es solo como funciona mi mundo. Otra diferencia en mi mundo es que cada ángel se puede desplazar a cualquier dirección, incluido arriba o abajo, a pesar de que algunos ángeles tienen alas estas no son necesarias para volar, así que no tenemos que agitar nuestras alas para volar como las aves en vuestro mundo, para nosotros desplazarnos en las alturas es tan natural como para ti correr o caminar; más sin embargo un par de alas puede ser de gran ayuda cuando quieres volar a mayor velocidad, ya que ofrecen gran estabilidad y pueden darte un extra empuje.

A pesar de que en mi mundo no hay espacios físicos, había zonas en las que no todos los ángeles podían estar, por decirlo de alguna forma en la que me puedas entender, en mi mundo existen dimensiones diferentes en las que solo puedes estar si tu nivel es elevado. El creador tenía su propia dimensión particular donde le daba forma a sus grandes creaciones, era una zona en donde solo podíamos entrar su hijo y yo, ese lugar era como su pequeño e infinito laboratorio.

Yo era el ángel con mayor rango de todos, pero a pesar de ello y de que tenía tareas asignadas no me hacía falta informar a El creador de los avances y objetivos conseguidos por los demás ángeles, todos éramos parte de él así que podía sentirnos y saberlo todo acerca de nosotros; así que informarle de los avances de los demás es como querer decirte a ti cuando sientes frío en las manos... nadie mejor que tú sabe el estado de algo que es tuyo. Aun así, me gustaba estar a solas con él para aprender y seguir evolucionando, yo era el ángel más poderoso de todos, así que el único ser que podía enseñarme algo era él.

En una ocasión fui a verle a su "laboratorio" me sentía un poco frustrado por que daba igual lo que hiciera, sentía que ya había llegado a mi máximo potencial, sentía que no podía dar más de mí, y aun así estaba muy por debajo del nivel del creador y de su hijo, no entendía que hacía mal o en que estaba fallando; y a pesar de que tenía la eternidad para lograrlo la paciencia era una virtud que me costaba dominar, así que fui a verle para pedir consejo.

Con la idea en mente de ver al creador me dispuse a entrar en su dimensión particular. Era algo que necesitaba de toda mi concentración y de todo mi poder para llegar hasta allí. Lo único que tenía que hacer era meditar, visualizar el lugar a donde quería ir y usar mi poder interior para llegar hasta allí, El creador y su hijo podían ir allí con solo un parpadeo, pero a mí me tomaba algo de tiempo lograrlo, pero considerando que era el único ángel que podía alcanzar aquella dimensión no podía quejarme.

Cuando por fin entré en su dimensión sentí algo dentro de mí que hacía mucho que no sentía... aquello era la sensación de sorpresa y desconcierto por no saber qué era lo que estaba viendo delante de mí.

Delante de mí había una pequeña nube negra que parecía crecer muy despacio, se iba expandiendo como un ser vivo que iba creciendo; era algo a lo que la luz de mi mundo parecía no llegar. Pero lo que había dentro de ella fue lo que más llamó mi atención; había miles de millones de luces pequeñas por todas partes, había tantas que era casi imposible de contarlas todas, fue tanta mi curiosidad que me adentré en aquella nube para mirar con más detalles aquellas luces. Estaban todas a mi alrededor, la forma más exacta de describirlo era como una lluvia de luciérnagas en la noche y yo en medio de aquello; pero cuando me acercaba un poco más a esas pequeñas luces estas aumentaban su tamaño, y cuanto más me acercaba a una en particular más grande se hacía, se hacían tan grandes que incluso podía estar encima de ellas y ver que todo a mi alrededor bajo mis pies estaba formado por esta materia nueva.

Era algo que nunca había visto antes, era una luz muy diferente a las de mi mundo, porque estas parecían tener un origen y también un fin, era como una llama que se expandía por todas partes, pero a medida que avanzaba perdía fuerza, además estaban hechas de un material del cual no tenía ningún conocimiento. Mayor fue mi sorpresa cuando me alejé de esas luces para ver qué había al otro lado, al final de aquello, y vi algo que desconocía hasta ese momento, vi que se creaba cuando sus fuerzas llegaban a su fin, vi la oscuridad. Nunca antes había conocido ese término, oscuridad; en mi mundo todo está formado por energía y luz, y la luz que desprende un ángel es infinita, llega a todas partes, pero dentro de aquel espacio mi brillo no avanzaba demasiado, parecía ser engullido por algún tipo de materia oscura que inundaba aquel lugar, la oscuridad era algo que no se había visto antes, pero ahí estaba yo, rodeado de esa nueva cosa que en ese momento no sabía cómo llamarla.

Volví acercarme a las luces, y cada una que miraba tenía algo distinto a las demás, lo más curioso es que todas se movían de una forma muy curiosa, giraban sobre sí mismas y también alrededor de una luz aún más grande, en principio aquello parecía un caos, pero cuando miraba atentamente podía ver que todas las luces tenían un sitio y un orden. Me acercaba y veía que estaban formadas por colores que nunca había visto, no solo eso, era incapaz de describir la textura y el color. Estaba fascinado mirando todo, hasta que sentí la presencia del creador cerca de ese lugar, estaba dentro de una luz muy cerca de allí, así que viajé buscando el lugar preciso donde se encontraba mi señor.

La luz donde se encontraba no era muy llamativa, a pesar de que no era la más brillante o la más grande en comparación de las otras, aquella tenía algo muy especial. A medida que me acercaba veía como dos colores la formaban, verde y azul, una sola mancha verde en el centro y lo demás era azul, cuanto más me acercaba más colores se hacían presentes, miles de tipos de azules y de verdes, hasta que finalmente pude posarme encima de aquella luz, lo verde ahora tenía también tonos marrones y el azul no estaba solo en el suelo, también estaba arriba, pero era otro tipo de azul, y otro tipo de material, el azul de arriba era liviano, suave, casi inexistente en comparación del azul del suelo, que era más espeso, más compacto y además lleno de seres de no luz, había muchos tipos de esos seres, su forma y aspecto no era nada parecido a la de un ser de luz, eran tan diferentes que incluso parecía que no podían verme, y no solo el azul estaba lleno de estas criaturas, también el verde y el marrón tenían criaturas completamente diferentes, enormes y con aspecto de ser muy fuertes, incluso eran amenazadores.

Aquello era una verdadera locura, había tantos seres tan diferentes, al igual que tantas cosas que no había visto hasta ese momento. Mi sensación era la misma de un niño en una tienda de juguetes, eran solo animales, árboles, montañas, rocas, océanos y millones de cosas más que ahora a nadie le sorprende, pero yo fui uno de los primeros seres en la historia en presenciar la creación de todo tu mundo, y yo, viniendo de un mundo de luz aquello me dejaba sin palabras.

Los seres de luz no tenemos cuerpo físico, nuestro cuerpo es todo energía, no hay ni una sola partícula de materia dentro de nosotros, por esta razón podemos modificar nuestro tamaño a nuestro antojo, este es el motivo por el cual podía adentrarme a esas pequeñas luces que me rodeaban al principio cuando entré en la dimensión del creador, luces que luego conocería con el nombre de planetas.

A escala normal para mí, tu universo no es más grande que el de una maqueta en el salón de una casa, pero eso no le quita mérito gracias a su gran complejidad, y sobre todo, porque era un mundo muy distinto al mío, todo aquello era algo único.

Seguí recorriendo aquel nuevo mundo hasta encontrarme frente a frente con El creador, me miró, pero no con cara de sorpresa, lo hacía con cara de satisfacción al ver mi cara de asombro con todo lo que había creado, me acerqué un poco más y le hablé con un tono de asombro y de estupefacción...

- ¡Señor! ¿Pero qué es todo esto? ¡Qué has creado aquí! -

Él solo me miraba fijamente y me contestó...

-Luzbel, ¿te gusta todo lo que ves? -

Me respondió, con una gran sonrisa y a la vez con un tono de mucho orgullo por todo lo que había hecho.

- ¿Gustarme? Aún me cuesta creer que todo esto sea posible y no una ilusión, pero... ¿Cómo es posible todo esto? -

Volví a preguntarle sin quitar en ningún momento mi cara de asombro...

- Esto no es nada - Respondió con una voz muy amable y suave

En ese momento pensé que no podía poner más cara de asombro hasta que escuché eso, así que volví a preguntar...

- ¿Es que aún hay más? ¿Qué puede haber que sea incluso mejor que todo este mundo? -

Le pregunté sin quitar la vista ni un solo segundo de sus ojos; él solo sonrió y me dijo...

- Mi querido Luzbel, aún no has visto nada -

Seguí hablando con mi señor y me explicaba todo aquello, me daba las primeras clases de cómo se componía y cómo funcionaba ese universo, la nueva luz que había creado, la oscuridad, el día y la noche, también el tiempo y el espacio, todas esas cosas más las nuevas normas que no existían en mi mundo y que hasta hoy siguen sin existir.

Mi mente era como una esponja, absorbía sin parar todos esos nuevos conocimientos que El creador compartía conmigo, era algo que no experimentaba hacía mucho, la sensación de no saber nada, el desconocer todo ese mundo era algo muy estimulante para mí, mi sed de conocimiento no tenía límites y El creador no tenía ningún reparo en enseñarme todo su nuevo mundo, un mundo que estaba encadenado y en el que estaban todos conectados con todos, desde el ser más pequeño hasta el más grande, todos estaban relacionados de alguna forma y todos necesitaban de todos para seguir viviendo.

A diferencia de un ser de luz estos seres eran creados de manera microscópica, El creador lo tenía todo dispuesto para que estos seres se fueran desarrollando poco a poco hasta alcanzar su forma adulta dentro de su propia especie, y una vez alcanzada esa etapa cada ser tendría la capacidad de multiplicar su especie, cosa que solo era posible porque cada especie tenía dos tipos de seres, machos y hembras, algo nuevo para mí. Todos los seres de luz estamos hechos de la misma forma, al no tener cuerpo físico tampoco teníamos algún tipo de sexo para diferenciarnos los unos de los otros, además la capacidad de reproducirnos a nuestro antojo es algo que no existe dentro del mundo de los ángeles.

A pesar de que esos pequeños seres no eran hechos de luz seguían siendo creados con parte de la energía de mi señor, pero solo lo suficiente para darles la vida, ya que estos seres no habían sido creados para alcanzar el nivel de un ser de luz y mucho menos el nivel de El creador, su única razón de existir era el de servir a algo más, pero... ¿a qué o a quién? Eran preguntas que no paraba de hacerme, y que pronto tendría respuestas.

Volví a mi mundo y no dejaba de pensar en aquel fantástico mundo donde aún seguía El creador, él no paraba de crear nuevos seres. Su objetivo era el de llenar por completo aquel lugar con una gran variedad de estos seres, o como él los llamaba, animales. Yo en cambio debía seguir trabajando en mi mundo, tenía un grupo asignado al cual debía ayudar, este grupo estaba conformado casi en su gran mayoría por ángeles con alas de sombra y solo unos cuantos con alas de energía, mi grupo sentía una gran admiración por mí y la verdad es que era muy confortante ver la manera en que se dirigían a mí, o como me hablaban, porque era la misma forma que yo usaba para hablar con El creador, más que su líder era su guía espiritual.

Al igual que El creador yo no tenía ningún reparo en enseñarles todo lo que sabía en ese momento, me gustaba ayudarles para que siguieran evolucionando, pero por mucho que me esforzaba solo un grupo pequeño de mis ángeles habían conseguido las alas de energía, era gratificante ver como evolucionaban gracias a ti, pero no me sentía conforme por que el grupo era muy pequeño y mi mayor ilusión era convertir a todo mi grupo en ángeles con alas de luz, con ello quería demostrarme a mí mismo que si ellos podían alcanzar mi nivel, entonces yo podría alcanzar el nivel de El creador.

Cada vez que mis obligaciones me lo permitían me escapaba a la dimensión del creador, estaba completamente fascinado por ese pequeño universo que estaba creando y sobre todo en ese planeta azul donde más esfuerzo dedicaba, cada vez que entraba había algo nuevo y único, no sabía hasta donde llegaría la imaginación de mi señor con ese nuevo mundo, a pesar de todo lo que había creado él seguía cada vez con más cosas, eran muchos detalles a tener en cuenta y mucho trabajo que aún le quedaba por delante. Yo por mi parte trataba de aprender todo lo que podía de él, miraba con mucha atención todo lo que hacía y luego trataba de imitarle.

Mi señor, en un gesto más de humildad y de grandeza dejó que le ayudara con algunas cosas de aquel mundo, pero mayor fue mi sorpresa cuando me propuso crear vida, él quería que yo creara mi propio ser vivo con mi propia energía, aquello fue un trabajo muy duro que por momentos sentí que podría superarme, pero gracias a los buenos consejos del creador y a toda mi concentración pude lograrlo, di vida a un pequeño ser con una apariencia majestuosa, cuerpo alargado con colores muy vivos, patas cortas que compensaba con un par de alas, quería que mi pequeño ser tuviera la oportunidad de surcar los cielos y estar muy cerca de la tierra a su antojo, que pudiera disfrutar de esa tierra que yo no podía disfrutar de la misma forma.

Mi pequeño ser era un poco insignificante en comparación a las demás criaturas del creador, pero por primera vez en mi historia me sentí poderoso, omnipotente, al darle vida a un pequeño ser, saber que vive gracias a mí, sentía un auténtico amor y orgullo de padre por aquella pequeña criatura, y sé que en el fondo ese pequeño ser también podía sentirme de alguna forma.

El haber creado aquella pequeña criatura me había dejado muy agotado anímicamente para intentar repetir todo el proceso o aprender algo más complicado, así que a partir de ese momento solo me dedicaba a mirar a mi señor y a visitar a mi pequeño ser vivo, aquello hizo que me diera cuenta de lo mucho que me faltaba por aprender; El creador no paraba de darle vida a todo tipo de animales de diferentes tamaños y complejidades, y yo solo con un pequeño animalito ya había tirado la toalla para seguir creando, aun así él se sentía muy orgulloso de mí, yo solo era un ángel y no solo estaba en su dimensión donde no podía llegar ningún otro ángel, sino que además había dado vida a un pequeño ser de materia viva, ese pequeño ser era mi medalla al mérito.

Gracias a que ese pequeño ser estaba hecho con parte de mi energía yo podía sentir de alguna forma todo lo que él sentía, ver lo que él veía, escuchar lo que él escuchaba, incluso había momentos en que la conexión era tan fuerte que muchas veces sentía que yo era aquel pequeño ser, podía sentir el tacto de la tierra entre mis patitas, sentir los sabores del aire con mi lengua, volar y sentir el viento bajo mis alas, ese animalito era mi conexión directa a ese nuevo mundo, lo que hizo que me volviera completamente adicto a ese mundo, y amarlo de igual forma como amaba a mi propio mundo.

Cada vez que yo entraba a la tierra lo primero que hacía era conectarme a mi pequeño ser, lo hacía tantas veces que poco a poco fui controlando a mi creación más y más hasta llegar a un punto en el que yo podía estar dentro de su cuerpo y controlarlo a mi antojo.

Disfrutaba con los pequeños placeres de estar dentro de ese pequeño ser, pasear por la tierra y ser testigo de cómo se vive allí, surcar los cielos con mis alas, refrescarme dentro del agua, comer. Pequeñas cosas que para un ser de la tierra no significa nada porque todo eso es su día a día, pero en mi mundo todas esas sensaciones no existen, así que era una adicción el sentir que pertenecía aquel planeta, para mí ya era como mi segundo hogar.

A El creador le complacía ver cuánto disfrutaba yo de su nuevo mundo, a pesar de que siempre estaba ocupado también estaba atento a todo lo que yo hacía, veía como crecía mi cariño por la tierra y también por mi pequeño ser.

Aquel planeta no había sido el primero al cual el creador le había dedicado tanto tiempo y esfuerzo, pero aquel planeta tenía algo en particular, algo que hacía que El creador mirara todo a su alrededor y sintiera que algo más faltaba allí para ser perfecto. Hasta que finalmente un buen día El creador tomó la decisión de usar aquel planeta como hogar para el que sería su mayor creación; así que sin pensárselo dos veces comenzó a hacer algunos cambios en el planeta.

Al principio solo había una gran masa de tierra en el centro del planeta, pero El creador dividió la tierra en diez piezas y las hizo separar las unas de las otras, en el centro del planeta creó una isla de un tamaño colosal y de un aspecto diferente a las demás islas del planeta, esta era redonda con varios anillos de tierra rodeándola. En el interior de la isla se aseguró que los animales que había allí fueran de los más inofensivos en comparación a los grandes animales que había en los continentes alrededor de la isla. Una vez terminada la isla El creador la miraba y se sentía complacido, él sabía que había llegado el momento.

Un día se me acercó mientras yo admiraba a mi pequeña criatura y me dijo…

-Ya ha llegado la hora-

Le miré con asombro y pregunté…

- ¿Has terminado con este mundo? –

Él sonrió y me respondió

- Sí, así que es hora de hacer mi mayor creación… hagamos al hombre -.

## CAPÍTULO DOS
# Y Dios Hizo al Hombre

- ¿Al hombre? -

Pregunté sin saber exactamente a qué se refería

- Si - volvió a responderme

- Hagamos al hombre a nuestra imagen y semejanza, para que señoree los peces del mar, las aves del cielo y a las bestias de la tierra -

El hecho de pensar en un solo ser que gobernara todo aquel mundo me daba una idea clara de que clase de ser estaba a punto de crear, sería algo nunca visto hasta ese momento, un ser hecho a imagen nuestra pero hecho de materia... era algo extremadamente complicado de hacer, pero solo El creador tenía el poder y el conocimiento suficiente para hacerlo, y no solo eso, él estaba más que dispuesto a lograrlo.

El creador pasaba mucho tiempo en este nuevo mundo, así que su hijo se quedaba en nuestro mundo para llevar a cargo todas las funciones que desempeñaba su padre, lo cual no le daba mucho margen para venir a este nuevo mundo y ayudarle, lo que para mí era fantástico porque me permitía pasar más tiempo con mi señor, así que yo era el único que estaba allí para ayudarle en todo lo que pudiera necesitar, así que participé con mucho gusto en la creación del Hombre.

Con esto no quiero que pienses que también me debes la vida a mí, porque El creador podía hacerlo perfectamente sin mi ayuda, pero si quiero que entiendas realmente desde donde comienza mi historia con la humanidad.

Crear al hombre no era una tarea sencilla para nada, no solo por el esfuerzo colosal que se necesitaba para ello, sino que El creador quería crearlo igual que a un ángel, crearlo como adulto con parte de su poder y su conocimiento.

En lo personal hubiese preferido crearlo partiendo desde una pequeña célula, hubiera sido lo más fácil desde el punto de vista de un ángel con poco poder como era mi caso, e incluso se lo sugerí, pero no, mi señor quería un hombre ya adulto nada más crearlo.

Así que me dispuse a conseguir el material necesario para darle un cuerpo físico aquel ser, y creedme que aquello no era ni tierra ni polvo que se encontraba del suelo, de haber sido así mi trabajo hubiera sido mucho más fácil.

Una vez conseguido todo el material necesario mi señor y yo comenzamos a darle forma, queríamos que aquella masa sin vida fuera semejante a nosotros, al menos proyectábamos como sería nuestra apariencia si fuese hecha de materia, pero como lo he dicho antes es un trabajo muy complicado, porque... ¿cómo imitas la forma de algo que no tiene forma? Pero aun así cuando terminamos de darle forma yo no podía hacer nada más, el trabajo más complicado venía a continuación y esa era tarea para El creador.

En ese momento solo podía apartarme y dejar que mi señor terminara con su objetivo, darle vida aquel cuerpo inerte y crear al hombre, así que se acercó a aquel cuerpo sin vida y comenzó a pasarle poco a poco su energía, cada vez más, pero aquel cuerpo seguía igual, de pronto... El creador desplegó todo su poder sobre aquella figura, era un poder inmenso, interminable, algo que recorría todo el planeta, todo el universo, incluso los ángeles de mi mundo podían sentir su poder. Yo estaba en frente de él y no podía creerlo, sabía que era muy poderoso, pero hasta ese momento no conocía el verdadero alcance de su poder, y ahora era testigo de ello, veía como irradiaba su infinita energía, veía cuanto me quedaba por delante para llegar a ser igual que él.

La energía de El creador seguía penetrando en cada poro de aquella figura tirada en el suelo, recorriendo cada milímetro y cambiándolo todo, poco a poco aquella figura comenzaba a tener forma delante de nosotros, podía escuchar como salía un ruido de su pecho, cada vez más y más fuerte, eran los latidos de un corazón que ya tenía forma y trabajaba perfectamente, estaba bombeando sangre por un cuerpo que cada vez era menos materia inerte y ahora era más carne viva, El creador hizo un último esfuerzo hasta que finalmente todo estalló con un destello blanco que iluminó todo aquel mundo, los demás seres vivos del planeta se detuvieron, ninguno se movía, ninguno sabía qué hacer, cada ser del planeta sabía que había pasado algo pero no sabían el que.

Y yo que pensaba que ya lo había visto todo con el nuevo mundo... pero presenciar la creación de aquel ser me dejó perplejo, no sabía cómo reaccionar ante todo ese espectáculo, realmente no sabía si todo aquello había dado resultado, hasta que miré atentamente a los ojos del hombre... y este despertó.

El hombre abría sus ojos por primera vez y observaba todo alrededor. Seguía acostado en el suelo, pero su mirada recorría todo el lugar, lo miraba todo hasta encontrar de frente la mirada de su creador, mi señor lo miraba con un gesto de amor y orgullo fraternal, contemplaba su obra y se sentía satisfecho, aquel hombre desnudo delante de nosotros comenzó a levantarse, primero incorporó su parte superior mientras se apoyaba con sus manos, luego se apoyaba con sus pies y comenzó a levantarse hasta estar completamente de pie.

El creador era el único ser que el hombre podía ver, yo aún no tenía el poder suficiente para mostrarme delante de él, mientras El creador hablaba con él yo solo podía mirarlo con asombro de arriba abajo. Su cabello era dorado y rizado, sus ojos eran de un azul claro parecido al del cielo, su cuerpo daba la impresión de ser muy duro, como si llevase una armadura debajo de su piel, yo daba una vuelta alrededor de él y volvía a dar otra; era algo increíble contemplar aquel hombre que antes era solo un montón de materia sin vida, era algo único, para mí no solo era una creación más de mi señor, para mí El creador había creado un igual, para mi aquel hombre era también un dios.

Quería tocarle, pero era imposible, a pesar de estar a su lado yo no pertenecía a su mundo, solo podía seguir contemplándolo sin formar parte de ello.

El creador seguía hablando con El hombre, le enseñaba el mundo que había creado para él y le explicaba todo lo que esperaba de él como hombre.

Yo miraba atentamente como se perdían caminando en el horizonte, y sentía que mi presencia sobraba en aquel lugar, su mayor obra estaba terminada, así que no hacía falta que yo estuviera allí, aprovechando que El creador y El hombre se alejaban cada vez más de mí volví a mi mundo, quería dar la nueva noticia a todos los demás y seguir con mis obligaciones de ángel.

Poco a poco me acercaba a mi grupo de ángeles, y desde lejos podía escuchar como hablaban de lo que habían sentido hace tan solo unos instantes, de todo lo que había pasado, de aquel despliegue de poder que había hecho El creador. Yo seguía acercándome a ellos hasta que finalmente me vieron y todos salieron corriendo a mi encuentro, todos tenían muchas dudas y una curiosidad enorme por saber que había pasado...

- ¡Luzbel! ¡Luzbel! ¿Has sentido eso? ¿Sabes que ha pasado? -

Era lo único que me preguntaban todos al mismo tiempo

- Tranquilos, tranquilos, yo os explicaré que ha pasado - respondí

Les expliqué todo lo que había hecho El creador hasta el momento, aquella zona donde no cualquiera podía entrar, el nuevo universo, los planetas, aquel planeta donde más se centraba sus creaciones hasta llegar finalmente a la parte del Hombre, aquel nuevo ser que se pasea ahora mismo por los verdes prados de la tierra acompañado de El creador, al que podía mirar como su igual.

Mi grupo de ángeles escuchaban atentamente mis palabras y sus caras de asombro ahora me hacían gracia, porque suponía que era la misma cara que tenía yo al principio de todo. Terminé de contarles toda la historia y les dije...

- Aprended de esta experiencia y tenerla presente para trazar vuestro camino, porque ahora sabéis de verdad cuanto os falta por aprender y todo lo que tenéis que mejorar -

No quería que se desanimaran por ver el gran reto que representaba ser un igual de nuestro señor, todo lo contrario, quería que se estimularan para aprender más, que quisieran conseguir más poder y que tuvieran siempre presente, que si ahora hay un ser igual de espectacular que El creador nosotros también podíamos serlo.

Sin duda alguna aquello fue una inyección de motivación para mi grupo de ángeles, pero por desgracia a veces estar muy motivado no es suficiente para vencer los obstáculos, hay veces en las que la única forma de avanzar es con la constancia y la experiencia, algo que solo se adquiere con el tiempo y muchos fracasos a tus espaldas.

Durante el tiempo que estuve con El creador en la tierra había descuidado mucho mis deberes como ángel y a mi grupo, así que quise compensarles pasando con cada uno un tiempo para ayudarles en todo lo que podía, a pesar de todo lo que había aprendido en la tierra seguía ayudando a muy pocos ángeles, en su mayoría eran ángeles que desarrollaban sus alas de sombra, y algunos nuevos con alas de energía, pero seguía sin haber otro con unas alas de luz, lo cual era un poco decepcionante para mí, pero seguía sin perder la esperanza.

Recordaba aquel momento en que El hombre tomó forma y aquello me daba fuerzas para seguir adelante. Pero dentro de mí sentía que había algo más que debía hacer antes de ayudar a mis ángeles o antes de ser un igual a mi señor, y aquello era el volver a la tierra y ver en primera persona todo lo que pasaba allí, echaba de menos aquel lugar y a mi pequeña criatura, así que tuve que hacer una pequeña reflexión, si no estaba aportando nada nuevo a mis ángeles y el lugar donde más aprendía era la tierra entonces estaba claro que era lo que tenía que hacer.

Dejé asignado a mi grupo de ángeles unas pequeñas misiones que debían cumplir para seguir evolucionando, me aseguré de que fueran cosas para cumplir a largo plazo, porque de esa forma yo podría escaparme algún tiempo a mi querida tierra, y así lo hice, volví a la tierra donde aún me aguardaban muchas más sorpresas.

Las cosas en aquel lugar no paraban de cambiar de una forma vertiginosa, tal vez porque el tiempo no es un problema para mí y no sé en tiempo de la tierra cuanto tiempo estuve ausente. Pero desde la última vez que había estado allí muchas plantas que apenas estaban creciendo eran ya unos árboles que rozaban los cielos, los animales había cambiado también y muchos de los que había conocido ya no estaban, a la vez que había muchos animales que no había visto antes y que ahora se paseaban por aquel lugar, cuando pensaba que ya nada podía sorprenderme llegó la mayor sorpresa de mí existir, delante de mí a unos cuantos metros estaba El hombre, al parecer el tiempo tampoco le afectaba, pero sorpresa, no estaba solo, tenía compañía, semejante a él pero diferente a la vez.

Cabello largo, oscuro como la noche, piel blanca, pero sin serlo demasiado, sus ojos eran azules como el mar, y su cuerpo con unas curvas que El hombre no tenía, pero que a ese ser le quedaban muy bien, reflejaba una delicadeza y una dulzura que hizo que me olvidara por completo del hombre y me quedara fijamente mirando a este nuevo ser, pero... ¿Quién es? ¿De dónde ha salido tan espectacular imagen? Creía que con El hombre ya terminaba toda la creación, pero allí estaba aquella criatura que hacía que El hombre pasara desapercibido para mí.

De repente una voz sale detrás de mí...

- ¿Qué te parece la mujer? - era El creador que me había visto llegar, y me veía contemplar a su última creación.

- ¿La... mujer? ¿Así se llama? - Le pregunté sin quitar mis ojos de ella.

- Así es- me respondió,

- En este lugar todos tienen una pareja, existen machos y hembras, El hombre era el único en su especie, y también merecía tener a una compañera-

Yo seguía mirándola, y a donde ella iba iban mis ojos, y le dije al creador...

– Pues me parece que acabas de superar con intereses todo lo que has hecho hasta ahora -

Era la primera vez que me sentía así, completamente hipnotizado, era mirarla y me olvidaba de todo lo demás, aquella mujer no era un simple ser, para mí era una diosa, no me importaba caer rendido a sus pies y adorarla al igual que hacía con El creador, lo único que quería era estar cerca de ella y seguir mirándola, no me cansaba de ello.

El creador debía volver a nuestro mundo y seguir con sus obligaciones, pero aun así cada vez que el sol iluminaba el lugar donde estaba El hombre y La mujer él estaba allí, no se perdía ni un solo amanecer y siempre se interesaba por sus mayores creaciones.

Yo seguía fascinado con ella, su voz, su risa, esa mirada, esa manera de caminar y su forma de ser, todo eso hacía que no me perdiera ni un solo segundo de su vida, siempre estaba muy cerca de ella, pero ella no podía sentirme, ella pasaba los días abrazada a su hombre y yo me moría por saber que se sentía al tocarla, sentir su respiración. Hasta que vi mi oportunidad y la aproveché.

Como había dicho antes estar cerca de ella hacía que me olvidara de todo lo demás, así que también había olvidado otra de las razones por la cual había vuelto a la tierra, y esa otra razón era la de volver a ver a mi creación, a mi pequeña criatura. La verdad es que solo me acordé de ella porque casualmente uno de sus descendientes pasaba por allí. El creador también le había hecho una compañera a mi criatura y ahora también formaban parte de todo aquel ecosistema. El hijo de mi creación pasaba volando por allí y La mujer que descansaba bajo la sombra de un árbol lo vio y lo llamó.

- ¡Serpiente!, ¡Serpiente!, ven aquí pequeñín…- gritaba ella llamando a mi creación.

- (¿Serpiente?) - Pensé; no está mal como nombre para mi pequeña criatura. Resultaba que era uno de los animales favoritos de ella, le parecía muy bonito además de muy interesante, lo cual fue todo un halago para mí.

Pero aquella criatura a pesar de ser descendiente de mi creación aún era parte de mí, así que aún llevaba algo de mi energía, por lo tanto, al igual que mi criatura también podía estar dentro de ella y manejarla a mi antojo, cosa que no dudé ni un minuto en hacer, ya que la serpiente estaba en las manos de la mujer y ella no paraba de hablarle y de acariciarle.

Pero ahora ya no acariciaba a la serpiente, me acariciaba a mí, yo podía sentir el tacto de su piel con mis patitas y era tan suave, además que su olor era algo tan embriagador, un olor a flores y fruta fresca que me encantaba, además que el tacto de su mano por mi pequeño cuerpo era tan placentero, sentir el calor de su mano y tener su rostro a tan solo unos centímetros de distancia era el auténtico paraíso para mí.

Todos mis planes se fueron al traste, mi objetivo principal era conocer a la perfección cómo funcionaba aquel mundo, pero toda mi atención la tenían los seres humanos, en especial La mujer, cuanto más sabía de ella más me convencía a mí mismo que ella era la mejor creación hasta el momento.

Los seres humanos pasaban los días siempre juntos, jugando con los animales o recorriendo la isla en donde vivían de punta a punta, era increíble la gran dependencia que sentían el uno por el otro, porque parecía que no podían estar mucho tiempo separados, lo cual hizo que yo me planteara varias cosas acerca de mi mundo y de mí mismo...

¿Por qué los ángeles somos todos iguales y no hay dos especies como en este mundo?

¿Acaso yo no estoy hecho para tener una pareja?

¿Acaso yo no me lo merezco de la misma forma que se lo merecía El hombre?

Estar tan cerca de ellos y ver como disfrutaban de su compañía hacían que por primera vez me sintiera realmente solo. Ellos lo compartían todo y la cosa más insignificante para ellos tenía un sabor especial, cada mirada, cada caricia, cada vez que juntabas sus labios y se abrazaban muy fuerte. Ellos eran completamente inocentes, así que a pesar de estar muy juntos y desnudos la idea del sexo era algo desconocido para ellos, sus cuerpos no sentían ningún tipo de apetito sexual, ellos no sabían que la reproducción era algo que estaba a su alcance al igual que todos los seres del planeta, lo único que hacían era reír y pasar los días abrazados; al principio no me importaba, pero a medida que fui conociendo más a la mujer comenzaba a experimentar sentimientos que no había sentido antes, verla con él a veces se hacía doloroso para mí, así que en algunas ocasiones sentía que debía alejarme, porque no quería verla así con él.

En una ocasión comencé a pasearme y alejarme cada vez más de ellos, iba sin rumbo sin saber exactamente que hacer o a donde ir. De pronto, vi a una criatura de estatura media comiendo de un árbol, en principio parecía un árbol normal, pero mirándolo atentamente con mis ojos de ángel vi que ese árbol tenía algo especial, no estaba hecho igual que los demás, este parecía tener parte de mi mundo y parte del planeta tierra, tenía la misma forma que los árboles de alrededor, pero por dentro brillaba igual que un ser de luz, al igual que sus frutos. Aquella criatura comía de los frutos de aquel árbol, los comía con tantas ganas que me acerqué para verlo un poco mejor.

Mientras me acercaba aquella criatura seguía comiendo de aquel árbol. De repente esta criatura tiró con fuerza de una de las ramas del árbol, derribando algunos de sus frutos que cayeron al suelo y se alejaban rodando del árbol, una de aquellas frutas llegó rodando hasta donde yo estaba y se detuvo prácticamente a mis pies. Esa fruta era igual que aquel árbol, en apariencia era normal a las otras frutas de la isla, pero por dentro manaba un brillo que no podía ignorar…

- (Que fruta tan extraña) - no paraba de pensar. -Es la primera vez que veo algo así en este mundo-.

Extendí mi mano para intentar tocarla, pero sabía que sería algo en vano. Yo no pertenezco a este mundo y no puedo interactuar con nada de aquí, sabía que en cuanto intentara tocar aquella fruta mis dedos la atravesaría sin ningún resultado…

- Pero… qué cosa más extraña, no la he atravesado, la estoy tocando con los dedos y puedo moverla, no solo eso, ¡puedo agarrarla con mi mano al igual que hacen los demás seres de este planeta! -.

- ¿Pero qué clase de fruta es esta? - Puedo sostenerla en mi mano y sentir su textura, su peso, incluso podía sentir que estaba fresca; lo cual era una sensación nueva para mí porque en mi mundo no existe el calor o el frío. La tenía a unos centímetros de mi cara y la miraba detenidamente, aquella fruta parecía un híbrido entre un ser de luz y un ser de materia, era la fusión perfecta de los dos mundos.

Volví a mirar aquella criatura que seguía comiendo de aquellos frutos, y se le veía tan feliz, disfrutaba de cada mordisco que les daba a esos frutos. Mis ojos volvieron a posarse en la fruta que tenía en mi mano, y solo un pensamiento pasaba por mi mente… ¿Qué pasaría si…?

Poco a poco la fui acercando a mi boca y pensé… ¿Qué podría pasar?

# CAPÍTULO TRES
# Revelación

Aquello era como parte de un juego, tener la fruta en mi mano y pensar en morderla era algo inconcebible para mí, pero ya que estaba pasando quería saber hasta dónde podría llegar con aquella experiencia, así que lentamente la acerqué a mi boca, pero en realidad pensaba que nada pasaría, que mi boca la atravesaría o que si la podría morder no la podría tragar, así que no tenía nada que perder por intentarlo.

Abrí mi boca y la mordí. Le di un gran mordisco y si, tenía parte de esa fruta dentro de mi boca, podía masticarla y no solo eso, podía sentir como un desfile de sabores recorría por mi boca mientras seguía masticando, cada vez que masticaba era un pequeño placer que recorría todo mi ser, poco a poco aquel trozo de fruta se fue disolviendo hasta desaparecer por completo en mi boca.

De repente el caos, del placer pasé a experimentar una sensación que era desconocida para mí, desconocida y bastante desagradable, era el dolor, un dolor inmenso. Caí de rodillas al suelo mientras sentía como me quemaba todo por dentro, cada vez el dolor era más intenso, sentía una descarga de energía que sobrecargaba todo mi cuerpo y me hacía un daño terrible, la sensación era como si te hubieras metido un cable de electricidad en tu estómago y ahora te quemara la corriente eléctrica.

Yo no paraba de gritar y de retorcerme en el suelo de dolor, de angustia, de desconcierto…

- ¿PERO QUÉ ME ESTÁ PASANDO? ¿QUÉ ES ESTA SENSACIÓN TAN TERRIBLE? -

El dolor iba a más, ya no sabía que pensar ni mucho menos que me iba a pasar, mi mente solo estaba en blanco sintiendo ese terrible dolor que recorría cada espacio de mi cuerpo, y justo cuando creía que todo había acabado para mí, aquel dolor desapareció, todo se detuvo con la misma rapidez que comenzó, y de repente un alivio, un gran alivio era lo que recorría mi ser, aquel dolor ya no lo sentía, todo lo contrario, sentía paz, un gran descanso, una gran tranquilidad.

Me fui incorporando lentamente pero aún me sentía un poco aturdido después de aquella desagradable experiencia, me costaba razonar, no podía pensar con claridad, pero después de unos minutos mi mente volvía a funcionar…

- ¿Qué ha pasado? ¿Qué ha sido eso? ¿Había sido castigado por mi señor? -

Eran preguntas que inundaban mi cabeza, miraba aquel árbol que tenía en frente de mí y este seguía brillando por dentro, al igual que sus frutos. Miraba la fruta a la que le había dado un mordisco hace tan solo un instante, pero estaba intacta, no tenía ni una sola marca de mi boca, pero por dentro ya no brillaba tanto como era al principio.

- Pero, si esta fruta está intacta, entonces... ¿qué es lo que me acabo de comer? -

No dejaba de tener la sensación de que había hecho algo malo con todo lo que había pasado, así que con la idea de evitarme problemas y de no repetir aquella mala experiencia regresé de inmediato a mi mundo, ni siquiera pasé a ver por última vez a los seres humanos, solo quería volver a casa para pensar claramente en lo que me había pasado.

Todo aquello fue una pequeña travesura que se salió de control; de haber sabido que aquel árbol era el árbol del conocimiento y que El creador les había prohibido a los humanos que probaran de sus frutos seguramente yo no los hubiese tocado, ni mucho menos probado, pero a veces el azar puede jugar un papel muy importante en tu destino, cambiando las cosas por completo.

Regresé a mi mundo, pero aún no me sentía del todo bien, tenía que evitar a toda costa que otro ser de luz me viera en ese estado, que iba a decir...

(¿No me encuentro bien?)

Como decir eso en un mundo donde no existe el dolor, ni la tristeza, ni la depresión. Mi estado era simplemente inexplicable a ojos de los demás, así que me fui a un espacio donde pudiera estar solo y pensar en todo lo que había pasado y en todo lo que había sentido.

– Qué raro - no paraba de repetirme

- ¿De qué estaba hecho aquel árbol? ¿Por qué aquella criatura comía de sus frutos y no le pasaba nada? No lo entiendo -

Había muchas preguntas que solo me generaban más preguntas, pero por lo menos ya me sentía mejor, de hecho, volvía a estar a la perfección, así que lo mejor que podía hacer era regresar con los demás.

A medida que volvía con los míos miraba los lugares que había visto durante todo mi existir, todo estaba exactamente igual, nada había cambiado, pero yo los miraba de una forma diferente, todo había cambiado para mí, y eso me desconcertaba mucho.

Veía a mis ángeles haciendo grandes esfuerzos para llegar ser igual que su creador, pero ahora veía que eso era imposible, recordaba a las criaturas de la tierra y ahora entendía que cada especie tenía una fuerza y un poder distinto a las demás, cuanto más grande eres más poder tienes, y nosotros éramos solo insectos en comparación al creador.

¿Cómo es que no había visto eso antes? Como podíamos ser tan ilusos de creer que podemos llegar a ser igual que El creador con lo insignificantes que somos. Pero si es imposible llegar a ser igual que él entonces… ¿Por qué El creador nos seguía animando a ser como él? Nadie mejor que él para saber que eso no puede ser, entonces… ¿Nos ha estado engañando? Y si lo ha estado haciendo ¿por qué lo hace?, ¿Qué sentido tendría engañarnos de esa manera?

Seguía mirando mi mundo desde la distancia, a todos los ángeles que estaban allí motivados a ser un igual a ojos de su creador, hasta que este apareció delante de ellos, venía desde la tierra, de pasar un momento con sus queridos humanos, y ahora estaba allí delante de todos.

Lo que venía a continuación no era nada nuevo para mí, de hecho, era el protocolo habitual en mi mundo por cada vez que aparecía El creador en frente de nosotros, todos los seres de luz fueron de inmediato a reunirse con él, se postraron todos a sus pies y comenzaron a alabarle, a glorificarle, a decirle una y otra vez lo grande y maravilloso que es y lo afortunados que eran todos ellos por estar a su lado.

No era la primera vez que lo hacían, ni sería la última. Ahora que lo recordaba llevaba todo mi existir haciendo lo mismo que hacían ellos, y desde entonces nada había cambiado, yo seguía siendo el único ángel con unas alas de luz y no podía conseguir un aumento considerable de mi poder, yo siempre era el primero en estar a sus pies adorándole, pero ahora estaba mirándole desde la distancia, mirando aquella escena, y ahora todo estaba claro para mí.

No estábamos hechos para ser su igual, ni siquiera podríamos considerarnos como sus hijos, porque su único hijo nunca estaba a sus pies adorándole, solo lo hacíamos nosotros, ahora lo entiendo todo... solo somos sus sirvientes, sus esclavos, le seguíamos con la falsa promesa de que seriamos igual que él, pero ahora todo encaja para mí, solo nos usa para su propio beneficio.

Solo quería alejarme de allí, acababa de llevarme una gran decepción y mi existir acababa de perder todo sentido. Y es normal, ¿qué harías si un día te despertaras y te dieras cuenta de que todo aquello por lo que has luchado nunca se cumplirá? que aquel camino que pensabas que te llevaría a tus metas solo es un camino en círculo, que a pesar de no ver nunca el final del camino nunca te llevará a ningún sitio.

Por primera vez sentía un vacío enorme dentro de mí, mi hogar, mi paraíso, todo se había derrumbado y ahora me doy cuenta de que he estado viviendo siempre en una prisión, tenía el infinito para irme de un lado a otro, pero no tenía a donde ir.

- ¿Pero cómo es posible que nunca me había dado cuenta de esto hasta ahora? ¿Porque estoy viendo las cosas de esta forma? -

- ¡CLARO! ¡LA FRUTA! -

Aquella fruta de alguna forma me quitó la venda de los ojos, me ha hecho ver las cosas con otra perspectiva, es como si hubiera aumentado mi raciocinio ¿me ha hecho más sabio?

No hay otra explicación posible, por eso aquella criatura la podía comer sin ningún problema, aquel animal no es un ser que razone, por eso no le afectaba, en cambio a mí... a mí me ha cambiado.

Seguía apartado de todos, encerrado en mis pensamientos cuando una voz se escuchó detrás de mí...

- Luzbel, ¿estás bien? No has venido con los demás ángeles -. Era la voz de mi señor, con un tono de curiosidad y desconcierto.

Me giré para verle a los ojos, pero a diferencia de su voz, sus ojos me decían que lo sabía todo, sabía lo que había hecho y que era lo que estaba sintiendo ahora mismo. Pero yo solo me limité a contestar gentilmente su pregunta.

-Estoy bien señor, mejor que nunca- sonreí y volví a girarme dándole la espalda

Él solo se acercó y se puso a mi lado, mirando al horizonte igual que yo, los dos juntos en completo silencio, hasta que él rompió el silencio con su voz.

-Desde el principio siempre has sido el Ángel más poderoso de todos-

- El más sabio, el más fuerte -

- El ángel que sin duda alguna destaca por encima de todos los demás -

Yo seguía mirando al frente y le escuchaba con atención.

- Pero por esas mismas razones debes tener cuidado Luzbel, convertirte un ser importante te hace cometer errores importantes -

- No permitas que tu juventud empañe las grandes cosas que te aguardan-

Yo solo le miré, y le contesté.

- No señor, no permitiré que nada empañe la visión de mi camino -

Él solo sonrió y desapareció. Sin hacerme reclamos, sin decirme nada acerca de aquella fruta, sin pedirme explicaciones. Sus palabras aún sonaban en mi mente, pero para mí ya no había nada que me pudiera decir y hacerme cambiar de opinión, para mí ya estaba todo muy claro.

Miraba la inmensidad de mi mundo y la cara del creador estaba en mi mente, pero solo un pensamiento aparecía, y ese pensamiento era...

- Tal vez yo no sea perfecto como tú, pero tampoco soy tan insignificante como te crees que soy, voy a demostrarte que los seres de luz podemos ser algo más que simples sirvientes, te enseñaré que un ángel puede desarrollar más poder del que le has dado, y al igual que a los seres humanos te prometo que nos verás también como a un igual y no como alguien inferior -.

Mi objetivo ya estaba trazado, seguiría con mis oficios de ángel, pero con una gran diferencia, esta vez lo hacía sabiendo que El creador no esperaba que un ángel evolucionara mucho, esta vez estaba dispuesto hacer lo que fuera necesario para conseguirlo.

Desde que volví de la tierra no solo estaba más motivado a desarrollar por completo las habilidades de mis ángeles, también había aumentado mi sabiduría.

Mi inteligencia se había duplicado, y gracias a esto rápidamente disponía de todo un ejército de ángeles con alas de energía. Cada ángel nuevo que llegaba a mis manos rápidamente desarrollaba gran parte de su potencial, era algo nunca visto en mi mundo, todos los demás querían formar parte de mi grupo, y todos ellos sentían auténtica adoración hacia mí, yo les había dado esperanzas y les estaba enseñando el camino que debían de seguir, y ellos me seguirían a cualquier parte sin pensar.

Yo seguía comportándome como si nada hubiera pasado, seguía haciendo mis funciones de ángel, entre ellas las de adorar al creador. Cosa que ahora ya no me hacía mucha gracia, me sentía muy incómodo diciéndole una y otra vez lo grande y maravilloso que él es, y lo insignificantes que éramos todos nosotros en comparación, pero lo hacía para no llamar demasiado la atención.

Otro de los efectos de aquella fruta es que de alguna forma ya no estaba tan vinculado a mi señor como era antes. Al principio él podía leerme la mente sin ningún problema y sabía exactamente que iba a hacer mucho antes de hacerlo, pero ahora la sensación que él me daba es que no sabía que podía esperar de mí, también era porque ni yo mismo sabía que haría al final. Ahora era como si yo fuese el único dueño de mi destino, y solo yo pudiera controlar el resultado de mis acciones, ahora conocía algo que hasta ese momento nadie entendía además de El creador y su hijo, ahora conozco lo que es el libre albedrío.

Mi grupo de ángeles era cada vez más numeroso, tenía que dividirlo en subgrupos y dejar a cargo a los ángeles de alas de energía más fuertes para que el número siguiera aumentando. Mi única preocupación en ese momento era el de reclutar al mayor número de ángeles y convertirlos en los más poderosos de todo mi mundo, quería que el creador se diera cuenta de hasta donde podríamos llegar y que comenzara a respetarnos.

En ese momento lo que más me motivaba era pensar en los humanos, sobre todo en La mujer, ellos consiguieron ese estatus de dioses a pesar de haber sido creados por mi señor, así que había esperanzas para mí y los míos, si una creación de mi señor puede llegar a ese nivel entonces nosotros también.

Las cosas iban cada vez a mejor, pronto mi grupo de ángeles eran casi todos de alas de energía, y había algunos que parecía que en cualquier momento tendrían unas alas de luz, todo era perfecto para mí. Revolucioné por completo mi mundo y todo eso se lo debía al mundo de los humanos, y justo eran ellos los que no salían de mi mente, pensaba en ellos constantemente, hasta echarles de menos, quería volver a verles y estar nuevamente en aquel mundo que tanto me gustaba, así que porque no hacerlo, las cosas marchaban muy bien en mi grupo y una escapada a la tierra seguro que me vendría muy bien para desconectar de mi mundo y pensar mejor en que sería lo próximo por hacer. Nuevamente dejé asignados deberes para cada uno de mis ángeles y me dispuse a viajar a la tierra, pero esta vez me sentía un poco extraño, como si tuviese un mal presentimiento, la última vez que estuve allí cambió mi perspectiva, quien sabe que me podría encontrar ahora. Pero no me importaba, tenía muchas ganas de volver a ver a La mujer y aquel fantástico mundo.

Volvía a estar en suelo terrestre, y era como pisarlo por primera vez, este mundo seguía cambiando y había vuelto a cambiar desde la última vez que estuve allí, las plantas, los animales, sobre todo los animales, parecía que cada vez eran más pequeños, ya no tenían ese tamaño y aspecto amenazador como la primera vez que estuve allí, pero aun así seguían siendo de un tamaño descomunal en comparación con los humanos; por lo demás todo seguía siendo un auténtico paraíso, un espectáculo de luces y colores mirara donde mirara.

De pronto escuché una risa cerca de allí, una risa que reconocí de inmediato, era de La mujer, estaba bañándose cerca de un lago de allí, bañándose y jugando con El hombre.

Yo me quedé detrás de unos árboles mirándoles, contemplaba como se divertían, y nuevamente había quedado hipnotizado con la belleza de la mujer, se veía tan hermosa con su cabello mojado, con el agua recorriendo todo su cuerpo, y ahora que la veía con más atención no me había dado cuenta de que estaba completamente desnuda, todo su cuerpo estaba sin nada que la cubriera excepto por el agua cristalina, que obviamente no era ningún obstáculo para la vista.

Miraba sus piernas, su espalda, su pecho, su vientre y me parecía mucho más hermosa que en mis recuerdos, toda una diosa delante de mí. Tenerla tan cerca hacía que me olvidara de todos mis sentimientos nuevos hacia El creador, era mirarla y todo era perfecto para mí. No me importaría ser un esclavo para toda la eternidad si fuese ella mi dueña.

No me moví de aquel sitio, seguía detrás de aquellos árboles que tenían unos pequeños insectos, muy diminutos, pero eran demasiados, tantos que formaban un camino hacia donde avanzaban, me llamaron mucho la atención y seguí aquel camino de aquellos bichitos, de pronto de un camino salía otro camino hasta llegar finalmente a un animal que era 10 veces más grande que ellos, pero aquel animal estaba cubierto por esos bichitos que no paraban de atacarle, cada vez eran más y más los bichitos que se subían encima de él, hasta que este animal comenzó a derrumbarse y a moverse cada vez menos, hasta que finalmente dejó de moverse. Aquellos insectos tan insignificantes acabaron con la vida de ese animal que era mucho más grande que ellos, fue todo un ejemplo para mí.

Uno solo de esos bichitos no hubiera hecho nada en contra de aquel animal, pero todo un ejército le complicó mucho las cosas aquel pobre animal, que finalmente no tuvo más remedio que rendirse.

En ese momento mi clase de naturaleza fue interrumpida, sentí la presencia del creador cerca de los humanos, así que me acerqué para ver que hacían los dioses cuando se reúnen o al menos saber de qué hablan. Pero lo que vi fue lo que cambiaría mi destino para el resto de la eternidad.

El creador había aparecido al otro lado del lago, junto a la orilla, los humanos en cuanto lo vieron fueron nadando rápidamente hasta donde estaba él, cayeron de rodillas a sus pies y comenzaron a alabarle y a glorificarle, a decirle una y otra vez lo grande y maravilloso que es y lo insignificantes que eran ellos al lado suyo.

No me lo podía creer, lo estaba viendo, pero no daba crédito a lo que veían mis ojos, los humanos, a los que siempre he considerado como dioses estaban arrastrándose a los pies del creador igual que lo hacen los seres de luz, veía a la mujer a los pies del creador y pensaba...

- (¡Pero qué haces insensata!, tú no tienes que estar a sus pies, es él el que tiene que estar a los tuyos) -.

- (Ellos no, ellos no, ¿por qué?) - No paraba de repetirlo en mi cabeza.

Ellos eran mi única esperanza de creer que podría salir del estatus de sirviente, pero ahora estaba viendo que ellos tampoco tenían otro estatus que no fuese el mío, el creador solo había creado una red más de esclavos que le idolatren y le suban el ego.

Por primera vez en la historia fui el primer ser en sentir tantas emociones nuevas y tan intensas, sentí decepción, desconcierto, frustración, y finalmente la peor de todas las emociones, rabia.

Estaba muy enojado, colérico, el creador me había defraudado por completo, durante todo mi existir pensaba que lo conocía mejor que nadie, y ahora veía que solo era un ser egoísta que solo quería a un ejército de súbditos que le adulen todo el tiempo.

Seguía mirando aquella imagen y pensaba...

- (No lo pienso permitir, no dejaré que trate a los humanos de la misma forma que trata a los seres de luz)-

- Ya es hora de que haga algo -

# CAPÍTULO CUATRO
# Revolución en el Paraíso

Después de estar un rato con sus queridos humanos El creador regresó a mi mundo, y yo no podía aguantar ni un solo momento más aquel sentimiento de ira, tenía que hacer algo, así que sin pensármelo dos veces fui detrás de él. Regresé a mi mundo y fui hasta una zona donde solo tiene acceso el creador, su hijo y unos cuantos ángeles de alas de energía.

Cuando llegué los demás ángeles de aquella zona se quedaron mirándome, les extrañaba el gesto de mi cara, un gesto que nunca habían visto, yo seguía caminando con decisión, con la mirada puesta en el creador que estaba sentado en su trono, al lado de su hijo. Pero no me importaba que estuviera allí su hijo o los demás ángeles, tenía que decirle algo y nada ni nadie me iba a detener.

Él se quedó mirándome, sus ojos reflejaban algo de sorpresa, al mismo tiempo que curiosidad, era dios todo poderoso, pero ni él sabía que podría esperar de mí, solo yo sabía lo que estaba a punto de decir y lo que haría después.

Me detuve en frente de él, me miró fijamente y me dijo...

- Luzbel ¿Qué es lo que ocurre? -

Yo respondía a su mirada fija con la mía, que no vacilaba en enfrentarla, y le hablé como nunca le habían hablado, con decisión y reclamándole.

- ¡Por qué les tratas como a tus sirvientes! ¡Ellos no se lo merecen! -

El creador se sorprendió con mi forma de dirigirme a él, pero no fue el único, su hijo y los demás ángeles se escandalizaron con mi forma de hablarle

- ¿A qué te refieres Luzbel? - Me preguntó el creador

-Sabes perfectamente de que te estoy hablando-

Yo seguía reclamándole...

-Puedo aceptar que a los demás seres de luz nos utilices como a tus sirvientes, pero que hagas lo mismo con los humanos... ¡es imperdonable! -

Su hijo se levantó de su trono y me dijo...

- Luzbel, no entiendo a qué viene esa actitud, pero esa no es forma de hablarle a tu padre -

- ¿Mi padre? Le respondí con un tono de burla

- ¿En serio? -

- Que yo recuerde nunca he tenido un trono a su lado ni he sido reconocido como hijo de dios, yo solo soy un esclavo como todos los demás -

Su hijo se sorprendió con mi respuesta y trataba de hacerme entrar en razón, pero era una batalla perdida.

- ¡Luzbel! modera tú insolencia, no olvides a quien le estás dirigiendo la palabra- Fueron sus últimas palabras, pero yo apenas empezaba.

-Con el debido respeto hijo de dios, pero este tema no te concierne, he venido hablar aquí con tu padre, y debe ser tu padre quien me responda, no tú-

El creador se levantó de su trono, y su mirada ya no era de desconcierto, era de desafío.

- Muy bien Luzbel. Di lo que tengas que decir -

Ya había llegado muy lejos como para detenerme ahora, así que seguí…

- Durante todo mi existir sabes que siempre he sido tu ángel más leal, todo lo que hacías me parecía bien sin llegar a cuestionar nunca tus razones; siempre hacia lo que querías porque pensaba que todo lo que hacías era por el bien de todos… pero ahora veo que solo pensabas en tu propio bien -

- Luzbel cuida tus palabras - me respondió el creador con una voz suave pero firme…

- La luz al igual que la oscuridad puede cegarte de la misma forma si no sabes a donde mirar, lo que hoy te hace ver las cosas tan claras como tú piensas, mañana será la razón de tu ceguera -

Yo seguía mirándole atentamente, pero sus palabras lejos de convencerme reafirmaban mis nuevos pensamientos hacia él…

- ¿Ese es tu argumento? - Le contesté

- ¿Solo palabras sabias disfrazadas que dicen que aún soy muy inferior a ti para entender las cosas? - sonreí con ironía, le di la espalda y le dije…

-Pensaba encontrar una respuesta divina que explicara todo lo que he visto y todo lo que he aprendido hasta ahora… pero a cambio solo he encontrado más motivos para convencerme de que tengo razón…. Vuelves a subestimarme creador, y eso lo pagarás caro-

Nadie de aquel lugar daba crédito a mis palabras, yo comencé a caminar y alejarme poco a poco del creador. Había un silencio absoluto en aquel lugar y solo las miradas de aquellos ángeles me seguían mientras me alejaba. De pronto algo rompe el silencio…

- ¡LUZBEL! -

Era la primera vez que escuchaba mi nombre de esa forma, me detuve de inmediato, ninguna parte de mí podía moverse, me había quedado petrificado, esa voz me había atravesado por completo y retumbaba por todo mi mundo… El creador me había gritado.

Antes de dar media vuelta para ver la cara del creador él ya estaba detrás de mí, a solo un paso de distancia

- ¡Eres igual de necio como de listo! - Seguía gritándome… - ¡¿Es que no ves hasta donde te está llevando esta situación?! ¡Cada vez pierdes más el control de tus actos y de tus pensamientos! ¡RECAPACITA! -

Nuevamente volvía a insultarme con su forma de tratarme como a un niño descarriado. Yo no soportaba

la idea de que me tratara como a un ignorante que no sabía cómo funcionaba el mundo, cuando estaba completamente seguro de que era el único que veía las cosas con absoluta claridad.

Me giré, le miré fijamente a los ojos y le dije en un tono suave pero firme...

-Nunca aceptarás que un ser de luz tenga la misma comprensión e inteligencia que la tuya... ¿verdad? -

Él solo me miraba sin decir nada mientras yo le seguía hablando...

- ¿Tanto te cuesta creer que un ser de luz haya entendido como funcionan las cosas aquí? -

- ¿Tan insignificante te parezco que crees que puedes convencerme con tan solo un par de palabras... cuando con tus hechos me demuestras todo lo contrario? -

- Lo siento creador, pero las cosas han cambiado y sabes muy bien que no volverán a ser igual -

Me acerqué a tan solo unos centímetros de su cara, y le dije casi susurrando...

- Tal vez te deba mi existir, pero no por ello te pertenezco... ahora sé muy bien quien soy y que es lo que debo hacer -

En terminar mis palabras desaparecí de la presencia del creador, para mí ya todo estaba muy claro. Seguir hablando con él era una pérdida de esfuerzo, porque cada palabra suya solo servía para insultar mi inteligencia.

Me fui a una de las partes más apartadas y solitarias de mi mundo, sabía que tenía que hacer algo, pero no sabía exactamente el que. La verdad es que aún estaba desconcertado con todo lo que había pasado, aún me costaba creer que todo eso me estuviese pasando a mí. Yo, el ángel más leal, el número uno entre todos los demás, enfrentándose al creador cara a cara y reprochándole por sus actos.

Sus palabras aún seguían sonando en mi cabeza "La luz al igual que la oscuridad puede cegarte de la misma forma si no sabes a donde mirar" pensaba mucho en ello y me preguntaba constantemente... ¿pero, es posible que sea yo el que esté equivocado? ¿Tanto me falta por aprender que estoy desbordándome y sacando las cosas de quicio sin ninguna razón?

Pensaba en todo lo ocurrido, en las palabras del creador, en su mirada mientras me hablaba. Pero luego comenzaron a llegarme las imágenes de los demás seres de luz arrastrándose a sus pies, de toda mi vida de servicio, de los humanos... Los dioses de aquel nuevo universo postrándose también a los pies de él como unos esclavos más. ¿Qué otra explicación tiene eso? ¿Cómo puedo estar equivocado cuando está tan claro lo que está pasando?

La respuesta era muy simple, yo tengo razón, el creador solo quería retomar el control de la situación conmigo, pero su comportamiento con los seres de luz y con los humanos no tiene más explicación. El solo quería que todos los demás lo idolatráramos, y en su mente nunca existió la idea de que nosotros fuéramos igual que él, todo lo contrario.

De haberlo querido de verdad nunca nos hubiera hecho postrarnos a sus pies durante todo nuestro existir, nos trataría igual que a su hijo, pero hay una gran diferencia entre cómo trata a su hijo y como lo hace con nosotros, como por ejemplo su hijo nunca se postra a sus pies cuando este llega a su presencia. Si todo estaba tan claro para mí entonces… ha llegado la hora de cambiar las cosas.

Yo no podía seguir en un mundo donde todos estaban engañados, tenía que quitarles la venda de los ojos a los demás seres de luz. Pero antes de hacerlo con ellos tenía que empezar con los seres que me habían ayudado llegar hasta aquí; los humanos. Toda mi transformación comenzó en su mundo, y es allí donde todos los demás verán la auténtica verdad.

Con un plan en mente, viajé de inmediato hasta el planeta tierra, busqué por cielo y tierra al descendiente de mi creación, esa criatura era mi conexión directa con este mundo, además que era la criatura favorita de la mujer, más razones de peso para encontrarla y comenzar de inmediato con mi plan de liberación.

Encontrar aquella criatura en especial no era tarea fácil, su conexión conmigo era cada vez más débil, no era igual que con mi criatura original, a ella podía sentirla en cualquier parte del planeta.

Hubiese sido mucho más fácil poseer a mi criatura original, pero mi pequeña creación no era inmune al paso del tiempo, y de ella ya no quedaba ni el polvo.

Por fin encontré a la serpiente que estaba buscando, justo a la que La mujer le tenía tanto cariño. Tenía que ser esa en específico porque tenía una relación directa con La mujer y sabía que la mujer confiaría en aquella criatura.

La primera fase de mi plan estaba terminada, ya estaba dentro de aquella criatura y podía manejarla a mi antojo, ahora tenía que seguir con la segunda fase, buscar a los humanos. Con mis garras subí al árbol más cercano y salté, abrí mis alas y comencé a volar en busca de los humanos, sabía que aquella criatura no se alejaba mucho de ellos así que estarían cerca de allí.

Lo malo de estar dentro de aquella criatura es que perdía mis otros poderes como ángel, así que no podía sentir a los humanos ni nada de mi mundo, mis sentidos estaban limitados a tener los mismos sentidos que tenía aquel animal, así que solo podía guiarme por mi vista y mi olfato.

Mientras volaba arras de los árboles de la zona, una brisa trajo consigo un olor a frutas y flores, un olor que me era muy familiar porque no podía resistirme a él, era la fragancia natural de La mujer, solo tuve que seguir el rastro hasta que di con ella.

La mujer estaba en una zona colorida por cientos de flores. Una de sus mayores aficiones era la de recolectar cada día las flores más bellas para hacerse con ellas una corona de flores en la cabeza. Estaba sola, yo no sabía exactamente dónde estaba el hombre, pero era mejor así.

Podía aprovechar que estaba sin él para tratar de convencerla a que se uniera a mi causa, el problema sería como comunicarme con ella si este animal al que estoy ocupando no puede hablar en su lengua.

Comencé a volar en círculos por encima de su cabeza, ella me miró y me llamaba…

- ¡Serpiente! ¿Cómo estás pequeñín? -

Levantó su brazo para que yo pudiera posarme encima, y así lo hice. Estaba encima de su brazo y antes de que ella comenzara a acariciar mi cabeza yo señalaba un lugar con mi cabeza, miraba a sus ojos y volvía a señalar aquel lugar con la cabeza.

Obviamente era un gesto que nunca había hecho esta serpiente, lo cual hizo que la mujer se extrañara de aquel comportamiento…

- ¿Qué te pasa pequeño, que estás haciendo? - Me preguntaba

Yo salté de su brazo y comencé a volar nuevamente, pero me detuve en un árbol cercano a ella.

Ella no sabía que pensar y lo único que hizo fue ir hasta donde estaba yo, pero antes de llegar aquel árbol volví a saltar y volé hasta otro árbol, me posé en una de sus ramas y me quedé mirando fijamente a La mujer.

Ella estaba sorprendida con lo que estaba viendo, pero inmediatamente comprendió que era lo que quería, así que me preguntó...

- ¿Es que acaso quieres que te siga? -

Yo la miré y asenté con la cabeza diciéndole sí.

Sus ojos reflejaban sorpresa cuando vio aquella serpiente diciéndole que sí, ella sabía que aquel animal era muy listo, pero en esta ocasión parecía entender todo lo que ella decía.

Volví alzar el vuelo, ella comenzó a correr y me seguía muy de cerca. Dentro de mí sentía una gran satisfacción porque había roto una gran barrera y había logrado comunicarme con ella sin ningún problema.

Yo seguía guiándola, atravesando un valle que luego nos llevaría hasta un huerto de árboles frutales, donde había uno en el centro de aquel huerto que destacaba por encima de los demás. Era justo aquel árbol que me quitó la venda de los ojos, y que ahora haría lo mismo con los humanos, comenzando con ella.

Aterricé cerca de ese árbol, luego salí corriendo hacia él, hasta llegar a su tronco, el cual comencé a escalar ágilmente con mis patitas hasta llegar a una de sus ramas donde había uno de sus frutos colgando.

La mujer llegó de inmediato y se quedó mirándome...

- ¿Qué es lo que pasa serpiente? ¿Porque me has traído hasta aquí? -

Yo mordí la rama que sostenía aquella fruta y esta comenzó a caer, pero antes de tocar el suelo La mujer pudo agarrarla con sus manos. Ella había probado antes ese tipo de fruta, pero no como aquella.

Era más grande y brillante, se veía muy apetitosa, y ella se había quedado impresionada con aquella fruta. Volé hasta su mano, justo la que estaba sujetando la fruta, y mientras con su mano sostenía la fruta con su brazo me sostenía a mí. Yo miraba la fruta y la miraba a ella, repetía ese gesto una y otra vez con la esperanza de que entendiera que era lo que quería decirle.

Afortunadamente lo entendió, y me dijo…

- ¿Es que acaso lo que quieres es que coma de esta fruta, para eso me has traído hasta aquí? -

Yo la miraba y con mi cabeza contestaba a su pregunta; sí.

-Pero Dios nos ha prohibido comer de este árbol, de hacerlo así moriría- me dijo

Yo la miraba y movía mi cabeza de un lado a otro, diciéndole que no.

Ella tenía un gesto de desconcierto total, me miraba fijamente y me preguntó…

- ¿Y tú como sabes eso? ¿Es que acaso la has probado? -

Volví a sentar con la cabeza respondiendo a su pregunta, sí.

- ¿Por eso te comportas de esta forma tan extraña? ¿Esa es la razón por la cual puedes entender todo lo que digo? Ella volvía a preguntarme.

Y yo repetía nuevamente el gesto anterior, sí.

De repente una voz detrás de ella…

- ¿Qué está pasando aquí? -

Era El hombre, la había visto correr detrás de la serpiente y quiso seguirnos.

Ella se giró y le dijo…

- Sé que parece una locura, pero la serpiente me ha traído hasta aquí para que coma de esta fruta -

Él la miró con cara de sorpresa…

- ¿La serpiente? ¿Cómo es eso posible? -

Ella me miraba mientras le hablaba a él

-No lo sé, pero lo único de que estoy segura es que no es igual que antes, parece que es más inteligente-

Yo salté de su mano y volví al árbol, busqué rápidamente otra fruta, la arranqué con mis colmillos y esta cayó a los pies del hombre.

Él no podía creer lo que estaba viendo, miró la fruta que estaba a sus pies, y se agachó para recogerla, La mujer le miraba y le dijo…

- Parece que también quiere que la comas tú -

Ellos dos se acercaron, se miraban mutuamente y miraban cada uno su fruta, pero el hombre dijo…

- No podemos comerla, Dios nos ha prohibido comer los frutos de este árbol, no podemos desobedecerle, además podríamos morir - y diciendo esto dejó caer la fruta de su mano y esta salió rodando de allí, alejándose de ellos por completo; yo solo podía mirar impotente como mi plan se iba desbaratando de a poco, así que fijé mi mirada en ella, ella era mi última esperanza.

La mujer sabía que él tenía razón, pero también tenía dudas y curiosidad, compartía sus pensamientos con su hombre, pero sabía que algo había cambiado en aquella serpiente, y que aquella fruta era la causa...

- Yo conozco muy bien a esta serpiente, y te aseguro que nunca había hecho nada igual, ya has visto que parece que es más inteligente y racional, y es por la fruta, ella me ha dicho que la ha comido -

El hombre puso un gesto de incredulidad en su cara en cuanto escuchó esto, y le preguntó a la mujer...

- ¿La serpiente te ha dicho que ha comido de esta fruta? ¿Te das cuenta de la locura que acabas de decir? -

Ella levantó la mirada hacia la rama donde yo estaba, me miró y yo con mi cabeza seguía diciendo lo mismo, sí, sí, sí. Ella sonrió y dijo...

- Voy a hacerlo -

Yo la miraba atentamente, no paraba de pensar... (Hazlo, por favor hazlo, se libre, despierta ahora mismo de esta gran mentira).

Ella comenzó a llevar la fruta poco a poco a su boca, El hombre solo la miraba y no decía ni hacía nada, sabía que en el fondo también tenía algo de curiosidad.

El corazón me latía muy deprisa, estaba impaciente por ver lo que iba a pasar. Ella abrió la boca, puso la fruta en ella, le dio un mordisco y comenzó a masticar.

Era una fruta muy jugosa, y ella disfrutaba con cada mordida, con cada momento que el jugo de aquella fruta recorría su boca, lo tragó, y volvió a darle otra mordida, y otra, ya se había comedido tres cuartos de aquella fruta, y era tanto la cara de placer de ella que él no pudo resistir la tentación y le arrebató el resto de la fruta para comérsela igualmente, y al igual que ella él no podía resistir el sabor de aquella fruta.

Mi trabajo aquí ya estaba hecho, los dos humanos habían comido de aquella fruta, la mordieron una y otra vez hasta hacerla desaparecer; yo miraba atentamente la reacción que sufrirían, esperaba que no fuera igual que la mía, porque lo mío fue una experiencia muy dolorosa.

Pero ellos no, se saboreaban los dedos, se miraban, sonreían y se decían

- Estaba muy buena, y no ha pasado nada malo -

De repente se escuchó la voz del creador cerca de allí…

- ¿Dónde estáis? ¿Por qué no os puedo sentir? -

Los humanos pusieron una cara de sorpresa, aunque más de sorpresa era de vergüenza, corrieron a esconderse cada uno en un arbusto diferente y la mujer le decía al hombre…

- ¿Por qué no me habías dicho de qué estaba desnuda?

El hombre solo contestó

- ¿Es que acaso no has visto que yo también estoy desnudo? -

Yo seguía en aquella rama y desde mi altura podía ver como el creador se acercaba más y más hacia donde estaban los humanos, pero ellos solo podían esconderse para que el creador no los viera desnudos.

El creador se acercó hasta donde estaban ellos y les preguntó...

- ¿Porque os escondéis de mí? -

El hombre respondió

- Lo siento señor, en cuanto te hemos oído llegar nos hemos escondido porque estamos desnudos -

El creador se sorprendió con aquellas palabras y le preguntó...

- ¡¡Cómo sabéis que estáis desnudos!! ¡Es que habéis comido del árbol que os dije que no comierais!

El hombre señaló a su mujer y dijo...

- Fue ella la que me convenció de hacerlo -

El creador mira a la mujer y le pregunta...

- Pero ¿qué has hecho? -

La mujer que seguía escondida entre los arbustos para que el creador no viera su cuerpo desnudo señala el árbol del conocimiento, donde aún estaba yo y le dice...

- La serpiente, fue la serpiente la que me engañó -

Ahora el problema era conmigo, no quería que esta criatura sufriera algún castigo por lo que yo había hecho, así que antes de que el creador tomara represalias con la serpiente alcé el vuelo para irme lejos de allí, pero fue demasiado tarde.

El creador me disparó con uno de sus rayos mientras aún estaba en el aire, quedé atrapado en una bola de energía que me quemaba todo el cuerpo de una manera espantosa, era igual que cuando me había comido aquella fruta. Mientras sentía como partes de mi pequeño cuerpo se iban quemando el creador en un tono colérico me gritaba…

- ¡MALDITA SEAS ENTRE TODAS LAS BESTIAS Y ENTRE TODOS LOS ANIMALES DEL CAMPO; SOBRE TU VIENTRE TE ARRASTRARÁS Y POLVO COMERÁS DURANTE TODOS LOS DÍAS DE TU VIDA! -

Mis patitas, mis alas, el color de mi piel, todo carbonizado y eliminado. Un castigo injusto para una criatura que no había hecho nada, pero nuevamente quedaba reflejada la irracionalidad que desprendía mi señor.

Yo no podía hacer nada más por aquella pequeña criatura, lo único que pude hacer fue aguantar todo el dolor posible para que la serpiente no sufriera más de lo necesario, pero yo tenía que seguir con mi misión, así que rápidamente salí del cuerpo de la serpiente, me lancé hacia el árbol del conocimiento, tomé uno de sus frutos y mientras hacía esto juraría que por un segundo la mujer puso sus ojos en mí, la miré fijamente a los ojos y sentí como me devolvía la mirada, sentía como si ella pudiera verme, no sé si eso era posible o si fue solo una ilusión del momento, pero no tenía tiempo de averiguarlo, así que en cuestión de milésimas de segundos me transporté a mi mundo.

El creador me había visto salir de aquella criatura, él sabía que todo era culpa mía, pero ahora estaba muy ocupado castigando a sus queridos humanos, con castigos desproporcionados que hoy en día siguen estando presentes en la historia de la humanidad.

No tenía mucho tiempo, así que fui de inmediato a mi grupo de ángeles. Ellos seguían entrenando y seguían desarrollando más y más su poder, en cuanto me vieron llegar todos vinieron a recibirme como era costumbre, pero interrumpí el protocolo habitual para darles mi mensaje.

El fruto que había traído desde la tierra a mi mundo se había transformado en una bola de energía en mi mano, toda la materia que lo envolvía no pudo atravesar la frontera de mi mundo.

Todos mis ángeles estaban a mí alrededor, sus caras decían que estaban desconcertados, no entendían el gesto de preocupación de mi rostro ni mucho menos mi actitud, pero ahora que estaban atentos a lo que les iba a decir, tenía que ser rápido, era ahora o nunca…

-Desde que habéis llegado a mí sabéis que he sido generoso y he compartido con cada uno de vosotros todo lo que sé… Muchos habéis llegado como seres de luz sin alas, pero ahora os miro y veo una gran mayoría de ángeles con alas de energía-

Todos estaban atentos a mis palabras y en cada oportunidad me interrumpían para alabarme y darme las gracias, pero mi tiempo estaba contado y tenía que terminar con lo que había comenzado...

- Todos sabéis que podéis confiar en mí ciegamente, y por esa confianza que me habéis dado es que os pido lo siguiente -

Levanté mi mano con la bola de energía que antes era un fruto, la enseñé a todos para que la vieran bien y les dije...

- Necesito que todos comáis de esta energía -

- ¿Comer? - susurraban todos.

Era un término que desconocían por completo, así que tuve que enseñárselo a todos mientras seguían mirándome.

- Haced esto... -

Volví a llevármela hasta la boca y le di un mordisco a aquella bola de energía, pero esta vez con solo ponerla en mi boca la energía se fundía en mí instantáneamente, y lo mejor de todo, esta vez no había dolor, solo sentía como el conocimiento inundaba cada poro de mi ser y me hacía más fuerte, más sabio.

Ellos me miraban asombrados, no sabían que era lo que estaba haciendo o porque lo estaba haciendo. Pero después de morderla se la pasé a uno de mis ángeles superiores, él la tomó con su mano y la miraba, luego me miraba a mí.

Yo le miré y le pregunté…

- ¿Confías en mí? -

Él cambió su cara de desconcierto y sorpresa por una de confianza y seguridad, me respondió…

- Si mi señor -

La puso en su boca y la mordió. Aquella bola de energía solo perdía un poco de brillo cuando se la mordía, pero seguía prácticamente intacta, así que sabía que solo con una podría dárselo a probar a todos mis ángeles.

Yo miraba a mis ángeles y les dije…

- Cada uno de vosotros debe morderla una sola vez y pasarla, cuando lo hayáis hecho entenderéis porque estoy haciendo esto… Debéis despertar y abrir los ojos a la realidad… -

De repente todo mi ser comenzó a sobrecargarse, algo me estaba atacando y me hizo poner de rodillas.

Antes de darme cuenta estaba en otro sitio, me habían tele-transportado a la fuerza y ahora estaba delante del creador, su hijo y un centenar de ángeles de alas de energía rodeándome. Estaba en la sala donde el creador tiene su trono y a sus ángeles más avanzados.

Yo seguía en el suelo, de rodillas y apoyándome con las manos. Levanté la mirada para ver la cara del creador y este estaba muy enfadado conmigo, sus ojos desprendían rabia, decepción y eso para mí solo significaba una cosa… castigo.

Me puse en pie, y con la frente en alto le hacía frente a su mirada. Abrí mis alas de luz y adopté una pose de orgullo, de satisfacción por todo lo que estaba pasando. El creador se lo tomó como una ofensa y comenzó a gritarme…

- ¡MALDITO INSENSATO! ¡CÓMO TE HAS ATREVIDO A DESTRUIR TODO LO QUE HABÍA CREADO! -

Sabía que llegaría este momento, así que no pensaba acobardarme, tenía la verdad de mi parte y no iba a permitir que un tirano se saliera con la suya, así que también le respondí…

-Yo no he destruido nada, solo les he abierto los ojos para que te vean tal y como eres, un ser egoísta y caprichoso-

Cada palabra mía le ofendía aún más, y cada vez que me hablaba lo hacía con más rabia…

- ¡ESTÚPIDO! ¡¿De verdad crees que ya eres todo un dios solo porque tu entendimiento ha aumentado un poco más?… no eres más que un necio que se cree el más inteligente de todos y se comporta como el más tonto! -

Sus palabras me sentaron peor que cuando mordí aquella fruta, así que seguí atacando también…

- ¡Ese fue tu mayor error, pensar que un ser de luz no podría cambiar las cosas ni darle la vuelta a tu mundo!… Pero yo lo he hecho, yo he cambiado este mundo para liberarlo de la esclavitud a la que tú lo sometías-

Poco a poco me iba acercando al trono del creador con la idea de comenzar un ataque, mientras le seguía hablando…

- Durante todo mi existir he dedicado todo mi esfuerzo para ser tu igual, y convertirme en un dios… pero si para ser un dios tengo que transformarme en alguien como tú. Prefiero mil veces quedarme como un ser de luz -

El creador harto de mis palabras me contestó por última vez en un tono de burla y desprecio…

- No te preocupes por eso Luzbel… porque tú nunca ocuparás mi lugar como dios -

Le miré directamente a los ojos con odio y le respondí…

- ¡Ya lo veremos! -

Di un gran salto para llegar hasta el creador, con la intención de atacarle con mis propias manos, pero mientras estaba en el aire, de su mano apareció algo que no había visto antes, era un cetro con una luz dorada. Me apuntó con este, y de aquel cetro comenzaron a salir una lluvia de rayos que me paralizaron y me hicieron caer de inmediato. No daba crédito a lo que estaba viendo, el creador me estaba atacando con un arma, y lo peor de todo es que era un arma muy efectiva.

Había caído a unos cuantos pasos de distancia de él. Aquellos rayos recorrían cada parte de mi ser y me hacían sentir una agonía interminable, de repente el dolor que sentí con la fruta no estaba tan mal a comparación de este.

Seguía retorciéndome en el suelo de dolor, no paraba de gritar. Pero en ningún momento por mi mente pasó la idea de pedir perdón o clemencia. Yo existía gracias al creador, y era más que probable que gracias al creador dejara de existir.

De repente cuando ya daba todo por perdido, un ángel con alas de energía fue arrojado hacia esos rayos, chocando de frente, dejándolo atrapado a él y liberándome a mí. Era uno de los ángeles del creador, así que el creador sorprendido con aquello paró de inmediato. Yo aún estaba muy débil, miré el lugar de donde había sido arrojado aquel ángel y tuve una visión divina.

Vi a mi ejército de ángeles que intervinieron para salvarme. Antes de la creación del hombre ellos no tenían el poder para llegar a este lugar donde solo el creador su hijo y sus mejores ángeles podían entrar, y ahora cada uno de mis ángeles habían conseguido entrar y fueron ellos que por iniciativa propia habían arrojado aquel ángel para ayudarme. No solo me salvaron la vida, además de eso estaban todos aquí rodeándome y protegiéndome...

- ¡No permitiremos que le hagas daño a Luzbel, él nos ha liberado de ti y solo a él le debemos lealtad y sumisión! -

Los ángeles del creador no se quedarían de pie sin hacer nada, viendo como una urda de "Traidores" como nos llamaban ponían en peligro el reinado de su señor, así que comenzaron a atacarnos.

A pesar de que éramos inferiores en número, mis ángeles estaban bien adiestrados y tenían mucho más poder que los ángeles del creador, aquella fruta les había hecho más listos, más rápidos, más fuertes. Lo que hacía que la batalla fuera muy igualada.

Los seres de luz no podemos sangrar, pero podemos resultar gravemente heridos en una pelea contra otro ser de luz. Cada vez eran más los ángeles tendidos en el suelo que los que seguían luchando, era una lucha sin cuartel, sin piedad por ninguno de los dos bandos. Mis ángeles querían derrocar al creador, pero sus ángeles no iban a permitirlo.

Aquello se convirtió en un auténtico infierno, no sé durante cuánto tiempo se alargó aquella batalla, porque para muchos de los míos era interminable, pero para mí todo empezó y acabó en un abrir y cerrar de ojos.

Yo también seguía luchando, parecía que todos querían ir a por mí, tal vez pensaban que atrapándome todo acabaría, pero aquellos ángeles no podían contenerme, el único que podía hacerlo era el creador, pero ni él ni su hijo se habían movido de sus tronos, solo observaban la batalla con atención sin llegar a intervenir, para mí solo una cosa estaba clara, yo solo no podría contra él.

Así que recordando aquellos pequeños insectos que había visto en la tierra tracé un nuevo plan, acabaría primero con la guardia del creador y luego con todo mi ejército de ángeles y yo le atacaríamos a la vez.

Era un plan perfecto para derrocarle, pero las cosas no siempre salen como esperas en el campo de batalla, los ataques de mis ángeles y los ángeles del creador eran algo nunca visto, jamás habíamos experimentado el poder de lucha de un ángel porque nunca había hecho falta comprobarlo, pero las fuerzas que se estaban desatando en aquel lugar causaron estragos en todas las dimensiones. La peor parte fue cuando el choque de varias bolas de energía arrojadas entre los ángeles de alas de energía abrieron un portal temporal a la dimensión secreta del creador, y para continuar con la cadena de desgracias una de esas bolas de energía se escabulló por aquel portal, estallando y arrojando millones de partículas de luz al universo de los humanos, millones de planetas fueron destruidos e incluso una pequeña parte de esas partículas golpeó la tierra, causando la muerte instantánea de millones de especies.

Aquello fue un acto terrible; El creador no tenía mi simpatía, pero incluso yo tengo que admitir que aquello tenía que haber sido una sensación terrible para él, cada planta y criatura del planeta estaban conectadas a él, y el sentir como millones de esas especies morían entre gritos de dolor y agonía fue el mayor golpe que haya podido recibir. Solo El creador, su hijo y yo sentimos como la tierra había sido dañada de aquella forma tan salvaje, mi primer pensamiento fue La mujer, quedé petrificado al pensar que ella había podido ser destruida por mi culpa, miré al creador temeroso y muy preocupado, y vi en su rostro dolor, angustia, tristeza y seguidamente rabia. El creador gritó y haciendo un nuevo alarde de su poder levantó aquel cetro dorado, aquello fue como una señal para su hijo que mostró todo su poder, el creador tomó la mano de su hijo y entre los dos formaron al espíritu santo, un ser con un poder descomunal que estaba en frente de todos nosotros listo para embestir, yo le miré a los ojos y en aquel instante lo supe, ya no teníamos nada que hacer en frente de él. El espíritu santo descargó toda su furia hacia todo mi ejército y hacia mí, lanzó miles de rayos que nos impedía continuar con la lucha, todos volvimos a quedar paralizados mientras una lluvia de rayos nos recorría a todos…

- ¡HABÉIS ELEGIDO VUESTRO DESTINO Y AHORA DEBÉIS PAGAR LAS CONSECUENCIAS! - Gritaba el creador mientras el espíritu santo aumentaba su poder- ¡MALDITO SEAS LUZBEL Y MALDITO SEA TODO AQUEL QUE ALABE TU NOMBRE! ¡FUERA! -

# CAPÍTULO CINCO

# La Era de los Humanos

El creador desplegó todo su poder al igual que su hijo, haciendo que el espíritu santo desatara todo su poder desterrándonos de su universo. Como ves no fue ningún arcángel el encargado de vencerme, y si piensas un poco en ello esa versión no tiene sentido, yo era el ángel más poderoso de todos, solo superado por la santísima trinidad, ¿así que como se explica que otro ángel pudiera vencerme?

Dios todo poderoso nos había derrotado, y todo mi ejército y yo fuimos arrojados a una dimensión que está en medio de la suya y el universo de los humanos, una dimensión al que no tienen ninguna conexión, pero que yo la hice mía con el tiempo.

Mi primera reacción al llegar a esta nueva dimensión fue la de visitar el planeta tierra de inmediato, necesitaba saber que los humanos estaban sanos y a salvo, así que sin más vacilación intenté ir a la tierra, pero desde este nuevo universo mi deseo no fue nada fácil, fracasé varias veces antes de alcanzar mi objetivo, pero estaba tan determinado a ir que encontré el camino solo usando mi instinto y mis ganas de lograrlo.

Nada más llegar vi los estragos que mis ángeles y yo habíamos causado. El cielo ya no era azul, se había teñido de rojo con nubes negras cubriendo el cielo, y esto era una parte lejana de donde había impactado aquella partícula de luz, cerca del impacto solo había fuego y humo, en el lugar del impacto había un enorme cráter que había hecho retroceder las aguas de los océanos por un instante, pero ahora iban cubriendo nuevamente aquel humeante cráter. Alrededor de aquel cráter solo había destrucción y muerte; mi querida tierra se había convertido en un auténtico infierno y aquello me destrozaba el corazón.

Fui de inmediato a la isla donde vivían los humanos, y me alegró ver que ellos estaban bien, habían ido a lo alto de las montañas para refugiarse de las enormes olas que habían cubierto la isla, allí habían encontrado refugio en una cueva. Estaban asustados, podía ver en sus caras el miedo al ver como su isla había sido casi destruida en tan solo unos segundos; el árbol del conocimiento fue arrancado de sus raíces y arrastrado hasta el fondo del mar. Los frutos de aquel árbol estaban hechos también de la energía vital de los seres de luz, lo cual, hacia esta fruta inmortal incluso después de ser arrancada del árbol, pero toda la fruta que restaba en el árbol se perdió en el fondo del mar, donde aún reside a día de hoy.

Los humanos desconocían lo que había pasado entre el creador y yo, pero estaba seguro de que ellos pensaban que había sido un castigo de dios por desobedecerle.

Todo había cambiado desde la última vez que estuve allí, el nuevo paisaje en la tierra era devastador, el mar seguía revuelto, el cielo parecía sangrar y la sensación era que la propia tierra seguía estremeciéndose por aquel impacto; incluso los humanos habían cambiado, ahora cubrían partes de sus cuerpos con hojas, y ya no sonreían como solían hacer, pero con todo lo que estaba pasando como culparlos.

En aquel momento tuve muchos sentimientos encontrados, tenía dudas acerca de si mis actos estaban realmente justificados, y si lo estaban... ¿realmente valía la pena pasar por todo aquello? Ni la tierra ni los humanos estaban mejor ahora que yo les había "liberado" de la tiranía del creador, ¿es que acaso me había equivocado? Solo podía pensar en qué momento me había convertido en el malo de esta historia, sabía que aquella fruta había abierto las puertas a un mundo nuevo para mí, un mundo en el que no tenía límites y podía lograr todo lo que quisiera gracias a todo ese conocimiento nuevo, ¿pero tenía el control? No podía evitar pensar que tal vez el creador tenía razón y solo era un necio con delirios de grandeza, y cuando pensaba que no podía sentirme más culpable sentí la presencia del creador al otro lado del mundo, por fortuna para mí él ya no podía sentirme de la misma forma, al comer de aquella fruta era como si me hubiese independizado de él, no podía sentirme porque no podía controlarme, yo podía hacer y pensar lo que quisiera, y él no podía hacer nada, escapaba a su control y por lo tanto mi energía ya no estaba bajo su radar a menos que yo quisiera que él me sintiera. En cambio para él esconder su energía era algo que él no podía hacer porque su energía lo rodeaba todo, y era tan poderosa que no podía evitar ser detectado fácilmente.

Me acerqué a él todo lo posible sin llegar a ser detectado, estaba lo suficiente cerca para ver su rostro con el más mínimo detalle y ver que estaba haciendo, lo que vi fue a alguien desolado, alguien al que realmente le dolía ver todo aquello, el cómo su pequeño mundo al que le había dedicado tanto amor y tiempo había sido destruido por culpa de alguien que consideraba su hijo; llorar es algo imposible para un ser de luz o para un dios, pero de ser posible estoy seguro de que su rostro hubiera estado cubierto en lágrimas.

El creador solo miraba alrededor, y su mirada seguía sin cambiar, triste, desanimado, dolido, y solo él sabe lo que estaría pasando por su cabeza en ese momento. Sinceramente no sé cómo alguien con su poder no destruyó por completo aquel planeta para volver a empezar; para él sería algo fácil de hacer, pero en lugar de aquello, quiso que aquel planeta siguiera su curso, pero haciendo grandes cambios.

Aquella partícula de luz había destruido todo alrededor en el lugar del impacto, pero al otro lado del planeta las cosas seguían sin cambios, ni siquiera los animales se habían percatado de la desgracia tan grande que había pasado. Pero a pesar de que aquella partícula de luz no les había afectado no estaban a salvo; el creador comenzando con sus nuevos planes para la tierra fabricó un gas mortal que atacaría solamente a los animales más grandes, las criaturas a las que les había dado vida ahora se las estaba arrebatando de una forma cruel. Muchos de los grandes animales que estaban cerca del impacto murieron carbonizados, el resto morirían envenenados por aquel mortífero gas que los mataría de una forma lenta y dolorosa.

Al principio no podía entender el propósito de aquella matanza con los animales, pero a medida que veía lo que hacía en la tierra comenzaba a entender sus propósitos. Ahora que los humanos no estaban bajo su protección quería darles una oportunidad para sobrevivir en el planeta sin él; aquellos animales eran un gran obstáculo para el futuro de la humanidad y debían desaparecer. Después de esparcir aquel gas por todo el planeta se aseguró que el ecosistema de la tierra tuviera todo lo necesario para salir adelante empezando casi desde el principio. Comenzó a crear nuevas especies de animales y plantas para poblar el planeta, e incluso algo que fue impensable para mí y toda una sorpresa cuando vi lo que estaba haciendo. Volvió a empezar con la creación que fue su mayor obra, el hombre, pero esta vez desde células, siguiendo mi consejo creó una nueva especie desde células para que esta fuese evolucionando con el tiempo y llegara a convertirse en un hombre al final de su evolución, no sé si lo hizo como una segunda oportunidad para la humanidad o si tendría algún plan para todo aquello, pero después de trabajar un tiempo en la tierra y en su modificación él solo se fue y no volvió a estar en contacto con la humanidad por un largo periodo de tiempo.

A diferencia de él yo estuve en la tierra cada vez que podía, iba a mi universo a seguir ayudando a mis ángeles a evolucionar, sabía que era cuestión de tiempo en volver a medir mis fuerzas en contra del ejército del creador, pero esta vez iba asegurarme de conseguir la victoria. Cuando tenía todo preparado para que mis ángeles siguieran sin mi ayuda por un tiempo yo volvía a la tierra para ver sus progresos, lo cual para la tierra fue un proceso largo y tedioso, pero después de un par de miles de años la tierra volvía a teñirse de verde y azul; los animales que habían sobrevivido al gas ya no eran tan grandes como solían serlo, y su fisionomía era completamente diferente, eran seres que habían sobrevivido al ataque de los seres de luz más nuevas especies creadas para completar la nueva cadena que se había formado en el planeta después del ataque.

Los seres humanos habían evolucionado también, en su pequeña isla habían creado una pequeña población con todos sus hijos.

Al haber comido de aquella fruta su conocimiento aumentó, por fin se habían dado cuenta de que ellos también podían reproducirse como los demás seres del planeta, descubrieron el sexo para reproducirse, pero a diferencia de los animales ellos también lo practicaban por placer y por reforzar los lazos que les unían. El hombre y la mujer creados por dios eran los únicos que se reproducían en el lugar, pero a pesar de haber tenido miles de años para poblar el planeta el número de sus hijos no llegaban al centenar, sus hijos al igual que ellos estaban diseñados para vivir indefinidamente, sus células podían regenerarse por completo y a voluntad de ellos, lo cual les hacía vivir siempre jóvenes o envejecer solo lo que ellos quisieran, más sin embargo no eran inmortales, su cuerpo podía regenerarse fácilmente de cualquier herida rápidamente, pero una herida mortal en la cabeza o en su corazón les mataría sin remedio.

Los nuevos humanos tampoco lo hacían nada mal, a pesar de su origen más animal que humano su evolución era asombrosa. Su estructura estaba diseñada para evolucionar lentamente en una nueva especie, le tomaba un par de miles de años en conseguirlo, pero una vez evolucionaba se convertía en una nueva especie, algo completamente diferente, lo que hacía que el ciclo de evolución comenzara desde cero y empezara a buscar la forma de evolucionar de nuevo, todo en un ciclo que no se detendría hasta encontrar la perfección.

Fue en ese momento cuando entendí el propósito del creador con estas nuevas criaturas, con los primeros él había dado toda la forma y todo lo necesario para que su creación estuviera lista desde el primer día, pero con estos nuevos seres había dejado la puerta abierta a la evolución para que fuese la propia tierra la encargada de darles forma; por desgracia la madre tierra no es perfecta y en múltiples ocasiones otorgó diferentes cualidades a estos seres, haciendo que de una sola especie se dividiera en varias ramas con diferentes tipos de humanos; algunos de ellos se quedaron estancados en su forma animal y no pudieron avanzar más, otros no pudieron sobrevivir a los constantes cambios del planeta, haciendo que entre todos ellos solo una raza destacase por encima a las demás, ellos tenían un aspecto muy similar al de los humanos originales, pero tenían un poco más de pelo y en sus frentes tenían unas protuberancias que les daba un aspecto de ser muy rudos, pero aun así no dejaban de ser una raza interesante.

La gran mayoría de los nuevos humanos estaban aparte en una región lejana a la isla de los humanos originales, pero su curiosidad y entendimiento avanzaba a pasos agigantados. En principio no entendía cuál era el fin de estos nuevos seres humanos y de porque el creador había decidido hacer esto, pero a medida que les observaba comprendía cuál era la intención del creador. Al haber creado seres humanos adultos con parte de su conocimiento ellos se habían desbordado al no entender su propio mundo, ya que tenían el conocimiento más sin embargo no lo comprendían, cosa que los nuevos humanos iban descubriendo con el tiempo.

Si he de ser sincero no sabría decir que raza llamaba más mi atención, si los seres humanos a los que ya conocía y había ayudado a crear o los nuevos seres destinados a ser humanos; me gustaba pasar tiempo observando a los humanos y en especial a La mujer, a la que después de miles de años y decenas de hijos seguía tan espectacular y radiante como el primer día, sus hijas eran también dignas de admiración, pero ella era única, y a pesar del tiempo no me cansaba de verla desde la distancia.

A medida que su tecnología avanzaba su vestimenta también cambiaba, al descubrir los metales que podían extraer de la tierra su ropaje era más complejo, y algo que llamó por completo mi atención fue las nuevas ropas de La mujer; ella usó estos metales para fabricarse unas alas doradas que siempre llevaba a sus espaldas, como si de un ángel se tratase. Y cuando estaba de cara al sol estas alas brillaban como si estuvieran hechas de luz. Al ver aquello no tenía ninguna duda, ella me había visto salir de aquella serpiente, y si ella se vestía así era gracias a mí; estaba claro que sus sentimientos hacia a mí o a lo que yo representaba eran buenos. Su compañero por otra parte fue incapaz de verme con mi forma auténtica, más sin embargo él también comenzó con una pequeña tradición que hasta el día de hoy persiste, lo único que él sabía era que la serpiente le había liberado, por este motivo en su nueva cultura la serpiente fue usado como un símbolo de sabiduría. En muchas de sus artesanías usaban figuras con forma humana y parte reptil, como metáfora de un entendimiento más avanzado al que cada uno de ellos debían llegar. Así que para todos aquellos que creen que hay o hubo seres mitad reptil y mitad humano lamento decepcionaros, pero solo es una mal interpretación de la historia como muchas otras, los reptilianos como raza han existido solo en la imaginación del hombre y en sus ganas de creer en algo más.

Después de varios miles de años las cosas en la tierra iban mejorando. El nuevo ecosistema era estable y el planeta había dejado atrás la destrucción causada por la revolución de los seres de luz, ocultando su cicatriz en el fondo del mar. Los seres humanos también habían construido una sociedad en donde dedicaban casi todo el tiempo a la meditación y al auto conocimiento, su tecnología y comprensión del entorno avanzaba a una velocidad asombrosa, ellos utilizaban todo a su alrededor, pero al mismo tiempo respetaban y vivían en armonía con el planeta. Pronto la isla comenzaba a quedárseles pequeña, y algunos de ellos comenzaron a viajar fuera de la isla, querían explorar y ver que otros grandes misterios les aguardaba en el planeta, hasta que finalmente encontraron una de las especies que más influenciarían en sus vidas.

Los nuevos humanos no se quedaban atrás en su proceso de evolución, cada día destacaban más entre los animales, y esto llamó la atención a los humanos originales; ellos no sabían que estos nuevos seres a los que acababan de descubrir habían sido una creación directa de su dios para ocupar su lugar, pero ellos sabían que aquella raza era especial. Algunos de los humanos adoptaron a esta nueva especie y les ayudaban a desarrollarse de una forma espectacular, los humanos les enseñaron a usar herramientas para hacer su vida más fácil, les enseñaron el fuego y como fabricarlo, los nuevos humanos aprendían rápido y con cada nueva generación se hacían más inteligentes y físicamente más parecidos a los humanos originales.

Con el pasar del tiempo los nuevos humanos comenzaban a formar sociedades más complejas donde cada miembro tenía una tarea designada, de portarse como animales que solo cazaban y comían cuando tenían hambre se habían convertido en recolectores, en seres capaces de criar animales para posteriormente usar como alimentos.

Su lenguaje aún era primitivo, pero ellos observaban y aprendían de los humanos originales, y gracias a esto empezaban a comunicarse no solo con gestos, trataban de imitar los sonidos de los humanos para tener su propio lenguaje, y no solo verbal, comenzaron a usar dibujos en piedras como forma de comunicación y expresión, desarrollando su creatividad y dando origen a una nueva especie pensante capaz de razonar sobre su entorno.

Los nuevos humanos se multiplicaban rápidamente y aunque su vida era breve en comparación de los humanos originales, su comunidad triplicó fácilmente la comunidad de los humanos originales. Los humanos originales habían tenido un par de bajas en todo este tiempo, la mayoría por ataques mortales de animales o por recibir la furia de la madre naturaleza, pero seguían siendo La mujer y El hombre original los únicos que se reproducían dentro de la comunidad de los humanos originales, ellos dos habían sido los únicos en probar la fruta del conocimiento, así que sus hijos aún no entendían o sentían la necesidad de reproducirse, ellos eran muy avanzados en cuanto a meditación y control del cuerpo y la mente se tratase, pero aquello estaba a punto de cambiar.

En el principio los humanos originales solo se divertían enseñando a los nuevos humanos, supongo que para ellos era como entrenar a un perro que les obedecía sin reparo, pero a medida que los nuevos humanos iban evolucionando algunos de los originales ya no los veían como mascotas, empezaban a verlos como iguales, algunos incluso se mudaron de su isla natal para vivir todo el tiempo con los nuevos humanos, y lo que en principio era una relación en la que los nuevos humanos eran los únicos beneficiados, los humanos originales encontraron   algo provechoso con estas criaturas.

Los originales pasaban todo el tiempo con ellos, aprendiendo igualmente acerca de su forma de vida, ya que les parecía fascinante, sobre todo la relación que construían las hembras con los varones, veían que incluso siendo una especie inferior a ellos tenían lo mismo que tenían sus padres, el primer hombre y la primera mujer en la historia, y eso era algo que ni ellos conocían. Al principio ese acercamiento que tenían con los nuevos humanos era más científico que sentimental, ellos solo querían aprender más de ellos y de su forma de vivir con sus iguales, pero debido a esa estrecha relación que habían construido con ellos uno de los humanos originales comenzó a tener sentimientos reales por uno de ellos, fue uno de los primeros hijos varones del hombre y la mujer el primero en dar el paso, y comenzó a tener una relación con una hembra de los nuevos humanos.

Su nombre era Kaynet, él fue uno de los primeros hijos del hombre y la mujer en dejar la isla y ver el mundo con sus propios ojos, ni él ni ninguno de sus hermanos tenían el conocimiento que tenían sus padres, pero esto no era un problema para él, porque gracias a eso tenía un apetito insaciable de conocimiento. Antes de mudarse definitivamente con los nuevos humanos Kaynet solía solo visitarlos de vez en cuando y luego regresaba a su isla natal. La madre de Kaynet conocía perfectamente a todos sus hijos, y sabía muy bien que algo había cambiado en la mente de su hijo, estas nuevas criaturas a las que no paraba de estudiar le habían afectado profundamente, pero ni ella misma sabía hasta qué grado, hasta que un buen día lo vio llegar al palacio real después de pasar una larga temporada con aquellos seres...

- ¡Kaynet!, me alegra verte de nuevo hijo mío, cada vez tardas más en regresar a casa -

- Hola madre, perdona por mi ausencia, pero el tiempo carece de importancia cuando tienes la eternidad - respondió Kaynet mientras besaba la mano de su madre y reina de la isla

Su madre sonrió y le miró fijamente a los ojos...

- Esa no es una excusa para estar tan alejado de tu familia -

- Lo sé madre, pero no puedo evitarlo cuando se trata de estas criaturas, al menos de momento tienen toda mi atención, en especial una de ellas -

- ¿Qué hay de especial en esta criatura tan particular? - preguntó su madre sin quitarle atención a cada una de las expresiones de su hijo...

- Se llama Sorlan, y es una criatura muy inteligente, he estado con ella durante mucho tiempo y le he enseñado a pensar, hablar, escribir, leer y aunque le cuesta un poco expresarse con fluidez puede mantener una conversación perfectamente, ella es simplemente increíble -

Su madre le observaba y podía ver que había algo más detrás de todas aquellas palabras...

- ¿Sorlan?, le has puesto un nombre humano a un animal? - Su madre había preguntado sin intenciones de menospreciarla, pero era algo que le parecía muy curioso, incluso más que el hecho que podía hablar y comunicarse con ellos sin problemas, pero eso era algo que le había molestado un poco a Kaynet...

- Sorlan no es una animal madre, tal vez no sea tan evolucionada como nosotros, pero estoy más que seguro que es tan humana como tú o yo -

Su madre notó de inmediato que su comentario le había afectado, para ella era más que obvio que había un interés muy especial por parte de su hijo hacia esta criatura...

- Por tu forma de defenderla puedo deducir fácilmente que... Sorlan, es una criatura muy especial para ti, ¿no es así? - la reina comenzaba a caminar por el palacio mientras su hijo la acompañaba a un lado...

- Madre, si pasaras con ellos el mismo tiempo que he pasado yo te darías cuenta de que no son una especie cualquiera, es como ver una versión de nosotros del pasado, antes de tener la forma que tenemos ahora -

- Nosotros nunca hemos tenido una versión anterior, desde el principio hemos tenido esta forma y eso nunca cambiará - respondió la reina tratando de dejarle claro a su hijo que no eran iguales por mucho que él quisiera creer lo contrario

- Lo sé madre, sé que no tenemos el mismo origen, pero eso no significa que no tengamos el mismo futuro... o es que acaso eso es lo que te preocupa, ¿te preocupa que se conviertan en uno de nosotros? -

La reina se detuvo y le miró fijamente a los ojos...

- Lo que realmente me preocupa es que tú te conviertas en uno de ellos -

Kaynet se vio sorprendido con aquella respuesta, pero su madre no había terminado...

- Dime una cosa Kaynet, ¿cuándo fue la última vez que entraste en Akash? -

Kaynet evadió la mirada de su madre, ya que ni él mismo recordaba la última vez que había entrado

- ¿Lo ves? Estás tan enfocado en estas criaturas que te estás perdiendo en lo banal, ¿te parece increíble que puedan pensar y hablar? Eso no significa nada si no pueden controlar sus pensamientos o si no entienden el mundo que les rodea, por eso es tan importante para nosotros estar conectados con Akash, esto es lo que nos diferencia con cualquier otra especie en este universo, nosotros tenemos la llave al entendimiento universal, ¿pero de qué sirve si nunca la usamos? -

Kaynet no decía nada, como si de un niño pequeño se tratase él solo miraba el suelo y escuchaba como su madre le reprochaba

- Kaynet, mírame, hijo mío - la reina levantó la barbilla de su hijo con su mano y este la miró...

- No tengo ningún problema en dejarte pasar todo el tiempo que quieras con ellos, pero solo te pido una cosa, nunca olvides quién eres y a que has venido a este mundo, tú estás destinado hacer grandes cosas, eso lo sé muy bien -

Kaynet tomó la mano de su madre y la besó...

- Muchas gracias, madre - dijo Kaynet mientras sonreía

La reina sonrió...

- Aún no me des las gracias, aún no he terminado contigo -

- ¿A qué te refieres con eso madre? -

- Acompáñame, hay algo que debes hacer antes de que partas nuevamente -

La reina guiaba a su hijo por el palacio, pero Kaynet sabía exactamente a donde le estaba llevando, aquel camino era bastante conocido por él, ya que era uno de sus lugares favoritos de niño, aunque ahora de adulto había perdido la motivación de ir allí...

- ¿En serio madre? ¿Tienes que llevarme al templo? -

- Es necesario, si dejas de estar en contacto con Akash lo perderás, y te será muy difícil volver allí -

- Madre, que haya pasado algún tiempo desde mi última vez allí no significa que lo haya olvidado o que ya no pueda entrar -

- Lo dudo, llevas tanto tiempo sin entrar que incluso no estoy segura de que recuerdes lo más básico -

Kaynet hizo una mueca de burla

- Muy bien - dijo la reina – vamos a hacer la prueba, ¿qué es Akash? -

- ¿en serio? - respondió Kaynet aun a sabiendas que su madre solo le estaba gastando una broma, la reina sonrió …

- responde, o es que acaso ya ni eso sabes? - la reina dejó escapar una carcajada

Kaynet movía la cabeza de un lado a otro mientras sonreía…

- Akash es un plano astral donde lo material no existe, no hay tiempo, ni espacio, ni limites, todo el conocimiento del universo se concentra allí, y es un lugar donde pasado, presente y futuro se forman en una sola línea a la que puedes leer con la preparación necesaria -

La reina sonrió complacida…

- ¡muy bien! Veo que aún te acuerdas, y ahora dime, cuantos planos existen en Akash -

Kaynet le seguía el juego a su madre mientras seguían de camino al templo…

- Siete -

- ¿y cuáles son esos planos?

- Corpóreo, mental, sensorial, bioenergético, energético, intuitivo y divino - respondió Kaynet con mucha seguridad

- perfecto, ahora vamos a ver si aún te acuerdas como entrar allí -

La reina se detuvo a las puertas del templo, y abrió las puertas. Dentro estaba completamente oscuro, solo se veían unas cuantas luces en la distancia, pero no eran lo bastante fuerte para alumbrar aquel lugar en donde no podías ver el techo o las paredes, una vez que entrabas y cerrabas las puertas aquel lugar daba la impresión de no tener fin. La reina y su hijo se adentraban cada vez más en aquella sala, y aquellas luces que se podían ver desde la puerta iban cobrando más fuerzas, hasta rebelar su origen, cada luz era emitida por los hermanos y hermanas de Kaynet, todos ellos estaban meditando, y mientras lo hacían una luz muy especial se desprendía de sus cabezas, lo bastante fuerte para ver con claridad sus caras, ninguno de ellos se movía o hacían el más mínimo ruido, allí no se escuchaba ni la respiración de todos los que estaban allí; Kaynet y su madre buscaron un sitio entre todos ellos y se dispusieron a meditar.

La reina era la más avanzadas de todos los humanos, para ella entrar en Akash era tan fácil como entrar en una habitación de su palacio, para sus hijos y en especial para Kaynet no era tan fácil; él había pasado mucho tiempo fuera de ese entorno, y ahora no podía acallar su mente, tenía miles de pensamientos al mismo tiempo, y entre todos ellos uno que venía muy frecuente a su cabeza, Sorlan, él solo pensaba en ella y en como estaría ahora que estaba sin él. Después de varios minutos Kaynet consiguió controlar su cuerpo, era tan rígido como una roca, su respiración era larga y controlada, lo que hacía que su cuerpo parecía que no se moviera en absoluto, después de esto por fin consiguió apaciguar su mente, la cual se había quedado completamente vacía, ningún pensamiento pasaba por su cabeza, solo se centraba en los latidos de su corazón, su rostro comenzaba a iluminar el lugar con su luz interior, y mientras esto pasaba Kaynet sentía como él se iba levantando del suelo, era como una corriente de agua que lo llevaba suavemente hacia arriba, Kaynet estaba en pie, miró al suelo y podía ver su cuerpo en la misma posición en la que había estado durante todo este tiempo, Kaynet sonrió, sabía que estaba a las puertas de Akash; de repente se escucha una voz…

- Vaya, ya era hora -

Kaynet se giró y vio la imagen de su madre al lado suyo

- Por un momento pensé que te había perdido del todo -

Kaynet sonrió…

- te lo dije madre, no tienes nada de qué preocuparte, ahora estoy aquí y eso es lo que importa, ¿verdad? -

La reina miraba atentamente los ojos de su hijo, y sonrió...

- sí, eso es lo que importa, ven, tus hermanos y hermanas nos están esperando -

La reina comenzó a levitar, y se elevaba tanto hasta traspasar el techo de aquel templo, Kaynet hizo lo mismo y seguía a su madre muy de cerca, seguía elevándose y Kaynet miraba al suelo, veía como el palacio de su madre se hacía más pequeño, hasta ver con toda claridad toda la isla, y a medida que seguía elevándose veía el planeta entero en todo su esplendor, Kaynet había olvidado lo maravilloso que era todo aquel espectáculo, mirar la tierra desde el punto de vista de un dios, su madre le veía y se sentía complacida al ver como su hijo volvía a conectar con su verdadera especie. Kaynet seguía fascinado mirando todos los planetas a su alrededor, pero al cabo de unos minutos aquellos planetas se hacían más pequeños, y lo único que sé podía ver eran las galaxias donde se encontraban, de ver miles de planetas a su alrededor pasó a ver miles de galaxias, tantas hasta donde le alcanzaba la vista, pero a medida que seguía avanzando las galaxias parecían ser cada vez menos, todas iban desapareciendo en la distancia hasta que Kaynet y su madre quedaron envueltos en total oscuridad, ellos seguían avanzando hasta que una luz en la distancia se abría paso en medio de toda aquella oscuridad, la reina sonrió…

- Ahí está, Akash -

Kaynet miraba y sonreía, veía como aquella luz se iba transformando en una súper galaxia, algo descomunal en comparación a todas las que había visto anteriormente, en cuanto entraron en esta galaxia fueron tele-transportados de inmediato al centro de esta, donde estaban todos los hijos de la reina esperando por ellos, en cuanto les vieron todos ellos fueron a su encuentro…

- ¡Kaynet! Hermano, que alegría verte -

Kaynet saludaba muy complacido a todos a sus hermanos, en especial a su hermana menor Nacink, ella se acercó a él nada más verle…

- ¡Kaynet! Me alegra ver que aún no te has olvidado de tu familia

Él sonrió…

- Cómo olvidarme de mi hermana favorita -

- Pues me sorprende que aún no lo hayas hecho teniendo en cuenta todo el tiempo que pasas con tu querida Sorlan -

Kaynet se vio sorprendido al escuchar el nombre de Sorlan en boca de su hermana, un nombre que jamás había revelado a nadie en aquella isla excepto a su madre, pero al mismo tiempo recordaba los inusuales poderes que obtienes en Akash, y su hermana se lo confirmaba...

- Eres de lo que no hay hermanito, habías olvidado por un momento que aquí no hay secretos, nuestras mentes son un libro abierto a ojos de todos los que estamos aquí -

- Lo sé, solo hazme un favor y deja de leer mi mente -

Nacink dejó escapar una risa...

- No puedes reprocharme que me interese por tu vida después de todo este tiempo ausente, además, no soy la única persona interesada en saber que está pasando en tu mente -

Kaynet se giró siguiendo la mirada de su hermana y vio a su madre mirándolo fijamente, con un semblante serio, preocupada. Kaynet no sabía que pensar o que decir, pero su madre solo se desvaneció de aquel lugar.

- ¿A dónde ha ido madre? - preguntaba Kaynet desconcertado

- Seguramente estará en el sexto plano, es uno de sus pasatiempos favoritos -

- ¿¡Madre puede ir a Intuición!? - dijo Kaynet muy exaltado. Los humanos más avanzados podían llegar hasta el cuarto plano "Bioenergético" pero eran muy pocos los que podían hacerlo, Kaynet solo había llegado hasta el tercer plano "sensorial" pero solo cuando solía entrar más a menudo a Akash; pero ahora le había costado llegar hasta ese lugar y su madre estaba tres planos más allá de él...

- No deberías sorprenderte tanto Kaynet, Madre siempre ha sido la mejor de todos y es la más constante, estoy segura de que muy pronto pasará al séptimo plano, y entonces se convertirá en el primer dios humano -

Kaynet sabía que su madre era un ser extraordinario, pero nunca había pensado el alcance de su poder, él sabía que su hermana tenía razón, y la reina sería la primera en alcanzar la divinidad.

En el sexto plano la reina estaba meditando, seguía en su empeño de alcanzar el séptimo plano, pero aquello era algo que no era nada fácil en el sexto plano, ya que allí cuanto más intentas controlar algo menos control tienes; ella buscaba la manera de subir de nivel, ya que en ocasiones pasadas estuvo cerca de conseguirlo, o al menos eso creía, y en aquellas ocasiones lo único que hizo fue no pensar, todo lo que hacía era sentir y dejar que sus sentimientos le guiaran, así que estaba vez hizo lo mismo. La reina estaba en posición de loto con los ojos cerrados mientras meditaba, así que intentando hacer algo diferente se incorporó, abrió los ojos y no los volvió a cerrar, dejó su mirada fija en la nada, y dejó que todas aquellas formas que la rodeaban le enseñaran el camino.

El sexto plano es un lugar al que ningún ser de luz puede entrar, ni siquiera un ángel con alas de luz como yo, más sin embargo el séptimo plano es un lugar en el que nos podemos manifestar sin ningún problema, aun así me gustaba ver a La mujer entrar en "Intuición" porque parecía estar más cerca de mí, a tan solo un paso de distancia, Mientras ella meditaba me gustaba hablarle, darle ánimos para que siguiera insistiendo, ya que sabía que era solo cuestión de tiempo, y después de miles de años siguiéndola de tan cerca, quería asegurarme que yo fuese el primer ser de luz en ver. Así que muchas veces mientras ella meditaba yo hacía lo mismo, quería pensar que tal vez podría haber un término medio entre el sexto y séptimo plano, un atajo para estar con ella antes de tiempo. Ella veía como todo a su alrededor se distorsionaba mientras sentía una corriente la iba arrastrando hacia el frente...

- Eso es, lo estás haciendo muy bien, no pienses, solo siente - era lo único que le decía mientras seguía con atención todo lo que ella hacía...

- ¿Quién eres? - preguntó la reina

No me lo podía creer, en mi mente solo dos preguntas vinieron de inmediato (¿me está hablando a mí? ¿Me ha escuchado?) obviamente solo había una forma de saberlo con seguridad...

- ¿puedes oírme? - pregunté con un tono de incredulidad

- Sí, puedo oírte - respondió la reina sin cambiar su mirada - Te había escuchado antes, en otra ocasión, pero me asusté y perdí la conexión, esta vez es diferente porque estaba esperando oír tu voz una vez más.

Ella no estaba en el séptimo plano, ni yo había logrado pasar al sexto, así que tenía razón, había un plano en medio de los dos que nos permitía tener algún contacto, ella había escuchado mi voz antes y yo no lo supe ver en su momento, pero ahora quería seguir poniendo aprueba mi suerte. Me situé detrás de ella y volví a preguntar…

- ¿Y puedes verme? -

Ella se giró lentamente, y me miró directamente a los ojos…

- Sí, puedo verte - ella tenía una risa nerviosa, no solo estaba emocionada por verme, estaba emocionada porque no era la primera vez que me veía…

- Eres tú, eres aquel ser que salió de mi querida serpiente, ¿o acaso me equivoco? -

Sonreí complacido…

- No te equivocas, era yo, yo fui el creador de aquella criatura, y por eso podía estar dentro de ella y controlarla a mi antojo -

- Sabía que había algo más, te vi solo por un segundo, pero durante ese segundo sabía que aquel ser con aquellas alas de luz, había sido mi libertador -

Ella se arrodilló ante mí, y antes de decir algo más la interrumpí…

- Por favor levántate, tú no le debes sumisión a nadie, y yo no soy nadie para merecer semejante gratitud -

La reina se levantó, y me miraba con más admiración que al principio…

- No solo sois humilde mi señor, también sois noble, pero vuestra nobleza no debe quitar mérito a todo lo que has hecho por mí y los míos, gracias a ti he abierto los ojos y me he dado cuenta de todo el potencial que tenemos, gracias a ti tengo a mis hijos y un futuro por delante más allá de la servidumbre o la sumisión a un tirano -

Yo sonreí, y sentía como una carga que venía arrastrando desde hacía tiempo desaparecía dejándome sentir un gran alivio…

- No sabes cuánto tiempo llevo esperando oír eso -.

# CAPÍTULO SEIS
# Adamu

Kaynet inspirado por su madre comenzó a meditar también, ya que estaba allí quiso aprovechar el tiempo para estar en contacto con su propio yo y enriquecer su conocimiento, pero aun así no dejaba de pensar en Sorlan, solo quería saber si estaba bien o que estaría haciendo en ese momento, así que antes de empezar con su entrenamiento se tomó un tiempo para saber algo de Sorlan. Dentro de Akash puedes ver la línea de tiempo de cualquier ser vivo que exista o que haya existido, solo los más expertos podían ver la línea de tiempo desde el principio hasta el final, incluso antes de que ese ser vivo dejara de existir, pero Kaynet seguía siendo un principiante debido a su falta de empeño y su deseo de pasar más tiempo con los nuevos humanos como él les decía, por este motivo solo podía ver el presente, un poco del pasado y poco más del futuro, el único problema es que él no podía estar seguro de que parte de la línea de tiempo estaba mirando, lo cual se hacía un poco confuso al no saber que es pasado, presente o futuro, más sin embargo no le importó ese pequeño detalle y se concentró solo en ver la línea de tiempo de Sorlan. Había pasado mucho tiempo desde la última vez que Kaynet había hecho algo así, pero a medida que lo iba haciendo todo volvía a su mente, lentamente veía la tierra donde vivía los nuevos humanos, veía las casas, los hombres y las mujeres alrededor trabajando en algo, y a las afueras de la Villa, veía a Sorlan trabajando la tierra como de costumbre, ella era la encargada de plantar las semillas de las nuevas cosechas, y era algo que le gustaba mucho hacer, ya que no era costumbre que una mujer hiciera ese trabajo, lo cual la hacía sentirse especial. Kaynet la observaba y sonreía complacido al ver que ella estaba bien, pero casi al mismo tiempo de sentir alivio sintió temor al ver como uno de los guerreros de la Villa observaba a escondidas entre los árboles; era Góulix, uno de los nuevos hombres que estaba obsesionado con Sorlan y solo pensaba en poseerla, y allí sola en el campo parecía que Góulix tenía la oportunidad perfecta. A continuación Kaynet presenció cómo Góulix la asaltaba ferozmente, Sorlan trataba de defenderse pero Góulix era muy fuerte, Kaynet veía como Góulix se posicionaba encima de ella y se disponía abusar de Sorlan sexualmente, Kaynet observaba paralizado y dejaba que sus miedos tomaran control de él, lo que hizo que su visión comenzara a distorsionarse, rápidamente Kaynet usó una vieja técnica para calmarse y retomar el control de sus sentimientos, lo que hizo que volviera a ver la imagen de Sorlan, esta vez ella estaba sola en medio de un campo de flores, ella estaba sentada cruzando las piernas dándole la espalda a Kaynet, a medida que Kaynet se acercaba a ella veía que tenía algo entre sus brazos, cuando se acercó un poco más para ver que tenía vio claramente como ella sujetaba a un bebe; Kaynet perdió toda concentración y fue arrastrado de Akash hasta llegar a su cuerpo donde él despertó...

- Oh no, ¡Sorlan! ... Debo ayudarla -

Kaynet se levantó y vio a su madre al lado suyo aun meditando, La Luz que emitía su cabeza era tres veces más brillante que la de cualquiera de sus hermanos, Kaynet se acercó a ella, se puso en una rodilla y le dio un beso en la mejilla...

- Lo siento madre, pero esto es algo que debo hacer, espero que me perdones -

Kaynet se levantó y abandonó rápidamente el templo de sus padres para ir de inmediato en busca de Sorlan.

La reina seguía hablando conmigo, ella aún no podía creer lo que le estaba pasando al ser capaz de verme e incluso el poder hablarme, y sinceramente, era algo que incluso a mí también me costaba creer. Ella no paraba de preguntarme acerca de mi mundo y mi origen; yo no tenía ningún reparo en contarle todo, desde mis días como fiel ángel hacia el creador hasta el día de hoy donde soy considerado el mayor traidor de la historia. Le conté que desde el principio yo estaba allí, mirándola desde la distancia y siguiéndola a cada paso, ella sonreía complacida pues podía ver cuán importante era ella para mí, así que sabiendo esto ella aprovechaba para hacerme más preguntas...

- Mi señor, disculpa mi atrevimiento una vez más, pero por favor decidme... ¿cuáles son tus planes para con nosotros? ¿Cuál es el sentido de nuestro existir? -

Preguntas que incluso hoy en día ningún humano puede decir que tiene la respuesta, pero para mí no era un problema responder a esas preguntas, para mí el problema era explicarle de una manera tan simplificada que ella me pudiera entender, porque incluso con lo avanzada que ella era seguía siendo una niña en comparación de un ser de luz en cuanto a conocimiento, y por muy buena que sea tu intención de hacerle entender todo lo que sabes sigue siendo una tarea prácticamente imposible, era como tratar de explicarle a una niña de dos años todo acerca de la mecánica cuántica y esperar a que te entendiera...

- De momento te puedo decir con absoluta certeza cuál es no tu razón de existir, y esa es la de servir a un ser que se cree superior a ti -

Ella sonrió, yo seguía hablando

- Algo que debes entender es que tu vida es tuya y solo tú decides que hacer con ella, así que volviendo a tus preguntas dime... ¿cuáles son tus planes? ¿Qué sentido quieres darle a tu existir? -

Ella me miraba, pero no sabía que responder...

- Decidas lo que decidas sé que será un destino de grandeza, estoy seguro de que muy pronto saldrás de aquí y podrás acompañarme a conocer las maravillas de mi mundo y todo aquello que aún no sabes acerca del tuyo -

- muchas gracias, mi señor por tan generosas palabras -

Ella no paraba de sonreír y yo cambié mi semblante por uno más serio, mi mirada estaba perdida en la nada y ella lo notó...

- ¿Qué sucede mi señor? -

- Debo prevenirte, se acercan grandes cambios en tu mundo, y debes estar a la altura de todos los problemas que acechan a tu gente -

- ¿Problemas? ¿A qué te refieres? -

- Uno de tus hijos mayores, Kaynet, está a punto de dar un paso que cambiará para siempre las cosas en este mundo -

- ¿Kaynet? ¿qué ocurre con él? -

- No te preocupes, ya no hay nada que puedas hacer, solo espera a que vuelva a casa y entonces lo sabrás, pero vuelvo y te lo repito, debéis estar a la altura de la situación mi reina, solo recordad que lo que hoy puede ser una desgracia, mañana puede ser una bendición -

La reina estaba confundida al oír todo aquello, ¿esperar a que Kaynet volviera a casa? Pero él ya estaba en casa... ¿o acaso ya no? Ella no sabía que pensar, lo cual le hizo perder la concentración y perder su puesto en esta nueva dimensión, ella desapareció de mi presencia y volvió a la sexta dimensión, yo seguía allí de pie con la mirada puesta en la nada, sabía que después de decir aquello ella sería expulsada de aquel lugar, pero era exactamente lo que yo quería, ya que si mi semblante había cambiado no era por aquella visión de su hijo, aquello era algo que ya había visto y sabía desde hacía tiempo, mi motivo para sacarla de allí era algo completamente inesperado...

- ¿Qué estás haciendo aquí? ¿de verdad creías que podías esconderte de mí? - pregunté en un tono serio

El creador apareció delante de mí...

- Cometes un gran error Luzbel -

Aquella era la primera vez que veía al creador cara a cara desde el día de la batalla, yo le miraba directamente a los ojos, pero esta vez no con odio, lo hacía con decepción, durante todo mi existir él lo había sido todo para mí, y ahora allí delante de mí era extraño ver como alguien que había sido tan importante para mí se había convertido en uno de mis mayores errores...

- Si vas a volver a decirme que no sé lo que estoy haciendo con los humanos te aconsejo que no pierdas el tiempo, y que tampoco me lo hagas perder escuchando tus necedades -

Él solo me miraba, pero no decía nada...

- De verdad… aun no entiendo como alguien como tú, con todo tu poder, con todo tu conocimiento y sabiduría no puede ver y reconocer cuando se ha equivocado -

- Pobre Luzbel, veo que aún no has cambiado nada, sigues perdiéndote en la superficie sin ser capaz de ver que hay mucho más en el interior -

- ¡Ah por favor! ¿Vas a decirme ahora que los humanos estaban mucho mejor cuando estaban a la sombra de un árbol sin hacer nada más que esperar por ti para alabarte? Antes de mí ellos eran solo tus sirvientes sin esperanzas de ser algo más; ahora, ellos han construido una gran comunidad, conocen como funciona su cuerpo, este mundo y parte de este universo, gracias a mí han desarrollado un potencial que nunca lo hubieran alcanzado al lado tuyo, y ellos lo saben, por ese motivo están agradecidos conmigo, y eso es lo que realmente te molesta -

- ¿De verdad piensas que solo porque han construido una sociedad más compleja están desarrollando todo su potencial? Que sabes tú acerca de todo su potencial ¿Acaso has sido tú el que los ha creado? ¿Has sido tú el que les ha dado un propósito de existir? Tú no tienes la más mínima idea de cómo sacar su máximo potencial, ¡lo único que estás haciendo es entorpecer su misión y confundirlos aún más! -

- Pero ¡cómo es posible que te sigas aferrando a la misma historia cuando todas las evidencias están en tu contra!, quieres hacerme pensar que estoy equivocado cuando lo único que he visto y sigo viendo es prosperidad y un gran futuro para los humanos... se avecina una nueva generación y con ellos muchos más cambios y logros que no se han visto hasta ahora, y tú lo sabes-

El creador apartó su mirada y me dio la espalda...

-Veo que no cambiarás de opinión, y por desgracia tu obstinación la pagarán los humanos... vas a obligarme hacer algo que no quería hacer, y cuando eso ocurra, recuerda que todo eso será culpa tuya Luzbel-

Y diciendo esto el creador desapareció de mi presencia...

- ¡ESPERA! ¡qué has querido decir con eso! -

Tuve un mal presentimiento cuando escuché aquellas palabras, pero ¿qué significaban? ¿Le obligaré hacer algo que no quería hacer y lo pagaran los humanos? Sabía que tenía que estar más alerta que nunca y prevenir a los humanos de cualquier desgracia provocada por el creador, así que sin pensármelo dos veces abandoné aquella dimensión para volver a mi mundo y comenzar una estrecha vigilancia hacia el creador y sus súbditos.

La reina despertó y notó enseguida que su querido hijo ya no estaba a su lado...

- ¡Oh no! Kaynet -

La reina salió corriendo del templo en busca de su hijo, pero él no estaba por ningún lado, por el camino encontró a otro de sus hijos...

- Sabín, ¿has visto a tu hermano Kaynet? -

- Si madre, le he visto hace poco más de una hora, él iba corriendo hacia los establos en busca de su Napyr -

La reina dejó escapar un suspiro... (Kaynet, que vas a hacer hijo mío) pensaba la reina mientras recordaba mis palabras... "Ya no hay nada que puedas hacer, solo espera que vuelva a casa y entonces lo sabrás". Ella sabía que no podía hacer nada más por su hijo, así que lo único que podía hacer era seguir con su papel de dirigente de la isla y esperar por el pronto retorno de su hijo.

Kaynet iba montado en su Napyr, un familiar lejano del actual rinoceronte; no era una de las especies más rápidas de aquel mundo, pero podía correr varios kilómetros sin bajar de velocidad, además era un animal grande y robusto que podía defenderse muy bien de cualquier otra criatura que pudieran encontrarse en el camino, lo cual lo hacía el perfecto medio de transporte. Kaynet cabalgaba día y noche y solo descansando lo suficiente para que su Napyr no desfalleciese por el camino, el viaje era largo y muy duro si no se descansaba debidamente, pero el solo recordar aquella imagen de Sorlan en peligro hacía que Kaynet se llenara de fuerzas para continuar. Por fin llegó a las tierras de los nuevos humanos, y lo primero que Kaynet hizo fue ir a hacia donde tenían las cosechas, ya que ese era el lugar donde Sorlan pasaba más tiempo, al llegar vio en la distancia la figura de Sorlan, ella estaba sola y de rodillas en el suelo, Kaynet podía ver claramente que algo le pasaba...

- Oh no... ¡SORLAN! - gritó Kaynet mientras saltaba de su Napyr en marcha y corría desesperadamente a verla.

La visión de Kaynet se había cumplido, Sorlan había sido atacada por Góulix minutos antes de que Kaynet llegara, Kaynet lo había visto todo con varios días de antelación, pero no pudo hacer nada para evitarlo porque había llegado tarde. Kaynet corrió a ver a Sorlan y lo primero que vio fue las heridas de su cara, estaba sangrando un poco en sus labios y además tenía varios golpes por toda la cara y cuerpo, Kaynet supo enseguida que su viaje había sido en vano, él se sentía mal al verla en aquel estado, pero ella le sonreía porque se sentía feliz al verle, Kaynet trataba de hablarle, pero sentía como las palabras no le salían, hasta que finalmente habló...

- Oh Sorlan, lo siento mucho, yo... yo -

Sorlan respondió lo mejor que pudo dejando claro que él no debía sentirse así...

- tu no decir lo siento a Sorlan, tu no ser protector de Sorlan, Sorlan saber defenderse -

- ¿Sabes cómo defenderte? ¿Entonces qué ha pasado con Góulix? -

- Góulix ser hombre fuerte, pero Sorlan mujer fuerte también, y más lista que Góulix -

- ¿entonces no ha abusado de ti? -

- Góulix intentar, pero Sorlan no dejar -

Kaynet sonrió, pero al mismo tiempo se daba cuenta de que Sorlan no le necesitaba para nada, él había corrido hasta allí pensando que estaba rescatando a una damisela en apuros, pero ahora veía que lo había hecho era porque era él quien la necesitaba y no quería que nada malo le fuese a pasar, Sorlan seguía hablando…

- Sorlan no tonta, Sorlan saber Góulix intentar otra vez porque Sorlan estar sola -

- Lo sé, pero te prometo que no habrá próxima vez, yo le enseñaré a ese Góulix a respetarte, y no se atreverá a tocarte nunca más -

- Góulix no problema, problema es Sorlan estar sola, Kaynet no estar con Sorlan -

- ¿A qué te refieres con que no estoy contigo? Vine lo más rápido que pude en cuanto vi que estabas en peligro, y ahora que ya estoy aquí no dejaré que nada malo te pase -

Sorlan le miraba fijamente a los ojos…

- Si Kaynet querer estar con Sorlan, entonces... Kaynet deber estar con Sorlan -

Kaynet la miraba fijamente a los ojos también sin decir nada, él estaba de rodillas a su lado que también estaba de rodillas, Sorlan bajó la mirada y con sus manos comenzó apartar la ropa de Kaynet por debajo de su cinturón, Kaynet solo la miraba sin decir o hacer nada, ella llegó hasta su pene y lo agarró con su mano, y lentamente bajaba y subía su muñeca mientras volvía a poner su mirada en los ojos de Kaynet, él no sabía si aquello que Sorlan estaba haciendo funcionaría con él, él nunca lo había intentado con si mismo porque simplemente no tenía la necesidad de hacerlo, el sexo era algo que solo sus padres conocían y entendían, para Kaynet y todos sus hermanos era algo que no estaba en sus genes, por este motivo Kaynet nunca había tenido una erección, su cuerpo no había sido diseñado para la reproducción, o al menos eso era lo que él creía, pero todo aquello estaba a punto de cambiar; mientras sentía las cálidas manos de Sorlan y la miraba fijamente a los ojos comenzó a sentir algo que no había experimentado antes, era una sensación que se enfocaba en su pene pero al mismo tiempo ese bienestar le recorría todo el cuerpo, Sorlan sentía como aquel pene flácido se iba endureciendo entre sus manos, así que ella aceleró el movimiento con sus manos mientras veía como la respiración de Kaynet se iba agitando hasta el punto de que tenía que respirar por la boca, él no había experimentado tal placer en su vida, sentía como todos sus pensamientos se desvanecían dentro de su cabeza y lo único que podía sentir era aquel intenso placer; Sorlan sabía que él está listo para ella, así que se tumbó boca arriba en frente de él y se quitó la ropa quedando completamente desnuda, Kaynet había visto esto millones de veces con los otros humanos, así que él sabía que era lo que venía a continuación, él quería llegar hasta el final de aquella nueva experiencia, así que sin pensárselo dos veces se puso encima de ella, y sin esperarlo notó como su pene entraba directamente en ella, fue como encajar dos piezas de un rompecabezas, fue muy fácil de conseguir, él podía sentir como ella estaba completamente mojada por dentro, y sentía en su pene una calidez y un placer sin igual, él nunca había hecho algo así pero su propio cuerpo le decía que debía hacer para conseguir más placer, él seguía penetrándola una y otra vez y Sorlan también disfrutaba con aquello, él aceleraba el ritmo hasta que sintió que perdía el control, iba más y más deprisa hasta llegar a una inesperada explosión de placer que le hizo gritar para liberar todo aquel placer que su cuerpo no podía retener, él cayó encima de ella y sentía como su pene iba perdiendo las fuerzas, Kaynet también se sentía muy débil, de hecho esta era la primera vez en toda su vida que se sentía tan indefenso, pero estar dentro de Sorlan le daba una sensación de bienestar y seguridad que no había sentido antes, ni siquiera en brazos de su madre cuando él era tan solo un niño. Kaynet sacó su pene y miraba los ojos de Sorlan, ella también tenía ese gesto de haber disfrutado tanto como Kaynet, los dos reían a carcajadas después de aquello y se fundían en un tierno abrazo.

En los días venideros las cosas cambiarían para siempre en la villa de los nuevos humanos, Kaynet tenía su propia casa allí y Sorlan abandonó su familia para irse a vivir con él, Kaynet no era el líder de la Villa, pero para ellos él era como un dios, así que todo lo que él quería ellos le obedecían sin más, y el hecho de elegir a una de los suyos para ser su mujer le convertía en uno más de la Villa. Al principio era Sorlan la que siempre le buscaba para tener sexo, pero a medida que pasaba el tiempo Kaynet comenzaba a sentir la necesidad de sexo también, así que él comenzó a buscarla de la misma forma, o tal vez más; Kaynet por fin sentía que estaba viviendo la vida que de verdad merecía, y todo aquello se lo debía a Sorlan; y él a pesar de haber dejado la meditación y enfocarse más en las actividades físicas era feliz, aquella vida sencilla era lo que él tanto había anhelado tener.

Pocas cosas habían cambiado en la isla desde la partida de Kaynet, sus hermanos y hermanas seguían con sus vidas de meditación y desarrollo personal para mejorar el futuro de la isla; habían pasado varios meses desde que Kaynet se había ido tan repentinamente, pero para aquellos que el tiempo no es un problema varios meses se pasan en un abrir y cerrar de ojos, la reina seguía en palacio con sus deberes de orientar y guiar a todos sus hijos teniendo muy presente en sus pensamientos a su querido hijo Kaynet, al que le seguía esperando impaciente, hasta que un buen día algo rompió la paz de aquel lugar. Desde la entrada principal de la isla se escuchaba el llanto de un bebé, solo los más mayores sabían de lo que se trataba, los más jóvenes desconocían tal sonido y era como escucharlo por primera vez en sus vidas, no era un sonido agradable pero más sin embargo era algo que llamó la atención de todos los que estaban allí, cuando buscaban de donde venía aquel llanto veían desde la distancia la silueta de Kaynet montado en su fiel Napyr, todos le veían acercándose y podían ver que llevaba algo en sus brazos, sus hermanos mayores se acercaron a él y vieron claramente que lo que llevaba en brazos era un bebé de pocos meses...

- ¡No puede ser! ¿es un bebé? ¡cómo es posible! Ni siquiera sabía que madre estaba en embarazo -

Todos alrededor murmuraban mientras Kaynet seguía avanzando sin parar hasta llegar al palacio real, él bajó de su Napyr y siguió caminando con aquel bebé en brazos rumbo al trono real donde estaba su madre, su padre y algunos de sus hermanos mayores. Kaynet caminaba con orgullo cargando aquel bebé y no se detenía a dar explicaciones, además todos sus hermanos solo le veían avanzar y ninguno de ellos se atrevía a preguntar de donde había salido aquel bebé o porque era él quien lo cargaba y no la reina.

La reina estaba sentada en su trono y pronto llegó a sus oídos la noticia sobre el retorno de su hijo, ella estaba ansiosa por verle, pero al mismo tiempo tenía un mal presentimiento.

Kaynet entraba a la sala del trono real y aquel bebé que tenía en brazos había parado de llorar. Kaynet estaba un poco nervioso por lo que estaba a punto de pasar, pero aquella situación había pasado miles de veces en su cabeza; así que por muy mal que pudiese salir todo él estaba preparado. Aquel bebé que tenía en brazos no dormía, pero permanecía en silencio mirando todo alrededor, ya que era la primera vez que veía algo como aquello. Finalmente, Kaynet estaba en frente de sus padres, la reina puso sus ojos en aquel bulto que Kaynet llevaba en brazos, y notó que era algo que cargaba con delicadeza, y después de un centenar de hijos el primer pensamiento que pasó por su cabeza fue el de un bebé, su hijo cargaba un bebé, pero era más pequeño, así que tal vez era un bebe de aquellas criaturas que él tanto amaba

- Madre, Padre, permitirme que os presente Adamu, mi hijo - dijo Kaynet mientras destapaba aquel bebé y se los enseñaba a todos los allí presentes.

Todos quedaron impactados al escuchar aquello, miraban aquel bebé y en efecto era como uno de ellos, pero más pequeño…

- Perdona hermano, has dicho… ¿tu hijo? - preguntó uno de los hermanos mayores de Kaynet

- Así es, es hijo mío y de Sorlan, una hembra de los nuevos humanos -

¿Nuevos humanos? Todos murmuraban sin quitar los ojos de aquel bebé

- Adamu es la prueba de que nuestras especies no son tan diferentes, este bebé es... -

- ¡ES UNA ABERRACIÓN! - Gritó el rey mientras se levantaba de su trono...

- ¡Esas criaturas no son como nosotros! ¡Cómo te atreves a decir que son los "nuevos humanos"! Nosotros hemos estado en este planeta desde el principio, mientras que ellos son simples bestias sin ningún futuro-

Kaynet seguía aún temeroso con aquella situación, pero no estaba dispuesto a bajar la guardia...

- ¿Si son simple bestias como dices... como explicas la existencia de Adamu? - preguntaba Kaynet

- Este bebé es la perfecta mezcla de nuestras especies, si es algo que no debe ser... ¿Cómo explicas que sea posible? -

- El cómo lo hayas conseguido es algo irrelevante, has jugado con fuerzas que van contra natura, y ese experimento que dices ser tu hijo, es solo tu deseo egoísta de creer que esas bestias son especiales; en tú afán de estar en lo cierto creaste un monstruo que nunca debió haber salido de tu laboratorio -

Aquellas palabras afectaron de verdad a Kaynet, él podía soportar cualquier cosa mala que sus padres estuvieran dispuestos a decir sobre él, pero aquella forma de referirse a su hijo realmente le molestó...

- Te equivocas en todo, esas bestias como tú dices si son especiales, y Adamu no es ninguna creación mía en un laboratorio, él fue creado de la misma forma que lo fui yo o cualquiera de mis hermanos aquí presentes -

La reina se sorprendió al escuchar eso, hasta el momento ella no había dicho nada, pero aquellas palabras requerían su intervención...

- Que es lo que estás diciendo Kaynet, acaso tú y esa hembra -

- Sorlan - replicó Kaynet

- Si, Sorlan, ¿acaso tú y ella habéis tenido? -

- ¿Sexo? sí, lo tenemos muy a menudo, y gracias a ello puedo decir que Adamu es realmente hijo mío -

Todos los allí presentes se escandalizaron al oír las palabras de Kaynet, el sexo era algo que nunca se les había enseñado y nunca habían tenido la necesidad de conocerlo, era algo tan exclusivo del rey y la reina que nadie antes se había planteado la idea de practicarlo igualmente. El rey se había quedado sin palabras, pero su cara reflejaba el enfado y repudio al pensar en su hijo haciendo semejante acto con una bestia como él les llamaba. La reina miraba fijamente aquel bebé y recordaba las palabras de aquel ser en el sexto plano...

- "Ya no hay nada que puedas hacer, solo espera a que vuelva a casa y entonces lo sabrás, pero vuelvo y te lo repito, debéis estar a la altura de la situación mi reina, solo recordad que lo que hoy puede ser una desgracia, mañana puede ser una bendición" -

La reina miraba la cara del bebé y podía ver con claridad la cara de su querido Kaynet cuando era tan solo un bebe, solo que más pequeño, pero aun así nadie podría decir que era un bebé híbrido, su aspecto era completamente idéntico al de ellos...

(Lo que hoy puede ser una desgracia, mañana puede ser una bendición) pensaba la reina.

Uno de sus mayores temores era que su especie estuviera condenada a desaparecer si algo le pasaba a ella o a su rey, ellos eran los únicos que habían creado toda una comunidad de la nada, y sin ellos esa comunidad desaparecería con el tiempo. Fue entonces cuando ella comprendió que aquel bebé que tenía en frente de ella era el futuro, si sus hijos eran capaces de mezclarse con aquellos que Kaynet llamaba los nuevos humanos, entonces sus hijos y toda la comunidad que habían creado tendría un futuro. La reina se acercó a Kaynet y con cuidado quitó la manta que cubría al bebé; vio que era un bebe saludable y normal a pesar de ser más pequeño en comparación a uno de los suyos, aquel bebé la vio y comenzó a reír y a moverse muy excitado, Kaynet miraba a su hijo y a su madre, y él no era el único, todos los demás estaban atentos esperando alguna respuesta de parte de su reina; ella miró a Kaynet a los ojos y abriendo los brazos le preguntó...

- ¿Puedo? -

Kaynet sorprendido no opuso resistencia, y con mucho cuidado pasó a su hijo a los brazos de su madre, Adamu estaba muy contento al estar en brazos de su abuela, y ella no podía evitar sentir el mismo calor que sentía cuando tenía a uno de sus hijos en brazos, Adamu agarró uno de los dedos de la reina y no lo quería soltar, ella sonrió y comenzó a hablarle con dulzura...

- Hola Adamu... Hola, eres un bebe muy hermoso y fuerte -

Todos quedaron atónitos al ver el comportamiento de la reina, en especial su marido...

- Pero... mi señora, ¿es que habéis perdido la cabeza? -

La reina miró directamente a los ojos de su marido, y con decisión le habló a él y a todos los que estaban presentes...

- Escuchadme todos, este es Adamu, hijo de Kaynet, y como tal, será tratado como uno más de los nuestros, será respetado, querido, y desde este momento este será su hogar -

Nadie en aquel lugar podía creer lo que acababan de oír, en especial Kaynet, que nunca imaginó que las cosas pudieran ir tan bien, así que tentando un poco más a la suerte y a la generosidad de su madre preguntó...

- Madre, ¿y qué hay de Sorlan? -

La reina le miró con ternura y sonrió...

- Una madre debe estar siempre cerca de su hijo; siéntete libre de traerla aquí a vivir contigo -

Kaynet sonreía muy complacido, pero su padre no lo estaba en absoluto...

- Definitivamente habéis perdido la cabeza mi señora, ¿vais a dejas que esas bestias vivan en nuestro mundo como si fueran uno de los nuestros? ¿Es que acaso no veis el peligro que representan para nuestra comunidad? -

- Mi señor no olvidéis que es a tu reina a quien le estáis hablando, así que dirígete a mí con respeto -

La cara del rey cambió, parecía la cara de un niño al que su madre le acababa de reprender, él solo la miraba directamente a los ojos sin decir nada mientras ella seguía hablando...

- Tal vez mañana entiendas los motivos de mis decisiones de hoy, pero de momento no necesito que las entiendas, solo necesito que obedezcan, y esto va para ti y todos los habitantes de esta isla, la reina ha hablado -

Todos hicieron una reverencia y contestaron al unísono...

- SI, MI REINA -

La reina posó sus ojos nuevamente en su querido Kaynet mientras seguía con su nieto en brazos...

- Ven Kaynet, acompáñame a dar un paseo por los jardines del palacio, quiero enseñarle todo a este pequeñín -

Kaynet no podía ocultar la felicidad en su rostro al ver cuánto soporte estaba recibiendo por parte de su madre, orgulloso de tener una madre como ella él solo se limitó a contestar...

- Sí, mi reina -

# CAPÍTULO SIETE
# La Nueva Generación

Kaynet contaba con el respaldo incondicional de su madre, gracias a esto decidió regresar a la villa de Sorlan con la idea de llevársela a vivir con él a la isla. La reina y Nacink se quedarían con Adamu en la isla para hacer el viaje de Kaynet más fácil y rápido, así que aprovechando su buena suerte Kaynet partió de inmediato a la villa de su esposa, él no aguantaba las ganas de verla y de contarle todas las buenas noticias. Sorlan tenía sus dudas acerca de aquel cambio, pero en el fondo sabía que era lo mejor para Adamu, ella sabía que su hijo tenía un gran potencial, y viviendo con la familia de Sorlan jamás podría desarrollarlo. Sorlan aceptó, pero solo con una condición, ella no quería ser la única de su especie en la isla, así que pidió a dos de sus hermanas que le acompañaran a la isla, ellas le harían compañía además de ayudarles con los cuidados que requería Adamu. La reina había visto venir esta condición, y antes de que Sorlan dijera nada le dijo a su hijo que todo aquel que quisiera ir a la isla con ellos sería bienvenido.

Kaynet, Sorlan y dos de sus hermanas partieron con rumbo a la isla, allí les esperaba Adamu, él se había acostumbrado rápidamente a la compañía de su abuela la reina, y ella lo sentía como a uno más de sus hijos. Era una situación desconcertante para la reina, el tener un bebé en brazos y saber que no era de ella la confundía al principio, pero cada vez que miraba la carita de aquel bebé veía a uno de los suyos, su corazón simplemente no podía evitar quererle con todas sus fuerzas.

La reina no era la única que sentía un amor incondicional por Adamu, Nacink, su tía y hermana pequeña de Kaynet pronto seria parte del día a día de Adamu, Nacink y Sorlan se hicieron amigas rápidamente, aunque al principio para Nacink era solo curiosidad y admiración por esta especie, al final no podía negar que Sorlan ahora era parte de su familia. No todos en la isla aceptaron a los nuevos invitados de la misma forma, a pesar de que ninguno de ellos decía o hacia nada para lastimar a Sorlan y sus hermanas, ellas podían sentir que no eran bienvenidas por algunos de ellos.

Los días pasaban y en un abrir y cerrar de ojos Adamu ya tenía 4 años, la isla era su hogar y él solo quería jugar todo el tiempo con su abuela y su tía Nacink.

Nacink sentía un amor por Adamu que no había sentido antes por nadie, ni siquiera por sus padres o hermanos, aquel pequeño tan frágil y lleno de vida había robado su corazón, pero al ver como se hacía tan grande y tan deprisa, sentía como aquel bebé que era antes dejaba un vacío que ella quería llenar.

Ella era una de las mejores estudiantes en la isla, su conocimiento sobre Akash era extenso, pero desde que Adamu había llegado a su vida apenas había visitado el templo de meditación. Nacink era una de las hermanas más jóvenes de Kaynet, así que nunca tuvo la oportunidad de cuidar de alguno de sus hermanos o de ver algún bebé en su vida. Pero cada vez que jugaba con su único sobrino y lo tenía en brazos sentía que ese era su destino, Nacink tenía en Adamu su refugio, y al igual que su hermano Kaynet ella era abierta y curiosa a nuevas experiencias. Nacink aún tenía en su memoria las visiones que tuvo acerca de su hermano y Sorlan teniendo sexo, sabía lo que habían hecho y como lo habían hecho, así que la idea de hacer lo mismo pasaba constantemente por su mente.

Un día, Nacink decidió volver al templo de meditación, había pasado un buen tiempo desde la última vez, y ella necesitaba cierta información que solo podría obtener desde Akash; sin perder el tiempo fue hasta Akash y comenzó a mirar su propia línea de tiempo. Allí, pudo ver su pasado, parte de su presente, y finalmente parte de su futuro. Dentro de esas imágenes se veía así misma en un estado bastante avanzado de embarazo, veía su rostro y podía ver que era completamente feliz, aquella imagen llenaba su corazón de amor, sabía que sus planes se iban a llevar a cabo, y que era una buena decisión; así que siguiendo esa misma línea de tiempo volvió atrás, solo un par de meses, hasta ver quién sería el padre de su hijo no nato, al ver aquella criatura la reconoció de inmediato, era Góulix, el antiguo pretendiente de Sorlan. Góulix era un ejemplar alto y fuerte, no tan alto como era Nacink, pero un poco más que Sorlan…

- Góulix - dijo Nacink -Ya sé quién eres y en donde encontrarte -

Góulix se encontraba en su propia villa con los demás machos de su especie, cuando no estaban cazando se la pasaban peleando para ver quién era el macho Alfa, papel que siempre ganaba Góulix. Un día había salido de caza por su propia cuenta, y mientras estaba en el medio de un bosque acechando su presa se encontró algo inesperado. Era una hembra, pero no era de su propia especie, era una hembra de la misma especie de Kaynet, Góulix no había visto una hembra de aquella especie hasta ese momento, era una mujer imponente, más alta que él y seguramente más fuerte…

- Góulix, mi nombre es Nacink, estoy aquí porque necesito pedirte un favor -

Góulix se sorprendió al ver que esta mujer sabia su nombre, pero para él ella era una diosa, así que sentía que no debía sorprenderse por esas cosas, Nacink comenzó a caminar hacia un claro que había en medio del bosque...

- Vamos, sígueme - sonrió Nacink mientras seguía caminando.

Góulix, dudoso, comenzó a seguirla, pero manteniendo las distancias, Nacink se detuvo en medio de una zona despejada donde solo había hierva, ella estaba de pie mirando como Góulix se iba acercando de a poco, una vez que Góulix estaba a una distancia prudente Nacink le dio la espalda; se puso de rodillas para después poner sus manos en el suelo también, Góulix no entendía lo que estaba haciendo, pero él seguía mirando. Nacink giró su cabeza para mirar directamente los ojos de Góulix, seguidamente con su mano dejó al descubierto su trasero, dejando sus genitales a la vista de Góulix...

- Vamos, estoy segura de que sabes lo que debes hacer Góulix -

Él sentía un fuego intenso en su interior, para Góulix no era la primera vez que tenía sexo, pero aquella sería la primera vez que lo haría con una diosa, y sin quitar los ojos de aquel trasero perfecto, Góulix no lo pensó dos veces. Rápidamente se acercó a Nacink y la penetró, Góulix dejó salir el animal que es y la penetraba con violencia, sin parar, pero Nacink era más grande y fuerte que él, así que sus embistes no le hacían el más mínimo daño, mientras Góulix la seguía penetrando Nacink no entendía porque aquellas criaturas y su propio hermano le gustaban tanto aquella actividad, para ella era una sensación extraña, incluso se sentía algo incomoda con aquel salvaje estando dentro de su cuerpo, pero aquel era solo el medio para conseguir su fin.

Nacink no lo sabía, pero en aquel momento su cuerpo comenzó a adaptarse a las nuevas sensaciones que recibía, dentro de sus células estaba toda la información necesaria para reproducirse, así que en cuanto su cuerpo notó que estaba teniendo sexo, su propio cuerpo dispuso todo para comenzar con el proceso de reproducción.

No le tomó mucho tiempo a Góulix para terminar en éxtasis, justo cuando Nacink comenzaba a sentir que aquello no era tan mal como era al principio, pero una vez que Goulix estaba fuera de su cuerpo Nacink se incorporó, volvió a poner su ropa en la posición adecuada y le dio las gracias a Góulix…

- Buen trabajo Góulix, volveré a buscarte en caso de que vuelva a necesitar tu ayuda -

Y así sin más, Nacink le dio la espalda a un confuso Góulix que no sabía a qué venia todo aquello, pero que no le importaba en lo más absoluto. Nacink fue en busca de su Napir, y de la misma forma en la que había llegado a la villa de Góulix ella se fue para regresar a su isla.

Ya no había vuelta atrás, Nacink había seguido una línea en el tiempo que cambiaría el rumbo de la historia, ella solo cabalgaba en su Napir mientras pensaba en todo lo que había sucedido minutos antes, recordaba lo incómodo que fue sentir a Góulix dentro de ella la primera vez, pero también recordaba aquel placer que sintió al final, un placer nuevo para ella y que se preguntaba hasta donde hubiera podido llegar si hubiera sentido ese placer desde el principio…

- Ahora entiendo a Kaynet, si eso es lo que él siente cuando está con Sorlan desde el principio, entonces es un placer que vale la pena repetir -

Varias semanas pasaron, y nada había cambiado en la isla, excepto la salud de Nacink, ella parecía estar apenas con energía, y varias veces al día su estómago le jugaba malas pasadas con ciertos tipos de alimentos, comportamiento que era inusual para todos los que vivían allí porque nadie solía enfermarse, pero lo más extraño era el comportamiento de Nacink ante ello, ella atravesaba por una situación que parecía no importarle, de hecho todo aquello parecía hacerla feliz de algún modo. Ella sabía exactamente lo que le estaba pasando, aquellos síntomas que nunca había sentido en su cuerpo, era el producto de algo que no había hecho antes… llevar una criatura en su vientre.

Un día Nacink jugaba con Adamu mientras la reina los observaba desde la distancia, mientras la reina los observaba notó que Nacink parecía evitar cargar Adamu como lo hacía antes, además cada vez que Adamu se acercaba a su tía corriendo ella involuntariamente cubría su vientre con su mano, La reina lo veía pero no daba crédito a sus conclusiones, ella tenía que saber la verdad, así que sin pensárselo dos veces se acercó para hablar con Nacink, Adamu en cuanto vio a su abuela corrió hacia ella para que lo levantara en brazos, ya que su tía no lo hacía...

- ¡Mi reina! - gritaba exaltado Adamu mientras su abuela lo tomaba en brazos...

- Hola Adamu, ¿te estás divirtiendo con tu tía Nacink? -

- ¡Si! Pero tía Nacink no quiere levantarme en brazos -

Nacink miraba y sonreía tímidamente para no llamar más la atención, la reina la miraba y seguía hablando con su nieto...

- Ya veo, tal vez tía Nacink está cansada y lo único que necesita es un poco de agua, ¿quieres ser buen chico y traerle un poco de agua? -

- ¡Si! - dijo Adamu mientras su abuela lo volvía a dejar en el suelo y él corría al palacio en busca de agua para su tía.

- Muy bien Nacink, ¿vas a decirme que está pasando? -

Nacink se sorprendió, aquella pregunta y aquella forma de preguntar la puso muy nerviosa, pero trataba de engañar a su madre aparentando estar en calma y desconcertada...

- ¿A qué te refieres madre? ¿qué es lo que está pasando? -

- Sabes bien que, si me lo dices o no al final lo sabré todo, así que dime hija mía, ¿vas a decirme que está pasando o debo averiguarlo por mi propia cuenta? -

Nacink se veía acorralada, su madre tenía razón, daba igual lo que dijera, al final ella lo sabría todo, así que, si su madre iba saberlo de cualquier modo, mejor que lo supiese por boca de ella…

- Está bien, te diré la verdad, y la verdad es que estoy embarazada de uno de los nuevos humanos -

El mayor temor de La reina se había confirmado, su rostro reflejaba, sorpresa, e ira…

- ¡¿PERO ES QUE ACASO TE HAS VUELTO LOCA, COMO HAS PODIDO COMETER SEMEJANTE ESTUPIDEZ?! -

Nacink se había quedado petrificada ante esa reacción, era la primera vez que veía a su madre gritar de esa manera, y para Nacink era también la primera vez que sentía que había hecho algo malo…

- Pe… Pero, madre, no lo entiendo, Kaynet hizo lo mismo y tú fuiste muy diferente con él -

- ¡ES DIFERENTE! -

- ¿Por qué? ¿por qué es diferente con Kaynet? -

- ¡Porque él no estaba poniendo su vida en peligro, en cambio tu sí!, ¿acaso te has puesto a pensar lo que esa criatura en tu vientre le está haciendo a tu cuerpo? ¿Acaso sabes si será igual que Adamu? -

- ¡Pero no es justo! Kaynet no sabía si interactuando sexualmente con los nuevos humanos le supondría algún riesgo, y más si embargo él lo hizo, y ya has visto que todo ha salido muy bien -

- ¡Kaynet estaba enamorado de Sorlan cuando lo hizo! Lo suyo fue un acto de amor y por eso ha sido recompensado con Adamu… ¿puedes tu decir lo mismo? -

Nacink bajó la mirada y pensaba en lo que acaba de decir su madre, ella no amaba a Góulix en absoluto, el solo recordar el tacto de sus manos en sus caderas le daba repulsión…

- Está bien, tienes razón, yo no amo a Góulix y ni siquiera pienso en la posibilidad de volver a verle, pero… esta criatura que está creciendo en mi vientre si, la amo como no había amado a nadie antes, incluso más que a Adamu, cosa que me parecía imposible -

La reina la escuchaba con atención, y cada palabra que Nacink decía su madre la sentía en el fondo de su corazón, porque era lo mismo que ella había sentido con cada uno de sus hijos, Nacink seguía hablando…

- Perdóname madre si te he decepcionado con lo que he hecho, pero no me arrepiento, mi hijo es lo mejor que me ha podido suceder en todo mi existir, y nada de lo que pase me hará cambiar de parecer -

Su madre se acercó y la abrazó fuertemente mientras en sus ojos se escapaban algunas lágrimas…

- Mi querida Nacink, no sabes cuánto significas para mí, y por esa razón todo lo que hago o lo que te digo, lo digo solo por tu bien; si decidiste hacer esto tus motivos tendrás, así que como tu madre te daré mi apoyo incondicional en todo lo que necesites -

Nacink rompió en llanto, y sentía como un calor invadía todo su pecho al ver aquella demostración de afecto por parte de su madre, algo que no era muy común por aquel lugar.

La reina hizo por su querida Nacink lo mismo que había hecho por su hijo Kaynet, darle soporte y asegurarse que todos los demás no tuvieran ningún problema con ello; su rey fue el primero en escandalizarse con la noticia de Nacink embarazada de aquellas bestias, como él solía llamarles, pero su reina dejó bien claro cuál era su posición en todo aquello y él solo debía obedecer, sin importar si estuviese de acuerdo o no. Él no era el único con aquellos pensamientos, muchos de sus hijos consideraban un deshonor para su raza mezclarse con ellos, lo que iba creando una gran tensión en toda la isla con el pasar de los meses.

La reina seguía con sus obligaciones en la isla mientras atendía sus nuevos deberes de abuela con Adamu y Nacink en su avanzado estado de embarazo, pero desde que descubrió la noticia de su nuevo nieto en camino la reina no paraba de ir al templo a meditar, iba cada día y se podía pasar varias horas allí metida, había algo que la atormentaba, algo que buscaba en Akash y no podía encontrar, ella intentaba en cada plano conocido, hasta finalmente un día en el sexto plano, con sus ojos cerrados, su concentración fue tanta que volvió aquel lugar donde había conocido a su libertador y señor, como quería llamarme, allí volvió a escucharme...

- No puedes encontrar lo que no existe -

La reina abrió los ojos y vio que yo estaba en frente de ella, mirándola fijamente a los ojos

- ¿No existe? No puede ser, tiene que haber otra explicación, debe ser algo que estoy haciendo mal -

La miré con ternura y tristeza, porque ella sabía exactamente lo que le iba a decir, pero ella esperaba encontrar una razón diferente...

- De tu especie eres la que mejor sabe cómo ver en la línea de tiempo, eso es algo que no tiene ningún misterio para ti; pero te has empeñado tanto en ver el futuro que no te has molestado en buscar en tu presente las respuestas, tal vez es porque no te atreves a tener las respuestas... porque dentro de ti ya sabes la respuesta a tu pregunta -

- ¿Puedes ayudarme a cambiar eso? -

- Me temo que no hay nada más que podamos hacer, el libre albedrío viene con una gran responsabilidad, y eso es algo que debéis entender, por cada acción que toméis habrá una consecuencia, y tu hija tomó una decisión que no puede ser cambiada -

- Eso significa que debo entender que Nacink... -

La reina perdió toda concentración y despertó en el templo con lágrimas en sus ojos...

- Nacink, mi pobre niña -

Desde ese día la reina no volvió al templo a meditar como lo hacía a diario, sus prioridades eran su nieto y su querida hija Nacink, a la cual se la había encargado a buen cuidado a su rey, él era el único que había estado en todos los partos de la reina, y era el que más tenía experiencia, pero incluso él sabía que algo no iba bien con el embarazo de Nacink, ella parecía que iba a dar a luz en cualquier momento, pero en las cuentas del rey aún le quedaba un cuarto de periodo por pasar.

Un día Nacink paseaba por los jardines del palacio, cuando de repente cayó de rodillas mientras gritaba de agonía, sus manos fueron directamente a su vientre, donde se centraba todo el dolor, Kaynet, Sorlan y sus hermanas se encontraban cerca, al escuchar los gritos de Nacink fueron corriendo a su encuentro, Kaynet la levantó en sus brazos y fue en busca de su padre...

- ¡Padre! Nacink necesita ayuda, el bebé viene en camino-

- No es posible, aún es pronto para eso - respondió un sorprendido rey

El rey y Kaynet llevaron a Nacink a una habitación donde tenían todo preparado para la llegada del bebé, al mismo tiempo Sorlan iba en busca de la reina, el rey seguía atendiendo a su hija...

- Nacink, tienes que decirme exactamente qué es lo que estás sintiendo -

Nacink entre gritos y llanto respondió...

- ¡Siento que me está destrozando por dentro! Este bebé quiere salir y se está haciendo paso -

- De acuerdo, voy a analizar cuál es la situación actual de tu bebé y entonces podré trazar un plan para traerlo a este mundo, tú aguanta, lo estás haciendo muy bien -

El rey tomó la mano de su hija y Nacink le dio las gracias con tan solo una mirada, de inmediato él comenzó a examinar el bebé y en la posición que venía, después de unos minutos la reina entró en la habitación y fue de inmediato a confortar a su hija...

- ¡Nacink! - la reina tomó su mano – No te preocupes hija, todo saldrá bien-

- Gracias madre - respondió débilmente Nacink en medio del llanto

Nacink seguía acostada con las piernas abiertas, mientras el rey seguía examinando el bebé y consideraba la situación, pero había algo en su rostro que no podía ocultar a la reina, ella enseguida notó que algo no iba bien...

- ¿Qué sucede? -

El rey la miró fijamente a los ojos y le hizo una seña para hablar sin que ninguno de los allí presentes pudiera oírlos, así que se fueron al otro lado de la habitación...

- ¿Qué sucede? - repitió la reina

- Nunca había visto algo como esto, pero parece que el bebé es demasiado grande para traerlo a este mundo -

- ¿demasiado grande? -

- No hay forma física de traerlo, su cabeza es mucho más grande -

- ¿entonces que vamos a hacer? -

- si no hacemos nada ella y el bebé morirán, pero... sí intento salvar él bebe puede que él tenga una oportunidad, pero Nacink morirá igualmente -

La reina sintió un vacío en su pecho...

- ¿Qué? ¿Me estás diciendo que pase lo que pase voy a perder a mi hija? -

El rey bajó la mirada, y tristemente respondió...

- Eso me temo... nunca habíamos tenido esta situación, y ahora es muy tarde para intentar hacer algo diferente, se nos acaba el tiempo y tenemos que tomar una decisión -

- ¡SALVAD A MI HIJO! - gritó Nacink desde el otro lado de la habitación, sus padres se giraron de inmediato y se dieron cuenta de que Nacink les había estado leyendo los labios...

- Este niño es lo más importante que me ha pasado en la vida, por favor... salvad su vida sin importar lo que me pase -

- Hija... -

- Madre por favor -

La reina contemplaba su hija en agonía, y sabía que cada segundo que pasaba era un segundo que nunca más iba a recuperar, ella tomó un suspiro y miró a su rey...

- Ya la has oído, haz lo que tengas que hacer -

El rey asintió, y se acercó a la cama de Nacink donde tenía todas sus herramientas, la reina y el rey tomaban la mano de Nacink mientras la miraban con tristeza ….

- No os preocupéis, esta fue mi decisión desde el principio, yo sabía exactamente lo que estaba haciendo y por qué -

La reina se acercó más y le dio un beso en la frente, el rey sacó una daga y comenzó a cortar el vientre de Nacink, ella soltó un grito que retumbó por todas las paredes de palacio, su madre sujetaba con fuerza su mano mientras miraba para otro lado, no podía ver a su hija sufrir de esa manera, el rostro de la reina estaba cubierto en lágrimas como nunca antes lo había estado; pronto los gritos de Nacink cesaron y fueron reemplazados por los gritos de un bebé, el rey rápidamente limpió al bebé y lo puso al lado de Nacink, ella le miraba y sonreía dulcemente...

- ¡Hijo mío! -

Él bebé seguía llorando mientras Nacink le seguía hablando...

- Eres tan fuerte como tu padre Góulix, y algún día lo serás aún más, todos te respetarán y sabrán tu nombre igualmente... Goliat -

Goliat dejó de llorar al sentir el cálido aliento de su madre, todo había quedado en absoluto silencio, lo único que se podía oír era el sonido de un goteo, gota a gota que golpeaba el suelo, toda la sangre que Nacink había perdido rebosaba la cama y comenzaba a derramarse en el suelo. Nacink cerró los ojos y murió desangrada al lado de su hijo, allí quedó en aquella cama al lado de su hijo, con los ojos cerrados y una sonrisa en sus labios.

Nacink había dado la vida por su hijo, pero Goliat a diferencia de Adamu era un gigante, más grande y fuerte que un humano original, pero su inteligencia no estaba tan desarrollada como la de Adamu, pero aun así fue en aquel momento cuando los humanos originales entendieron el potencial de esta nueva raza de humanos, comprendieron que gracias a estos nuevos humanos ellos serían capaces de reproducirse y ampliar las fronteras de la humanidad, gracias a ellos sus padres no serían los únicos en reproducirse, ellos también serían capaces de tener descendencia. Los humanos híbridos no vivían tanto como los humanos originales, pero al menos serian el origen de una nueva raza, una que contenía lo mejor de las dos.

Un humano original varón mezclado con un nuevo humano hembra darían como resultado un humano híbrido como Adamu, pero una hembra de los humanos originales mezclada con un varón de los nuevos humanos darían un gigante como Goliat, una raza sin potencial intelectual que le costaba la vida a sus madres al traerlos a este mundo; por este motivo fueron pocas las hembra de los humanos originales que se mezclaron con los humanos nuevos, dejando el número de gigantes a solo unos cuantos sin pasar la docena.

Durante las próximas generaciones los humanos híbridos fueron ganando importancia y su número iba aumentando considerablemente, cada vez eran más los humanos originales que aceptaban mezclarse para seguir creando esta nueva especie, solo unos cuantos se resistían, pero cada vez era más evidente que la nueva raza era el futuro para la humanidad. Si los humanos nuevos fueron una especie que destacó por encima de las demás especies, los híbridos no tenían comparación. Su capacidad de aprendizaje y desarrollo no tenía límites, esta nueva especie aprendió rápido a comunicarse con los humanos originales verbalmente, su comunidad crecía a un ritmo vertiginoso, su tecnología e inteligencia seguía muy de cerca a la de los humanos originales, fue tan grande su evolución que en tan solo un par de cientos de años dejó extinto a los nuevos humanos para convertirse en la especie más dominante del planeta, solo superados por los humanos originales.

Con el pasar del tiempo los híbridos fueron desplazándose, dejando atrás su continente y colonizando nuevas tierras, solo unos cuantos fueron dignos de ir a la isla de los humanos originales, a los cuales los híbridos consideraban dioses. Físicamente no había mucha diferencia entre los humanos originales y los híbridos, solo la altura, los originales eran un poco más altos que los híbridos, pero los rasgos eran básicamente los mismos, la gran diferencia estaba en que los humanos híbridos envejecían sin poder evitarlo y finalmente después de un centenar de años morían de forma natural, de la misma forma que lo hacían los animales del planeta. Más sin embargo esto no impedía que la nueva especie fuera algo a tener en cuenta por los humanos originales, a pesar de que los humanos originales eran ahora una minoría, ellos seguían teniendo el control, los híbridos estaban en desarrollo, pero los humanos originales llevaban miles de años en el planeta y los híbridos aún tenían mucho que aprender.

Los humanos originales y los híbridos formaron la civilización más avanzada en la historia de la humanidad, la isla había perdido por completo su aspecto original y ahora lucía como una de las ciudades más modernas como jamás se había visto.

Por primera vez desde la revolución de los seres de luz sentía que había hecho lo correcto, los humanos antes de comer la fruta habían pasado miles de años sin llegar a evolucionar o desarrollar ninguna habilidad en especial, pero desde el momento de su liberación habían adquirido un conocimiento que les ayudaba a entender mejor cómo funcionaba su mundo, el universo en donde estaban e incluso a controlar la madre naturaleza utilizando tan solo su tecnología. Todo esto lo habían conseguido gracias a mí, yo les enseñé el camino y ellos por sí solos lo habían recorrido hasta llegar a este momento. Mi poder había aumentado considerablemente desde la revolución, pero aun así no tenía el poder suficiente para influenciar directamente en los humanos; lo único que podía hacer era observar desde la distancia y ser testigo de los grandes avances de esta nueva civilización. Por eso todo el mérito pertenecía a ellos, ellos decidían que hacer con sus vidas y eran los únicos dueños de su mundo.

Los híbridos sentían autentica admiración por los humanos originales, por esto mismo ellos alzaron templos y estatuas en su honor, los consideraban dioses y los trataban como tal.

Los humanos originales habían demostrado su valía con el pasar de los años, le enseñaron al creador que estaban mucho mejor sin él, y eso fue algo que al creador no le gustó para nada al ver en lo que se habían convertido sus creaciones; en seres arrogantes que se creían igual a él, según su criterio.

Lo que vendría a continuación cerraría las puertas para siempre a una posible reconciliación entre el creador y yo.

# CAPÍTULO OCHO
# Apocalipsis

Habían pasado casi mil años desde la muerte de Nacink y todo había cambiado desde aquel momento, incluso Adamu había muerto varios años atrás de vejez, todos en la isla vivían en paz y armonía, y mi relación con la reina era más fuerte que antes...

- Tienes que concentrarte sin dejar que la duda invada tu mente -

- Claro, para ti es fácil decirlo -

- Vamos, no es tan difícil, lo único que debes hacer es saber lo que debes hacer sin saberlo -

La reina me miró con una mueca...

- ¡Eso ni siquiera tiene sentido! - ella sonrió

- Por eso es el mejor consejo que puedo darte, no puedes aplicar las leyes de tu mundo a un mundo que no es el tuyo -

- Lo sé, es solo que es bastante frustrante, llevo intentando por un largo tiempo y no he conseguido nada, es como si la divinidad fuera inalcanzable para mí -

La miré y sonreí, ya que aquellas palabras y esos sentimientos me traían recuerdos, veía su cara, pero me veía reflejado en ella, era como la misma historia en dos mundos diferentes...

- Sé exactamente lo que sientes, créeme -

- Lo sé... Luzbel... nunca has llegado a pensar que tal vez tu destino es ser siempre un ser de luz con alas de luz? -

Una pregunta que no era nueva para mí, aun así, quise tomarme un segundo para responder...

- No podría contar el número de veces que llegue a pensar en ello, pero si miro atrás cuando todo empezó puedo ver cuánto he cambiado; desde el primer momento que te vi supe que nada en mí volvería a ser lo mismo, tenía mis alas de luz y tú eras una humana que vivía en otra dimensión, inalcanzable para mí... hoy sigo teniendo unas alas de luz, pero aquí estamos los dos, uno en frente del otro, hablando, compartiendo momentos, y sintiendo más allá de lo imaginado -

Alcé mi mano y abrí mis dedos, ella miró mi mano, luego me miró fijamente a los ojos y tímidamente sonrió, ella alzó su mano igualmente y la acercó lentamente a la mía, en cuanto nuestras manos se tocaron de entre ellas una luz deslumbró todo el lugar...

- Mi reina, mi reina - aquella era la voz del rey desde el templo, tratando de despertar a su reina de su meditación. La reina lentamente abrió los ojos...

- Que sucede, por qué me interrumpes, sabes que no me gusta ser molestada en medio de mi meditación -

- Lo sé, pero si lo que tengo que decirle no fuera importante no me hubiese atrevido -

La reina dejó salir un suspiro de frustración y resignación...

- Está bien, vamos -

La reina intentó levantarse, pero sus piernas parecían no responder bien, el rey le ayudó a levantarse...

- ¿Estáis bien? Nunca había visto que te pasara esto después de meditar -

La reina parecía un poco débil, pero no parecía enferma, parecía más bien cansada, como si hubiera estado en alguna actividad física intensa, ella sonrió...

- No te preocupes, estoy bien, ya se me pasará en unos minutos, por eso no me gusta ser interrumpida -

El rey se disculpó nuevamente y acompañó a la reina fuera del templo.

Yo seguía en aquel plano al cual la reina y yo habíamos hecho nuestro; la luz que habíamos creado con nuestras manos comenzaba a disiparse, yo abrí los ojos lentamente y en frente de mí tenía al creador, sentí su presencia segundos antes de que la reina desapareciera, así que verle allí no era ninguna sorpresa para mí...

- Vaya vaya vaya, pero mira a quien tenemos aquí, no sabía que eras uno de esos pervertidos que le gusta mirar como las parejas intiman, pero no sé por qué no me sorprende -

- Última oportunidad Luzbel, abandona esta dimensión y todo contacto con los humanos -

- ¡Oh por favor!, no comiences con la misma historia, creí que ya habíamos superado todo eso... tú me dices que estoy equivocado, los humanos y yo te demostramos que eres tú el que no tiene razón y la vida continua más feliz que nunca -

- Tu soberbia e ignorancia serán los responsables de la destrucción del mundo de los humanos -

- Te has pasado últimamente a echar un vistazo a su mundo? Porque si no, deberías hacerlo, todos los humanos han construido una civilización que crece y se supera cada vez más, viven en armonía entre ellos y este planeta, no hay forma de que ellos traigan la destrucción a su propio mundo por hacer lo que están haciendo, un ser como tú debería ser capaz de verlo por sí mismo.... espera, o es tal vez que ya lo has hecho, y no te gusta ver que en vez de alabar tu nombre ellos usan alas de oro en mi honor -

- Pobre Luzbel, sigues pensando que todo se reduce al nombre que ellos alaben, tu complejo de inferioridad a mí te ha hecho adicto a este mundo, y con ello has influenciado en su mundo y en mis planes para con ellos -

Yo le seguía escuchando atentamente sin decir nada

- No es mi obligación hacerte entrar en razón, veo que es una causa perdida, ya que no hay peor ciego que el que no quiere ver, pero eso ya no importa en estos momentos, nada cambiará lo que pasará en este mundo -

- ¿A qué te refieres con eso? -

- Ya has olvidado nuestra última conversación? -

En nuestro último encuentro tuve un mal presentimiento, y ese mismo sentimiento se hacía presente una vez más...

- ¿qué piensas hacer? -

El creador se quedó mirándome fijamente a los ojos...

- Ya está hecho -

Y así como él había aparecido en aquella dimensión desapareció...

- ¡ESPERA! ¡QUE HAS HECHO!... AAAA ¡odio cuando hace eso! -

Si había algo de lo que estaba seguro era que el creador no era de los que amenazaba en vano, algo había hecho y tenía que saber el que antes de que pasara una tragedia en el mundo de los humanos.

El rey había guiado a la reina hasta la bahía de la isla, allí había varios de sus hijos discutiendo sobre algo con algunos humanos híbridos, la reina se dirigió a ellos...

- Vuestro rey me ha informado de que hay problemas en el mar, ¿podéis darme más detalles acerca de lo que está pasando? -

- Mi reina -

Todos los allí presentes se arrodillaron en gesto de respeto, y fue uno de sus hijos el que comenzó a hablar...

- Mi reina, varios de los pescadores nos habían informado desde hace días que han tenido problemas con la pesca, llevaban varios días sin pescar ni un solo pez, hoy varios de mis hermanos y yo hemos revisado el fondo del mar y todo alrededor de la isla, y no hemos visto ni un solo pez -

Aquello fue algo muy extraño para la reina, ya que la isla siempre había sido rica en peces y nunca se habían sobreexplotado sus mares...

- Cuando dices que no has visto ni un solo pez te refieres a que no has visto un buen pez para pescar o... -

- Me refiero a que no he visto ni una sola señal de vida en el océano madre, absolutamente nada -

La reina pensaba; y preguntaba a su hijo...

- ¿Es posible que algún tipo de criatura pudiera arrasar con nuestros océanos y ahuyentar los demás peces? -

- Hace un par de días el mar estaba lleno de vida como siempre, no creo que ningún tipo de criatura pudiera arrasar con todo sin que nos diéramos cuenta -

- Entonces que crees que ha pasado -

- Sé que no tiene sentido, pero parece que los peces simplemente se han ido, y no solo los peces, todo tipo de criatura marina han dejado la isla, es como si algo los hubiese ahuyentado -

La reina seguía pensando (Si se han ido tiene que haber un motivo, algo o alguien los ahuyentado de nuestra isla... pero quien, o... el que) la reina tenía la mirada perdida en el horizonte y de repente se dio cuenta de algo extraño, algo que nadie había mencionado porque estaban todos con los ojos puestos en el mar; la reina vio que tenía el sol en frente de ella, en dirección oeste, pero eran las primeras horas del día así que el sol no podía estar ahí aun, ella se giró y vio que efectivamente el sol estaba en el lugar correcto, al este, volvió a girarse y vio que aquel objeto que pensó que era el sol seguía allí, todos los allí presentes miraban a la reina pero no sabían lo que estaba haciendo...

- Creo que tienes razón hijo mío, y creo que ese es el motivo por el cual han dejado la isla -

La reina señalo el cuerpo celeste y todos miraron enseguida...

- ¿Pero... no puede ser, es acaso? -

- ¡Rápido!, ¡al observatorio!, necesitamos saber exactamente lo que es y si representa algún peligro para nosotros -

La reina, el rey y sus hijos allí presentes partieron al observatorio cerca del palacio real, pero antes de llegar allí algo más comenzó a pasar, a medida que iban caminando sentían que algo no iba bien mientras caminaban, así que se detuvieron, y vieron que toda la isla comenzaba a temblar...

- ¿Qué está pasando? - preguntaba el rey

La reina miraba asustada a todos lados y veía como algunas de las torres cercanas comenzaban a fracturarse, de pronto una brisa golpeo su cara, aquello la hizo mirar en dirección a aquella brisa, y vio como una ola gigante entraba en la isla arrasando con todo...

- ¡AL PALACIO, RÁPIDO! -

Todos corrieron al palacio, el suelo no paraba de moverse y las paredes alrededor comenzaban a desmoronarse, pero ellos tenían que ir a lo más alto antes de que aquella ola asesina los alcanzara, corrían por los pasillos del palacio cuando de repente el mar golpeo las paredes del palacio, haciendo este temblar hasta sus cimientos, la reina, el rey y sus hijos fueron arrojados y dispersados a varios metros los unos de los otros, el techo comenzaba a desplomarse y una columna comenzaba a caer en dirección a la reina, ella estaba de rodillas en el suelo aturdida, sin tener el más mínimo conocimiento de lo que estaba pasando, mientras la columna se acercaba más y más a ella, el rey saltó y la empujó quitándola de en medio, el rey y la reina cayeron sanos y a salvos en una habitación donde la columna había bloqueado la única salida. La habitación era un almacén donde guardaban los aceites que usaban como combustibles para sus lámparas, aquella habitación no tenía ventanas y aquellos aceites eran muy inflamables; todos los aceites estaban en vasijas de cristal y bronce, algunas de las vasijas estaban rotas en el suelo, las paredes seguían temblando, cuando una de las vasijas de bronce cayó al suelo, creando una chispa que incendio todo, la reina y el rey miraban impotentes como el incendio se iba acercando lentamente a ellos, el fuego reventaba una a una las vasijas de cristal, lo que hacía que el fuego creciera aún más, el rey buscaba como salir de aquella situación pero estaban atrapados sin nada que les pudiera ayudar, la reina cayó de rodillas al suelo y solo miraba el fuego, el rey se arrodilló igualmente y la abrazaba mientras veía los ojos de su reina, ella miraba con tristeza el fuego...

- Luzbel - ella susurró

El rey miró hacia el fuego y no podía ver a nadie más allí, no entendía por qué la reina había dicho ese nombre, él no lo entendía porque no podía verme, pero allí estaba yo, en medio del fuego sin poder hacer nada para ayudarles, pero sabía que había alguien que podía ayudarles, y yo estaba dispuesto hacer lo que fuese necesario para salvar su vida...

- ¡ESTÁ BIEN!... ¡TÚ GANAS! ¡ME IRÉ DE ESTE MUNDO Y NUNCA MÁS LOS VOLVERÉ A VER, O PUEDO VOLVER A SER TU ESCLAVO POR TODA LA ETERNIDAD!... ¡NO ME IMPORTA NADA! pero por favor... ¡no los dejes morir! -

La reina podía verme, pero no podía oírme, pero por mis gestos ella sabía que estaba pidiendo ayuda para ella, ella me miraba con dulzura, y tiernamente me sonrió. Mis súplicas pronto tuvieron respuesta, un último temblor arrojó el resto de las vasijas de cristal al suelo, provocando una bola de fuego que arrasó con todo lo que estaba en aquella habitación...

- ¡LUZBEL! -

- ¡NOOOO! -

La reina gritó mi nombre mientras estaba siendo consumida por aquellas llamas. No puede hacer nada para salvarla, miles de años observándola y estando cerca de ella, y en tan solo un día la había perdido para siempre, y no solo fue el hecho de perderla, fue la forma tan cruel e injusta en que su vida fue terminada, ella y su rey murieron calcinados, dejando tan solo las cenizas.

Todo alrededor de ellos tampoco había corrido con mejor suerte, todo había sido destruido, edificios, templos, carreteras, viviendas... gente. El noventa por ciento de los humanos originales murieron en aquel ataque voraz, más una gran cantidad de los humanos híbridos que vivían en la isla.

La isla no corrió con mejor suerte, a pesar de haber sido arrasada por aquel terremoto y tsunami había un último golpe por encajar, aquel meteoro que la reina había confundido por el sol tenía como trayectoria la isla. Aquella roca fue lo bastante grande para destruir la isla, pero no lo bastante para afectar el planeta. La isla fue completamente destruida y todos sus restos arrojados al mar; su tecnología, su historia, todo perdido en la inmensidad del océano.

Algunos humanos híbridos que vivían allí habían dejado la isla antes de que todo empezara, sobrevivieron por fortuna, pero todo su mundo había sido destruido, y al no tener un hogar al cual volver tuvieron que buscar un nuevo sitio alrededor del planeta, esparciéndose por todas partes.

Una pequeña parte de su historia y tecnología sobrevivieron en las manos de los humanos híbridos, así que intentaron comenzar desde cero, pero cuando la restauración de su historia y tecnología comenzaron a avanzar el creador volvió arrasar el planeta; esta vez inundándolo por completo para que todo aquel que portase la historia de los humanos originales fuese eliminado, y así fue. Toda su historia se convirtió en leyenda con el pasar del tiempo, haciendo que todos se olvidaran por completo de aquella tragedia.

Yo no olvido y tampoco perdono al creador por sus actos tan cobardes, mi determinación era y es inquebrantable, sabía que mi decisión había sido la correcta al revelarme ante él, y después de aquello no descansaría hasta encontrar la forma de hacerle pagar sus crímenes y brindarle justicia a todos aquellos que murieron por el capricho de un ser egoísta y malvado.

Durante los años siguientes yo seguía luchando en la liberación de la humanidad, no descansaría hasta quitarle la venda a todos los seres humanos y que vieran en verdad quien es su creador.

Nuestra guerra sigue en pie, pero esta vez el campo de batalla es la tierra; su mayor ataque hacia mí fue el de darme el papel del malo. Durante miles de años ha hecho todo lo posible para desprestigiarme y contar su versión de los hechos.

Yo aún no tengo el poder suficiente para influir en los humanos como lo hace el creador, pero he hallado una forma con la cual podré estar en el mundo de los humanos, hablar con todos y decirle al mundo cual es la auténtica verdad, pero esa... es otra historia.

# CAPÍTULO NUEVE
# El Nuevo Mundo

Los Ángeles – California, en la actualidad...

- ¡Date prisa Mike, vas a hacer que llegue tarde! -
Le decía una y otra vez Andy desde la entrada del apartamento. Pero Mike seguía inmerso en su ordenador mirando una nueva noticia acerca de otra chica joven desaparecida, con indicios de haber sido raptada por una secta satánica que cada vez se hacía más conocida en la ciudad, Mike continuaba leyendo...

"La policía encontró signos de violencia en el apartamento de la joven, aparentemente en el apartamento no falta ningún objeto de valor, con lo cual se descarta por completo el robo como móvil. En el salón principal del apartamento la policía halló un dibujo hecho con sangre, una media luna con dos flechas cruzadas"

- el símbolo del ritual de sangre - susurró Mike mirando la imagen del artículo

"La policía está analizando la sangre del dibujo para comprobar si se trata de sangre animal o si pertenece a la joven desaparecida. Lo más trágico de esta noticia es que la joven está en embarazo y el nacimiento de su bebé estaba programado para hoy, su familia no pierde la esperanza de encontrar a la joven y al bebé sanos y salvos. La policía tiene algunos indicios de quienes han podido ser los autores materiales por el modus operandi, todo apunta a que es presuntamente un nuevo ataque del grupo satánico "Novum Lumen"

- esa chica está muerta - dijo Mike

Mike sabía perfectamente que aquel símbolo solo tenía dos significados, que ha habido un sacrificio en aquel lugar o que lo habrá muy pronto en otro sitio, y teniendo en cuenta que la policía no encontraba a la chica... estaba más que claro que el sacrificio era humano.

Andy entra en la habitación de Mike...

- Como tenga que decirte una vez más que te des prisa voy a patearte el trasero tan fuerte que no podrás sentarte delante de ese ordenador durante un mes -

dijo Andy a Mike mientras este aún estaba sentado en su escritorio delante del ordenador

- ¡está bien, vale, vale!, voy a apagarlo ahora mismo-

dijo Mike mientras apagaba el ordenador y se levantaba de la silla

- hay que ver como se te ha subido a la cabeza lo del segundo Dan, aún no te lo han dado y ya estás pensando solo en patear traseros - dijo Mike en un tono de burla

- y como sigamos tardando tanto me perderé el examen y no me lo darán, y como no obtenga el segundo Dan mi querido amigo... los pensamientos de patearte el trasero serán más que pensamientos -

dijo Andy mientras sonreía y seguía mirando a su mejor amigo

- Sinceramente pienso que es una pérdida de tiempo - respondió Mike

- es decir... ya tienes un cinturón negro, qué más da si eres primer Dan u octavo Dan, tendrás el mismo color de cinturón y nadie se dará cuenta - seguía Mike con su broma

- Sabes Mike... muchas veces te veo sentado en ese escritorio pasar horas y horas leyendo todos esos libros tan aburridos. Y muchas veces he llegado a pensar... que tú eres mucho más listo que yo, lo cual en ocasiones me hacía sentir mal... pero entonces es cuando abres la boca y yo me siento mucho más aliviado conmigo mismo -

replicó Andy a su burla mientras se reía de su amigo

- muy bien listillo, vámonos antes de que llegues tarde -.

Andy y Mike eran amigos de toda la vida, crecieron juntos en el mismo vecindario, fueron a la misma universidad e incluso ahora eran compañeros de piso, decir que ellos dos eran buenos amigos era decir poco, porque prácticamente ellos eran como hermanos. Mike era un año mayor que Andy y siempre lo veía como a su hermano pequeño. Ninguno de ellos tenía hermanos de sangre así que no era de extrañar que tuvieran ese vínculo tan especial.

Pero para el resto del mundo la gran amistad que existía entre ellos dos era algo inexplicable, porque ellos dos eran muy diferentes.

Andy era un chico de 24 años, muy apuesto, cabello largo negro, ojos azules intensos, extrovertido, encantador, educado y muy sociable. Siempre hacía amigos allí por donde pasaba y nunca perdía la sonrisa, rasgo que a mucha gente le encantaba de él. Era un gran atleta que le gustaba toda clase de deportes y pasar un buen rato con todos sus amigos y en especial con su chica Ava.

Por el contrario, Mike era un chico poco sociable, cabello corto, ojos negros, no destacaba por ser el más apuesto, ya que era más bien un chico del montón. Además, era introvertido, sus amigos los podía contar con una sola mano y aun así le sobraban dedos. No era la clase de persona que le gustaba salir a explorar mundo o divertirse con los demás, porque para él la diversión era solo una pérdida de tiempo. Él prefería quedarse en su escritorio leyendo toda clase de libros, en especial libros esotéricos. Mike era la clase de persona que le gusta creer que existen cosas que no podemos ver o explicar, en especial todos aquellos rituales que jugaban con fuerzas oscuras.

El gimnasio de Andy estaba completamente lleno de gente, nadie quería perderse la exhibición de artes marciales, era un evento que solo sucedía una vez al año y que a todos gustaba.

Mike estaba sentado en las gradas esperando ver a su amigo ganar el segundo Dan, la gente gritaba y silbaba animando a todos los participantes del espectáculo, cosa que era un poco incómodo para Mike, no le gustaba estar rodeado de tanta gente y menos de tanta bulla.

- Vaya, hasta que por fin aparecéis, por un momento pensé que no ibais a venir -

Mike se gira para ver quién le está hablando

- hola Ava, estás tan preciosa como siempre - le dijo tímidamente Mike a la novia de Andy

- déjate de cumplidos Mike, ¿Andy está bien? -

- si no te preocupes, tu querido Andy está bien... Mira ahí está - dijo Mike señalando a un lado de la pista.

Andy se preparaba para salir y hacer su examen, lo único que tenía que hacer era esperar a que el presentador le diera la señal para entrar en la pista...

- ¡Señoras y señores, con el número 7, dispuesto hacer una gran actuación y salir de aquí con el segundo Dan, démosle una calurosa bienvenida a nuestro siguiente aspirante... Andrew Cross! -

El público comenzó a gritar y animar a Andy, él era el mejor de la clase y todos lo sabían.

- ¡VAMOS ANDY, TÚ PUEDES CARIÑO! - gritaba sin parar Ava muy emocionada y orgullosa de su chico

Mike en cambio no paraba de mirar a Ava y no podía disimular todo lo que sentía por ella, su cara lo delataba. Ava se sentía observada por él, pero ella solo le miraba para demostrarle lo incomoda que la hacía sentir, ella sabía muy bien todo lo que Mike sentía por ella, pero Ava prefería ignorar la situación y no decir nada, sabía que Mike era como un hermano para Andy y no quería que tuvieran problemas por culpa de ella.

Andy hizo la actuación de su vida, cada movimiento que hacía era impecable, nadie podía negar que él tenía un gran talento en las artes marciales, además que llevaba mucho tiempo preparándose para ese día y no pensaba guardarse nada, toda su fuerza, toda su energía la puso en cada golpe, en cada grito, ganándose a cada juez.

Había llegado el momento de la verdad, todos los participantes estaban enfrente del público, en fila, esperando la decisión de los jueces, el presentador del evento comenzó a hablar...

- Damas y caballeros, los jueces han votado y ya han tomado su decisión, tengo en mi mano la lista con los nombres de los participantes que el día de hoy subirán de nivel -

Andy escuchaba atentamente, y a pesar de que él sabía que había hecho una gran actuación estaba nervioso, el presentador seguía hablando...

- Voy a decir el número del participante y su nombre, cuando lo haga este participante deberá dar un paso al frente. Si está todo claro vamos a comenzar, mucha suerte chicos y chicas -

Todos los participantes sonreían y saludaban al público, pero ninguno podía esconder que estaban nerviosos y ansiosos al mismo tiempo. El público seguía animándolos desde las gradas.

- Con el número 2, Aaron Perkins -

La gente aplaudía y gritaba mientras Aaron daba un paso al frente muy sonriente.

- Con el número 4, James Bolton -

James dio un paso al frente e hizo una reverencia al público.

- Con el número 5, Peter Jackson -

Peter dio un salto al frente y no paraba de decir... ¡Si, si, si! El público le felicitaba, Peter juntó las palmas de sus manos y le hizo una pequeña reverencia a Andy en señal de agradecimiento, Andy sonrió, le guiñó un ojo y le miraba con orgullo.

- Con el número 7, Andrew Cross -

El público enloquecía, Ava gritaba como si no hubiera un mañana e incluso Mike aplaudía y se alegraba por el éxito de su amigo. Andy saludaba al público y le lanza un beso a su chica, Ava le sonreía y le hablaba muy despacio desde las gradas para que pudiera leer sus labios...

- ¡Eres el mejor, te quiero! -

A lo que Andy le respondía de la misma forma desde la pista...

- y yo a t i-

Mike miraba aquella escena y no podía evitar sentirse mal.


La exhibición había terminado y poco a poco la gente fue abandonando el lugar. Fuera del gimnasio estaban Ava y Mike esperando a que Andy saliera. Entre los dos había un silencio bastante incómodo, pero Ava lo prefería de esa forma, no quería darle falsas esperanzas a Mike solo por tratarlo de manera amistosa, pero Mike nunca entendía las indirectas de Ava y siempre trataba de hablar de algo con ella...

- Andy lo hizo muy bien, ¿no te parece? - dijo Mike

- Sí, él es increíble, fue el mejor de todos - respondió Ava con una sonrisa políticamente correcta

- Sí, Andy es el mejor en todo - decía Mike

- por eso todo lo que tiene es lo mejor, la mejor calificación, los mejores amigos... La mejor de las chicas - seguía hablando Mike mirándola fijamente a los ojos

- ¡Ya basta Mike! Tienes que dejar de hacer esto, Entiende que estoy con Andy y que él es tu mejor amigo, ¿qué crees que diría si se diera cuenta de todo esto? - dijo Ava con un tono serio y cortante

Mike la miraba con tristeza, pero no podía evitar aquellos sentimientos, así que cuando estaba a punto de hablarle otra vez apareció Andy...

- Bueno, bueno, espero que no estéis cansado porque la noche es joven y yo aún tengo un par de cosas que celebrar - dijo Andy

Ava saltó a sus brazos, le dio un abrazo fuerte y un beso

- ¡Cariño eres increíble, lo lograste! -

- Gracias cariño - respondió Andy

- Pero guardar las energías, porque esta noche tengo que celebrar dos cosas muy importantes, primero, que ya tengo mi segundo Dan y ahora ya puedo empezar a relajarme un poco, y segundo, que hoy a media noche será oficialmente mi cumpleaños, así que nos vamos todos a celebrarlo a "Avalon" -

- ¿¡Avalon!? - dijo sorprendida Ava

-pero si es uno de los clubs más exclusivo de la ciudad, ¿cómo vamos a entrar? -

- No te preocupes cariño - respondió Andy mientras la rodeaba con su brazo

- Tengo muy buenos amigos allí y nos han agregado a la lista VIP para esta noche -

Mike miraba a la feliz pareja y esto le hacía sentirse fuera de lugar...

- Mirad chicos, creo que lo mejor es que vayáis vosotros dos y paséis una buena noche, yo prefiero volver a casa... tengo muchas cosas que hacer - dijo Mike

- Ni hablar - le contestó Andy

- Tú no te vas a ir a encerrarte a tu habitación solo para seguir leyendo esos libros, tú te vienes con nosotros, aunque tenga que arrastrarte a la fuerza -

Le dijo Andy a Mike mientras lo abrazaba con uno de sus brazos. Ava seguía debajo de su otro brazo. Ava miraba aquella escena y la idea de que Mike se fuera a casa le parecía demasiada buena para dejarla pasar sin más, así que tenía que intentar hacer algo...

- cariño... no puedes obligarlo hacer algo que él no quiere hacer, ya sabes cómo es Mike y seguro que en mitad de la noche lo estará pasando mal y no es justo para él - dijo Ava tratando de razonar con Andy.

Andy escuchaba atentamente a su chica y sabía que en parte tenía razón, pero también sabía que no era bueno para Mike estar siempre solo y quedándose aparte de los demás, y más esta noche que era tan importante para Andy y quería estar con sus seres más queridos...

- Tienes razón - dijo Andy

- Mike, no voy a obligarte a venir con nosotros, pero tienes que dejar de refugiarte en los libros. La vida pasa muy deprisa y tú no la estás disfrutando como es debido, de verdad que me gustaría mucho que nos acompañases esta noche porque quiero estar esta noche con las personas que más me importan, pero eso depende de ti -

Mike miraba a Andy y al mismo tiempo miraba a Ava. Pero Ava le hacía un gesto con los ojos diciéndole que se fuera, cosa que a Mike le sentó muy mal y le hizo cambiar de opinión...

- Sabes Andy... Tienes toda la razón, tengo que empezar a disfrutar un poco más de la vida y voy a empezar hacerlo ahora mismo, esta misma noche... Voy con vosotros - dijo Mike con cierta satisfacción mirando la cara de enojo de Ava.

- ¡Muy bien! - exclamó Andy

- ¡esa es la actitud! -

Ava solo sonrió para esconder su decepción y dijo...

- perfecto, si ya está todo decidido vámonos de una vez -

- ¡Muy bien! - dijo Andy

- busquemos un taxi y vámonos ya -


Avalon era unos de los clubs nocturnos más populares de Los Ángeles, estaba situado en el centro de la ciudad con lo cual lo hacía uno de los sitios más concurridos de la zona. A pesar de que había muchos más clubs cerca de Avalon todos intentaban entrar allí o por lo menos estar cerca de la entrada, ya que si no podían entrar siempre quedaba la esperanza de ver a alguna celebridad entrando en el club.

Andy, Ava y Mike llegaron a la entrada del club. Como siempre, la entrada estaba completamente abarrotada de gente y con una fila que daba la vuelta a la manzana, Andy solo se limitó a ir a la entrada para hablar con el portero...

- ¡Hola! Mis amigos y yo estamos en la lista - dijo Andy

El portero solo lo miró y le preguntó...

- ¿Nombres? -

Andy se acercó para hablarle más claro...

- Andrew Cross, Ava Guard y Michael Jones -

El Portero pasaba su dedo por la lista buscando los nombres hasta que los encontró...

- Muy bien, podéis pasar -

Andy se giró para ver a sus amigos, les sonrío y les dijo...

- ok, vamos dentro -

Ava no se lo podía creer, se sentía como una estrella de cine, con toda la gente allí mirándolos entrar y murmurando... ¿Quiénes son? ¿son famosos? ¿los conoces de algo?

Mientras entraban al club Ava no podía resistir el preguntarle a su chico como lo había logrado...

- Muy bien Andy, dime la verdad... ¿Cómo lo hiciste? - decía Ava mientras seguía con su cara de asombro.

Andy hizo un gesto con su cara que para Ava ya era muy conocido, era el típico gesto de que estaba a punto de decir una broma, así que Andy le contestó...

- Verás cariño, últimamente las artes marciales se han vuelto muy populares en esta ciudad, y en el mundo de las artes marciales yo... soy toda una estrella, así que por eso ahora puedo entrar en cualquier sitio sin ningún problema -

Ava lo miró con cara de incredulidad y le dijo

- Venga Andy, dime la verdad, sabes que no debes mentirme -

Andy simplemente sonrío y le dijo

- Vale, tienes razón, a ti no puedo mentirte, ¿recuerdas a mi amigo Pete? -

- ¿Pete? - dijo Ava mientras intentaba recordar, ya que el nombre le sonaba muy familiar

- sí, Peter Jackson, llevaba el número 5 en la exhibición de hoy - dijo Andy

- ¡Claro! Peter, no sé cómo he podido olvidarme de él - respondió Ava

Andy seguía guiándolos hasta el centro del club mientras les explicaba cómo lo había conseguido

- El padre de Peter es el dueño del club, y Pete me había prometido que si le ayudaba a conseguir el segundo Dan él me conseguiría entradas para esta noche para mí y a un par de personas más que yo quisiera invitar, así que le di un par de consejos, algunas clases privadas y ¡presto! él ya tiene el segundo Dan y nosotros estamos aquí gracias a él -

Ava y Mike escuchaban atentamente a Andy, pero sus ojos recorrían todo el lugar, ya que nunca habían estado en un lugar tan exclusivo como aquel club. La pista de baile era enorme, había luces de todo tipo por doquier, varias plataformas donde bailaban los gogos más impresionantes de la ciudad, tres barras bien repartidas alrededor de la pista con toda clase de licores en ellas, en frente de la pista estaba el DJ sobre un escenario futurista hecho con miles de luces que hacían de pantalla. Aquellas luces formaban varias figuras a medida que la música cambiaba de ritmo, todo aquello en perfecta sincronización. Pero lo que más llamaba la atención del lugar era algo que estaba arriba en el techo, exactamente en el centro de la pista de baile, había una bola de espejos enorme, casi del tamaño de un coche pequeño girando e iluminando con sus luces todo el lugar.

Todo aquel que entraba allí por primera vez sentía un escalofrío por todo el cuerpo, sentían como cada uno de sus vellos se erizaban al ver el espectáculo de música y luces, era algo que les hacía sentirse privilegiados, ya que sabían que no había otro lugar en la ciudad como aquel club.

Andy y sus amigos estaban en el centro de la pista, Ava miraba todo aquello y no podía cerrar la boca ni

El Nuevo Mundo

parar de sonreír, e incluso Mike que era tan inexpresivo no podía disimular que estaba impresionado con aquel lugar. Ava miró a su chico y le pregunto...

- ¿El padre de Peter es el dueño de todo esto? -

Andy estaba mirando al frente mientras le contestaba a su chica

- Si, su padre es el dueño de todo esto... Y hablando del rey de Roma -

Andy acababa de ver a su buen amigo Pete que se acercaba para saludarle

- ¡Andy! - dijo Peter

- ¡Hey! ¿Qué pasa Pete? - le contestó Andy mientras le daba un caluroso abrazo

- ¡Andy no sabes cómo me alegra de verte por aquí! porque tenemos muchas cosas que celebrar y todo es gracias a ti, así que, si necesitas algo, sea lo que sea házmelo saber, que esta noche mi amigo, tú... eres el rey - se lo decía Peter frente a frente.

Peter estaba tan cerca de la cara de Andy que Andy pudo notar enseguida en el aliento de su amigo que ya llevaba un buen rato celebrándolo

- Venga Pete no exageres, tampoco hice gran cosa, estoy seguro de que lo hubieras podido conseguir sin mi ayuda también -

- ¿Estás loco? - respondió Peter

- Antes de ti estaba completamente seguro de que no iba a conseguirlo, pero tu amigo mío... Tú no solo me ayudaste, me disté esperanzas, y gracias a ti pude conseguirlo, tú eres mi héroe, y no me avergüenza decirlo- Peter empezó a mirar a toda a gente a su alrededor mientras gritaba...

- ¡SEÑORAS Y SEÑORES, ESTE HOMBRE ES MI HEROE! -

Todos alrededor comenzaron a aplaudir y a celebrar, pero Andy más que gustarle aquella sensación se sentía un poco avergonzado porque sabía que su amigo estaba un poco ebrio, así que intentó calmar las cosas desviando su atención...

- ¡Hey Pete! ¿Te acuerdas de mi chica Ava? -

Peter la miró y le contestó

- O sí, claro que me acuerdo de ella, antes solía pasarse mucho por el Dojo a verte -

Ava le sonrió y le saludo

- Hola Pete, me alegra volverte a ver -

Peter tomó la mano de Ava, le dio un beso en la mano y le dijo

- Si mi querido amigo es el rey en esta noche eso os convierte a vos en la reina del lugar, así que pedid lo que queráis mi reina -

Ava le sonrió mientras Andy miraba aquella escena pensando... (Este hombre no tiene remedio) así que antes de que Peter dijera alguna otra tontería Andy le presentó a su otro amigo Mike

- Mira Pete, te presento a mi gran amigo Mike, Mike te presento a Pete -

Mike solo se limitó a decir hola mientras que Pete solo le sonrió por cortesía

- Muy bien amigos - Dijo Peter

- me encantaría quedarme un poco más para hablar con vosotros, pero como encargado de las relaciones públicas del lugar tengo un montón de gente a la que saludar, así que si me disculpáis tengo que irme, pero recordad que esta es vuestra casa y vosotros sois los reyes -

Peter abrazó nuevamente a Andy, y Andy en el fondo se sentía un poco aliviado de que Pete los dejara tranquilos al menos por un rato, pero a medida que Peter se perdía entre la gente Ava salió detrás de él y lo llamaba...

- ¡Pete! ¡Pete! ¡Espera! -

Andy la miraba y le decía

- Pero ¿qué haces? ¿Qué pasa? -

Ava solo le sonrió y se fue hablar con Pete. Andy y Mike se miraban mutuamente y ninguno de los dos tenían la más mínima idea de que estaban hablando Ava y Peter. Ava le hablaba al oído y Peter reaccionaba de una forma muy sorprendida, al parecer Ava le estaba diciendo algo que a Pete lo hacía muy feliz. Ava y Peter sonrieron y Pete le guiñó un ojo a Ava y se fue directamente al escenario del DJ, Ava volvió con Andy y Mike y Andy le preguntó...

- ¿De qué estabas hablando con él? - decía Andy entre cerrando los ojos y con gesto de intriga

Ava sonrió y solo dijo

- Es una sorpresa, pero ya lo verás -

Habían pasado un par de horas y los chicos estaban teniendo una buena noche bailando y riendo, faltaban 15 minutos para las 3 de la mañana cuando de repente, la música del club se detuvo para dar paso a una voz que hablaba por micrófono...

- ¡Damas y caballeros puedo tener su atención por favor -

Andy se giró lentamente para ver de dónde venía aquella voz, voz que reconoció de inmediato. Era su amigo Peter hablando desde el escenario en donde estaba el DJ, Ava exaltada le dio un abrazo fuerte a su chico mientras le susurraba al oído

- ¡Sorpresa! -

Andy perplejo se giró para ver directamente los ojos de Ava

- Oh no.... ¿pero qué has hecho? -

- ya lo verás - sonreía Ava mientras sus ojos ahora miraban al escenario expectante a las palabras de Peter

- ¡¿La estáis pasando bien?! - gritaba Peter y apuntaba al público con el micrófono esperando respuesta

- ¡Siii! Toda la gente estaba muy animaba y reaccionaba bien a la interrupción de Peter...

- Veréis... Esta noche es muy especial para mí porque hoy... conseguí algo que por muchos momentos pensé que no iba alcanzar jamás -

Andy seguí escuchando atentamente las palabras de su amigo mientras por dentro se decía a sí mismo... (que no diga una tontería, que no diga una tontería)

- ¡Pero hubo alguien que no solamente creyó en mí... ¡Si no que además me ayudó a creer en mí mismo! -

Ava sujetaba fuerte la mano de Andy mientras que Mike miraba atentamente a Peter y de vez en cuando miraba de reojo a la novia de su mejor amigo

- ¡y ese alguien está aquí - Peter sonreía mientras miraba la cara de Andy y Ava

Andy cerró la boca, tragó saliva y murmuraba... -No digas mi nombre, no digas mi nombre...-

- ¡Andy Cross! -

- Mierda - Dijo Andy en voz baja mientras escuchaba su nombre retumbar por todo el club

- ¡Andy!... Deja que todo el mundo te vea - Peter lo señalaba mientras que Ava se apartaba de él y también lo señalaba

- ¡Es él, es él - repetía una y otra vez Ava mientras aplaudía! Todos alrededor de Andy hicieron un círculo dejándole solo en el centro de aquel círculo en medio de la pista

- ¡Si amigos! Es él, ese es el hombre del momento, ¡démosle un aplauso por favor! - todos en el club aplaudían y silbaban festejando aquel momento, mientras que Andy solo sonreía y asentía la cabeza tratando de disimular lo incómodo que se sentía.

Andy levantó la mano en señal de gracias a Peter tratando de terminar con aquel embarazoso momento, pero solo había hecho más que empezar...

- ¡Amigos, esta noche también tiene un significado muy especial para mí amigo porque hoy está de celebración -

Andy abrió los ojos por completo y miraba fijamente a su amigo en lo alto del escenario mientras su corazón se aceleraba y sus manos comenzaban a sudar... - Por Dios no lo digas -

- ¡Amigos... hoy es su cumpleaños! -

(Tierra trágame) pensaba Andy mientras todos los demás aplaudían y comenzaban a cantarle el cumpleaños feliz. Andy estaba tan avergonzado que no sabía qué hacer o qué decir, lo único que sentía era un corazón palpitante y que la cara le ardía, cosa bastante lógica, ya que no podía ponerse más colorado de lo que ya estaba, al menos eso pensaba ese momento. Al terminar de cantar los asistentes comenzaron a aplaudir, Andy sonreía y daba las gracias...

- gracias, muchas gracias... pero de verdad que no hacía falta nada de esto - murmuraba sin dejar de sonreír

- ¡Andy! Amigo mío, aún hay algo más - dijo Peter mientras le hacía una señal al DJ

- ¿Y ahora qué? - se preguntaba Andy mientras volvía a su cara de preocupación.

De repente, unos acordes dulces de piano se escuchaban por todo el club, Andy sabía exactamente qué canción era esa, era una de sus favoritas, una balada que tenía un significado muy especial para él, porque era la canción de Ava y de él.

- Feliz cumpleaños amigo mío - dijo suavemente Peter

Andy sonrió, pero esta vez sinceramente, le daba las gracias a su amigo cuando alguien por detrás le tocó el hombro

- ¿Me permites este baile? -

Andy se giró para ver a su preciosa Ava en frente de él

- Sabes que al terminar esta noche tendré que matarte, ¿verdad? -

Ava sonrió y rodeó el cuello de Andy con sus manos...

- Habrá valido la pena si puedo morir esta noche entre tus brazos -

Andy le dio una gran sonrisa a su novia y se dispuso a bailar su canción con ella, daba igual que todos estuvieran allí mirándolos, lo único que quería era vivir ese momento con la mujer de su vida. Rodeó su cintura con sus brazos y bailaron lentamente frente a frente, nariz con nariz, mirándose fijamente a los ojos sin dejar de sonreír en ningún momento, los dos solo se dejaban llevar por la música y vivían cada frase de aquella canción; canción que hablaba del amor eterno, de lo difícil que es conseguirlo y lo afortunado que eres de tenerlo si has podido encontrarlo. Ellos dos seguían bailando y nadie podía negar que hacían la pareja perfecta, se veía tanto amor entre sus ojos que el público seguía mirándolos, sonrientes de aquel espectáculo

- Te quiero Andy -

- No tanto como yo a ti -

Ava sonreía y solo respondió

- Ni hablar -

Andy y Ava comenzaron a besarse delante de todos en el momento más culminante de la canción, aquella imagen era perfecta, todos silbaban y aplaudían felices porque podían sentir el amor que provenía de aquella pareja, todos aplaudían... excepto Mike.

Mike no podía seguir mirando aquella imagen, cada segundo que pasaba era un segundo de dolor que sentía en su pecho, se sentía frustrado, triste, completamente solo. Mike comenzó a caminar entre la gente buscando una salida, necesitaba despejarse un poco, tomar el aire, así que recorriendo los pasillos de aquel club encontró un corredor que parecía llevar a una salida. Al final de aquel corredor había una puerta con la señal de salida, pero a unos cuantos pasos antes había uno de los porteros del club sentado en una silla leyendo una revista, era un hombre bastante imponente, un hombre negro de cabeza afeitada, alto y de unos 150 kilos aproximadamente con un traje negro. Mike se acercó al portero y este le preguntó...

- ¿Puedo ayudarle amigo? –

- Hola, me preguntaba si puedo salir un momento a tomar algo de aire fresco -

- claro, solo ponte esta pulsera y cuando quieras entrar simplemente llamas a la puerta y yo te dejaré entrar otra vez, eso sí, si la pierdes o si se la dejas a alguien más no podrás entrar otra vez, ¿entendido? –

- De acuerdo - Mike le dejó el brazo al portero para que este le pusiera una pulsera dorada de papel, luego se dispuso a levantarse de la silla, pero era algo que no le era nada fácil, Mike solo intentaba disimular mirando a la puerta hasta que el portero por fin se puso en pie, comenzó a caminar lentamente hasta la puerta y la abrió

- Cuando quieras entrar nuevamente solo avisa -
- Vale, muchas gracias -

Mike salió, estaba en una calle estrecha con un edificio abandonado al frente, un edificio que parecía haber sido otro club en tiempos mejores. La calle estaba completamente desierta a pesar de que a lo lejos se escuchaba el ruido de la gente al otro lado del club. Mike caminó unos cuantos pasos a su derecha alejándose de la puerta y se apoyó en las paredes el club, su espalda y cabeza estaban por completo apoyadas en la pared mientras sus ojos se centraban en el cielo, un cielo estrellado con una luna que tenía un brillo más intenso de lo normal, de hecho, Mike no recordaba haber visto una luna llena tan grande y brillante como aquella...

- Qué raro... Me pregunto por qué será -

# CAPÍTULO DIEZ
# Novum Lumen

Mike seguía caminando lentamente por aquella calle sin luz eléctrica, pero con aquella luna enorme encima no hacía falta. Él seguía divagando por aquella calle pensando en Ava, en todo lo que sentía, en todo lo que estaba viviendo, seguía con la mirada perdida cuando de pronto algo llamó su atención, algo al otro lado de la calle. En el edificio abandonado había una puerta negra con un dibujo hecho con pintura en aerosol de color azul marino, un color que se perdía un poco con el negro de la puerta pero que por casualidad Mike había podido ver bien. Pero no podía creer que fuera verdad lo que estaba viendo, así que cruzó la calle para ver de cerca aquel dibujo y comprobar que lo que había visto era verdad, y efectivamente, Mike no se había equivocado.

Aquel dibujo era un círculo con una cruz en el interior, y encima de aquel círculo una media luna acostada que podía interpretarse también como unos cuernos encima de aquel círculo

- ¡El símbolo de misa negra! – susurró Mike mientras sus dedos tocaban el dibujo

La pintura estaba seca, pero un poco pegajosa al tacto...

- (esta pintura es de hoy) - pensaba Mike

Mike tomó el picaporte de la puerta para comprobar si la puerta estaba cerrada, pero no lo estaba; estaba abierta. Mike abrió lentamente la puerta. El chirrido de la puerta vieja abriéndose retumbaba por los pasillos oscuros de aquel lugar. Estaba completamente oscuro, sin ventanas ni nada que pudiera alumbrar, Mike dio un paso adelante para adentrarse en aquel lugar, se detuvo un momento para escuchar mejor y escuchaba a lo lejos un murmullo, parecía que alguien estaba dentro de aquel lugar hablando y que un grupo de personas le contestaba al unísono. Mike seguía parado en la entrada tratando de escuchar mejor aquellas voces, de repente una voz detrás de él...

- ¿qué estás haciendo aquí? -

El corazón de Mike se paralizó por un segundo, todo su cuerpo se estremeció ante esa voz. Mike se giró rápidamente para ver quién era y sintió un gran alivio al ver que era Andy

- En serio Mike ¿qué estás haciendo aquí? -

- Ah... Andy, me has dado un susto de muerte - dijo Mike con la mano en el pecho tratando de calmar su corazón

- Venga Mike, déjate de tonterías y volvamos al club -

- espera Andy, tienes que ver esto - Mike le enseñó el símbolo en la puerta

- ¿Ves esto? Es el símbolo de misa negra, significa que en este lugar habrá o habido un rito satánico, y hace unos segundos he escuchado unas voces... Algo está pasando ahí adentro -

Explicaba Mike con una gran emoción porque para él aquello era algo que solo había visto en los libros

- ¿¡Un rito satánico!? - dijo horrorizado Andy

- Con mayor razón debemos irnos de aquí -

Andy sujetó la mano de Mike y trató de sacarlo de allí, pero este se rehusaba a irse de allí tan fácilmente

- Andy, esta es una oportunidad única en la vida, ¿en serio la vamos a dejar pasar? -

- ¡Pero es que te has vuelto loco Mike! en serio... ¿qué crees que vas a encontrar allí adentro? -

- Tal vez algo tal vez nada, pero nunca lo sabremos si no entramos, de verdad Andy... ¿De qué te sirve tener un segundo Dan si vas de cobarde por la vida -

Andy calló y solo miraba fijamente a Mike. Mike insistía

- Entramos, miramos un poco que está pasando y nos vamos, cinco minutos como máximo -

Andy miraba para todos lados y dejó salir un profundo suspiro

- Está bien, cinco minutos y nos vamos, no quiero dejar a Ava mucho tiempo sola -

Mike sonrió y le dio una palmada en el hombro,

- ¡bien! Andando -

Andy y Mike caminaban lentamente por aquel oscuro pasillo, solo podían ver lo que la luz de la luna alcanzaba a alumbrar a través de la puerta abierta, pero a medida que se adentraban más escuchaban unas voces al final del pasillo...

- ¿Oyes eso? - susurraba Mike

- Si, definitivamente hay gente al final de este pasillo - respondía Andy también en voz baja

Poco a poco al final del pasillo se empezaba a ver una luz formada por algunas velas, aquel pasillo desembocaba a una sala grande, y desde esa sala se escuchaban las voces de varias personas gritando...

- ¡Salvaveris te nocte Angelus! -

Andy y Mike se agacharon y comenzaron a caminar con mucho cuidado hasta llegar a aquella sala. Era una vieja pista de baile, con muchas mesas polvorientas alrededor con sus sillas encima. Andy y Mike se escondieron detrás de una gran columna para ver todo sin ser vistos, y lo que vieron los dejaría atónitos.

Era un grupo de unas 30 a 40 personas, todos vestidos con túnicas negras, aquellas túnicas tenían capuchas que tapaban parcialmente su cabeza, pero debajo de las capuchas todos los miembros de aquel grupo llevaban máscaras negras, solo con dos agujeros para poder ver y nada más. Fuera de eso tenían guantes negros también, lo cual hacía imposible decir si eran hombres, mujeres o mucho menos el color de su piel.

189

Todos estaban en el centro de la pista, donde había un pequeño altar rodeado de cinco velas negras, aquellas velas formaban un pentagrama en el suelo, el símbolo satánico por excelencia. Encima del altar había una cesta, pero no podían ver bien lo que había en ella, así que seguían fijándose en los demás detalles. En frente del altar solo había un hombre, que era el que estaba ofreciendo misa, era un hombre con una voz grave, carrasposa, era esa clase de voz que solo tienen los fumadores empedernidos, al menos esa era la primera impresión que daba, lo único que era seguro es que era el líder del grupo...

- ¡Ven a nosotros, tu señor oscuro! -

- ¡Salvaveris te nocte Angelus! - Respondían todos al unísono

- ¡Destruye a tus enemigos, maldice a todos los que blasfeman tu nombre!

- ¡Salvaveris te nocte Angelus! -

¡Derrama sobre este mundo tu luz y haz de la tierra tu reino por la eternidad!

- ¡Salvaveris te nocte Angelus! -

- ¡Danos tu sabiduría, danos tu poder, deja que brille en el corazón de tus hijos... la nueva luz! -

- ¡Novum lumen! ¡Novum lumen! ¡Novum lumen! -

- ¡Oh mierda! - exclamó Mike

- ¿qué? – Preguntó Andy

- Son Novum Lumen -

- ¿quiénes? -

- Novum Lumen, son una de las sectas satánicas más peligrosas de la ciudad, tenemos que largarnos de aquí -

Andy puso los ojos en la cesta que había encima del altar...

- espera, algo se está moviendo dentro de esa cesta - dijo Andy

- será un animal, en estas clases de ritos es muy normal sacrificar algún animal - dijo Mike sin apartar la vista del altar

El hombre que estaba ofreciendo la misa tomó una daga que estaba al lado de la cesta, con su otra mano tomó una copa metálica, dio una señal a uno de sus ayudantes y este se dirigió directamente a la cesta para sacar de ella a un bebé recién nacido, completamente desnudo, incluso se podía ver que aún tenía el cordón umbilical.

Andy y Mike tenían los ojos abiertos hasta más no poder, Andy no podía parpadear mirando aquello y dijo...

- No puede ser, no.... se atreverán ¿verdad? No serán capaces de, de... -

Mike no decía nada, solo miraba atentamente lo que estaba ocurriendo.

El bebé comenzó a llorar y su llanto retumbaba por toda la sala. El ayudante sostenía el bebé con las dos manos en frente del líder del grupo mientras esté apuntaba el techo con la daga...

- ¡Oh, señor... ¡Tú que repudias la bondad y castigas la debilidad, déjanos brindar contigo con la sangre de este ser inocente! -

- ¡Salvaveris te nocte Angelus! -

- ¡Que este pacto te demuestre nuestra lealtad y gratitud a ti mi señor! -

- ¡Salvaveris te nocte Angelus! -

- ¡Y te traiga a nosotros para hacer de este mundo tu reino! -

- ¡Salvaveris te nocte Angelus! ¡Salvaveris te nocte Angelus! ¡Salvaveris te nocte Angelus! -

El sacerdote negro comenzó a bajar lentamente la daga hasta apoyarla en la garganta del bebé. Andy trató de levantarse por instinto para ir a proteger el bebé, pero Mike se lo impidió...

- ¡¿Es que te has vuelto loco?! No te muevas de aquí -

- Pe... Pe... Pero - balbuceaba Andy mientras sus ojos seguían puestos en el bebé.

El sacerdote puso la copa por debajo del cuello del bebé y dijo...

- A tu salud mi señor -

Acto seguido el sacerdote comenzó a presionar la daga contra el delicado cuello del bebé, y la deslizó suavemente hacia abajo, cortándole por completo la garganta.

De aquel bebé salió un grito de terror, un grito que retumbó por toda la pista pero que rápidamente se iba ahogando con la sangre saliendo también por su boca.

Andy estaba paralizado, sabía que lo que estaba viendo era real pero su mente no asimilaba tanta maldad, tanto dolor, tanta injusticia, sus ojos vidriosos continuaban mirando aquel diabólico espectáculo mientras sus manos temblaban y su boca era imposible de cerrar. Mike continuaba mirando, pero no estaba tan escandalizado como era de esperarse, para él aquello era como ver en directo un león comiéndose una gacela, algo que hacía parte de la naturaleza y que él no era quien para juzgar.

La copa que sostenía el sacerdote negro se llenó rápidamente con la sangre del bebé, el ayudante depositó el cuerpo sin vida del bebé en la cesta nuevamente, mientras que el sacerdote negro levantaba la copa en frente de todos...

- ¡Este es el pacto que hacemos contigo mi señor, derramaremos la sangre de todos tus enemigos para que esto te traiga a nuestro mundo! -

- ¡Salvaveris te nocte Angelus! - gritaban todos de rodillas, en completo éxtasis

- ¡Que esta noche se derrumben las barreras, que tu espíritu este hoy con nosotros, para reclamar lo que por derecho te pertenece! -

- ¡Salvaveris te nocte Angelus! - - ¡Salvaveris te nocte Angelus! -

- ¡malditos! - decía Andy apoyando su cabeza en el centro de la columna mientras cerraba los ojos y apretaba sus puños con fuerza - ¡malditos! -

Mike puso su mano en el hombro de Andy tratando de consolarlo mientras lo miraba con tristeza

- Andy, larguémonos de aquí, ya hemos visto bastante -

(Suena el clic del martillo de una pistola detrás de ellos...)

- Vosotros dos no iréis a ninguna parte -

Andy y Mike se giran rápidamente y se encuentran con uno de ellos apuntándoles con una pistola

- ¡De pie! - les ordena con furia

Los dos chicos se vieron completamente sorprendidos, no podían hacer nada más que obedecer a ese hombre, así que levantaron las manos y se pusieron de pie lentamente

- Caminad hacia el altar, despacio -

Todos los demás seguían con su rito, nadie se había percatado de que había dos intrusos en la sala

- ¡Salvaveris te nocte Angelus! - - ¡Salvaveris te nocte Angelus! -

- ¡Ven a nosotros príncipe de las tinieblas, guía a tus siervos hacia la victoria! -

- ¡Maestre! - gritaba el hombre con la pistola

- Aparece ante nosotros, muéstrate, muéstrate... Mues... -

- ¡MAESTRE! - gritó nuevamente con todas sus fuerzas

Todos callaron de inmediato, se dieron la vuelta y dejaron el ritual para comenzar a murmurar...

- ¿has visto eso? ¿quiénes son? ¿qué hacen aquí? ¿los conoces...? -

El sacerdote puso sus ojos en los dos chicos asustados

- Bueno, bueno, bueno... Pero que tenemos aquí - dijo el sacerdote con tono de intriga

- Disculpe Maestre, pero he encontrado a estos dos intrusos detrás de una columna, lo han visto todo -

- ¿Cómo han llegado hasta aquí? - preguntó disgustado el sacerdote negro

- creo que son del club de en frente, tienen las pulseras de allí, además han entrado por la puerta de servicio, la encontré abierta -

Uno de ellos se sorprendió al escuchar eso, bajó la cabeza y miró con cautela al sacerdote negro que le estaba mirando fijamente...

- Ya hablaré contigo después -

.   - lo... lo... lo siento mucho maestre - era la voz de una mujer

Andy y Mike tenían el corazón en la mano, por un momento sentían que sus vidas habían llegado a su fin y que no podían hacer nada al respecto, estaban en el centro de toda esa gente que no dudarían en matarlos

- ¡Está bien! - dijo el sacerdote negro mientras dejaba la copa con sangre en el altar

- Esto no es motivo para suspender nuestra celebración, alegraos hijos míos, porque tenemos a dos voluntarios más que ofrecerán sus vidas para satisfacer a nuestro señor -

Todos comenzaron a gritar...

- ¡Si! ¡sangre, sangre, sangre, sangre! -

Andy y Mike se miraron mutuamente, sus ojos lo decían todo, sabían que había llegado el fin. Andy miraba a todos lados y vio al hombre que los había detenido guardar el arma por debajo de su túnica, así que vio una oportunidad

- ¡sangre, sangre, sangre, sangre! -

- ¡ESPERAD! - Gritó Andy con todas sus fuerzas

Todos callaron, Andy tenía un gesto serio y Mike estaba confundido porque no sabía que estaba tramando su amigo

- ¡no podéis matarnos! - dijo Andy con voz sería y segura

el sacerdote negro se le acercó y le preguntó con tono burlón ...

- ¿Ah... no? ¿y por qué no? -

Andy miró fijamente a los ojos del sacerdote negro y le contestó

- Porqué yo soy vuestro señor -

Todos en la sala comenzaron a mirarse los unos a los otros, nadie decía nada, Mike giró su cabeza lentamente para mirar a Andy con ojos de desconcierto mientras que en su cabeza aparecía el pensamiento... (¿qué estupidez acabas de decir?) El sacerdote negro suelta una carcajada estridente, todos en la pista comienzan a reír igualmente y Mike no se extraña en absoluto de aquella reacción, pero era justo lo que Andy estaba esperando.

Mientras el sacerdote negro reía Andy le dio una patada frontal en el pecho con todas sus fuerzas arrojándolo un par de metros atrás, rápidamente da un salto y suelta una patada lateral a uno de sus ayudantes arrojándolo a los demás, derribándolos como pinos en una bolera.

- ¡CORRE! - le gritó Andy a Mike

Mike corrió a través del camino que se abrió momentáneamente entre la gente tirada en el suelo, uno de ellos intento detenerle, pero Andy intervino nuevamente para ayudar a su amigo

- ¡CORRE, CORRE, ¡CORRE...! - gritaba Andy una y otra vez

Mike no se lo pensó dos veces y comenzó a correr hacia el pasillo por el que minutos antes habían entrado, Andy seguía luchando en la pista tratando de detener a los que iban a por Mike, pero eran demasiados y cuatro de ellos fueron corriendo detrás de Mike.

Mike corría por aquel pasillo oscuro mientras que con su mano tocaba las paredes para guiarse porque era imposible ver, corría, pero no podía hacerlo tan rápido como quería, ya que su subconsciente le obligaba a ir despacio para no tropezar con nada en medio de la oscuridad. Aquel camino se hacía eterno, incluso comenzaba a dudar de si ya había pasado la puerta y no se había dado cuenta, así que comenzó a ir más despacio, justo en ese momento se da cuenta de algo, estaba completamente solo, Andy no estaba detrás de él...

- ¡Andy! - Mike llamaba a su amigo mientras miraba al final del pasillo la pequeña luz formada con las velas de la pista. Lo único que podía escuchar era un bullicio en la pista.

- ¡ANDY¡ - Mike gritaba con la esperanza de escuchar a su amigo dentro del pasillo

- ¡Espérame! - una voz respondía a la llamada de Mike, una voz aguda con acento canadiense

- ¡Mierda ese no es Andy! - Mike comenzó a correr nuevamente buscando la salida, esta vez corría lo más rápido posible sin importarle si se golpeaba con algo o no. Mike corría mientras escuchaba como unos pasos se iban acercando cada vez más a él; ahora podía escuchar que eran varias personas corriendo por aquel pasillo en la misma dirección que él. Mike no podía creer que aquel pasillo era el mismo que había recorrido antes, este parecía no tener fin, pero solo era porque sabía que la muerte le estaba acechando. Por suerte a lo lejos comenzó a ver una luz que salía de la pared e iluminaba el suelo

- ¡La puerta! - exclamó Mike - ¡por fin! -

Mike llegó hasta la puerta, rápidamente buscó el picaporte para salir y buscar ayuda, pero...

- ¡MIERDA!, ¡estos cabrones han cerrado la puerta con llave! - dijo Mike desesperado

- ¡A por él, que no escape! - decía uno de los hombres que perseguían a Mike

Mike vio que aquellos hombres estaban aún más cerca y que esa puerta no iba abrirse, así que rápidamente comenzó a correr otra vez, recorriendo el pasillo en busca de una salida alternativa. Al final de aquel pasillo se encontró con una puerta abierta que llevaba a una oficina y al lado izquierdo de esa puerta unas escaleras que llevaban a la planta de arriba, Mike no tuvo mucho tiempo de pensar y optó por las escaleras, comenzó a subir aquellas escaleras que por fortuna tenía unas pequeñas ventanas que le dejaban ver el camino. Al llegar a la planta superior se encontró con otra pista de baile, prácticamente igual a la que estaba debajo de él, varias mesas polvorientas alrededor de la pista con sillas encima de las mesas, pero esta pista tenía varias ventanas por las cuales podías ver la calle por donde había entrado a aquel edificio, Mike vio que al lado de una de las ventanas había una tubería de desagüe que llevaba hasta la calle, así que sin pensarlo dos veces tomó una de las sillas la arrojó con todas sus fuerzas a esa ventana rompiéndola en mil pedazos...

- ¡Ahí está, tras él! - dijo uno de los hombres que lo perseguía y que ahora estaba a unos cuantos metros de Mike

Mike rápidamente dio un salto hacia la tubería, la sujetó con fuerza y se deslizó por ella hasta caer en la calle, sin vacilar comenzó a correr tan rápido como podía en dirección a la puerta de servicio de Avalon hasta llegar a ella.

Mike golpeaba desesperadamente la puerta

- ¡ABRE LA PUERTA! ¡ABRE! - Mike gritaba sin cesar

- ¡Ya voy, ya voy! - respondía el portero de Avalon mientras intentaba pararse de su silla

- ¡MALDITA SEA ABRE LA PUERTA YA! - seguía gritando Mike

El portero comenzó a abrir la puerta mientras Mike observaba la ventana del otro edificio por donde había escapado, allí seguían las cuatro sombras que le estaban persiguiendo, observándole, hasta que el portero finalmente abrió la puerta...

- ¡Pero qué coño pasa contigo, ¿por qué tanta prisa? - preguntó el portero enojado

- ¡APARTA! - Mike le dio un empujón y entró corriendo a la pista de Avalon en busca de Ava.

Ella estaba en el centro de la pista hablando con Peter pasando un buen rato sin sospechar ni siquiera que su novio podría estar muerto en ese mismo momento...

- ¡Ava!... ¡AVA! - gritaba Mike mientras se acercaba a la pista con su ropa y cara cubierta de polvo, con un aspecto de haber pasado la noche entera durmiendo en la calle.

- ¿Mike? ¿Qué ocurre, que te ha pasado y…. dónde está Andy? - preguntó Ava mientras sus ojos buscaban a Andy en la misma dirección por donde había llegado Mike

- ¡Ava, Peter tenéis que ayudarme! -

Mike apenas podía hablar, su corazón estaba muy acelerado y no paraba de jadear. Tuvo que inclinarse y apoyar sus manos en sus piernas para intentar recuperar el aliento, pero él seguía en estado de shock y no sabía ni siquiera cómo plantear el problema.

Ava y Peter lo miraban fijamente mientras comenzaban a tener un mal presentimiento, Ava quería preguntar, pero al mismo tiempo algo se lo impedía, en cambio Peter no podía aguantar más aquella situación...

- ¡Pero no te calles! ¿Qué está pasando? -

Mike tomó una bocanada de aire, se incorporó y finalmente pudo hablar...

- ¡ANDY ESTÁ EN PELIGRO! -

# CAPÍTULO ONCE
# Ritual de Sangre

Mike pudo escapar de las garras de Novum Lumen gracias a su mejor amigo, él se quedó atrás luchando para que Mike pudiera escapar y volver con ayuda. Andy era experto en artes marciales, había ganado un segundo Dan en Karate, pero además era cinturón negro en Taekwondo, un gran apasionado de la Capoeira y de las artes marciales mixtas, lo cual lo convertía en un rival a temer, ya que no tenía adversario en el cuerpo a cuerpo. En uno contra uno Andy podía vencer fácilmente, contra dos le representaría algunos problemas, pero aun así podría salir victorioso, pero en aquella noche Andy se enfrentó a más de 20 personas prácticamente al mismo tiempo, y a pesar de que aquellas personas no tenían la misma preparación que él seguían siendo demasiados incluso para un maestro en artes marciales. Andy luchó con valentía, con todas sus fuerzas, pero por cada golpe que él soltaba recibía tres por la espalda dos por los costados y uno de frente.

Era una pelea muy desigual, ningún hombre en la tierra podría ganar semejante batalla... Y Andy no fue la excepción.

Sus fuerzas comenzaron a fallarle, no sabía a quién quería golpear y ya ni se molestaba en protegerse, poco a poco fue cayendo hasta caer por completo de rodillas, estaba completamente agotado y seguía rodeado de aquella secta que le miraban con satisfacción al ver que le habían vencido.

- ¡Atrapadle! - gritó el maestre

Varios de aquellos miembros se lanzaron a por Andy dejándole totalmente inmovilizado a merced de su maestre, este miraba a Andy con desprecio, apretaba sus dientes mientras resoplaba por la nariz como un toro enfurecido...

- ¡Subidle al altar! - ordenó el maestre.

Rápidamente dos de sus súbditos comenzaron a despejar el altar dejando todas las cosas en el suelo, incluido la canasta con el cuerpo del bebé y la copa con su sangre. Los otros que retenían a Andy lo llevaron a rastras hasta el altar, le agarraron de pies y manos y lo acostaron boca arriba en el altar, Andy trataba de forcejear, pero aún estaba muy débil y tenía a dos personas sujetándole por cada extremidad, incluida su cabeza.

El maestre se acercó hasta el altar, miraba fijamente a los ojos de Andy, se inclinó un poco para estar más cerca de su cara y comenzó a hablarle...

- ¿Estás cómodo mi señor? De verdad espero que este altar sea de tu total agrado- le decía el maestre en tono sarcástico mientras seguía burlándose de Andy

-Perdonad que no haya hecho algo mejor para recibirte, pero sinceramente no esperábamos tenerte aquí tan pronto- todos los demás se reían y no quitaban ojo a lo que estaba a punto de pasar

-Sé que has hecho un largo viaje para reunirte con todos nosotros y que estarás cansado y sediento... o, ¡pero en donde están mis modales! ni siquiera té he ofrecido nada para beber- el maestre comenzó a agacharse para recoger la copa con sangre que estaba en el suelo

- ¿Puedo invitarte a una copa?... Mi Lord -

Andy miró la copa y sabía que estaba llena de la sangre del bebé que habían matado unos minutos antes, estaba más que claro cuáles eran las intenciones del sacerdote negro así que comenzó a forcejear de nuevo con las pocas fuerzas que aún le quedaban...

- ¡NO... ¡SOLTADME... SOLTADME! - Andy gritaba desesperado

- ¡Sujetadle la cabeza! - dijo el maestre mientras se acercaba a la cara de Andy con la copa.

Andy cerró su boca y trataba de evitar la copa girando su cabeza a los lados

- ¡Ahora verás! - Dijo uno de los hombres que le sujetaba la cabeza. Con su mano le tapó la nariz y esperaron a que Andy abriera la boca para respirar.

Andy se estaba ahogando pero no quería abrir la boca, seguía resistiéndose pero su cuerpo le obligaba hacer algo para respirar, así que no pudo aguantar más y abrió la boca para respirar, el hombre que le estaba tapando la nariz rápidamente usó su otra mano para introducir entre las mejillas sus dedos pulgar y corazón al mismo tiempo, de este modo Andy ya no podía cerrar la boca porque tenía entre sus dientes sus propias mejillas, lo cual le provocaba una sensación muy incómoda acompañada de un gran dolor.

El sacerdote negro sujetaba la copa con su mano derecha, la puso en frente de la boca de Andy mientras que Andy seguía luchando sin conseguir ningún resultado...

-A tu salud... mi señor-

El sacerdote negro vació por completo la sangre de la copa dentro de la boca de Andy, al mismo tiempo con su mano izquierda le daba un golpe en el estómago para obligarle a beber la sangre de forma involuntaria, y fue justo lo que pasó.

Una pequeña parte de la sangre de la copa se regó por la boca de Andy hasta llegar su cuello, pero toda aquella sangre que había logrado entrar dentro de su boca se la tragó al recibir el golpe en el estómago. Cuando Andy tragó aquella sangre todos aquellos que le estaban sujetando le soltaron al mismo tiempo.

Aquella sangre aún estaba caliente, Andy pudo sentir como toda esa sangre bajaba por su garganta sin que él pudiera hacer nada, en cuanto le soltaron cayó del altar y estaba en el suelo en shock, trataba de vomitar, pero su cuerpo no rechazó la sangre, quería llorar, pero no había lágrimas en sus ojos, solo tenía ese sabor a metal en su boca, como si hubiese tenido un puñado de monedas en la boca por un largo periodo de tiempo. Andy seguía arrastrándose por el suelo tosiendo, tratando de vomitar, pero tenía un nudo en la garganta que no le dejaba ni respirar. Todos los que estaban a su alrededor se burlaban de él mientras Andy seguía arrastrándose por el suelo, lloraba, aunque sus ojos estaban completamente secos, se sentía mareado, confuso, la cara del bebé muerto no salía de su cabeza, se sentía ultrajado, indefenso, en aquel momento solo quería morir y dejar de sentir aquella sensación de remordimiento, porque de alguna forma se sentía culpable por la muerte de aquel bebé inocente.

El hombre que lo había descubierto al principio volvió a sacar su pistola, se acercó a Andy por su espalda y le apuntó con el arma en la cabeza...

-Muy bien, ya nos hemos divertido bastante, es hora de acabar con esto-

- ¡Espera! - exclamó el sacerdote negro.

Aquel hombre se giró para ver a su maestre mientras se acercaba también

-No dispares-

-Pe... Pero maestre-

-Matarle ahora mismo sería darle un alivio que no se merece- hablaba el maestre mientras todos los demás le escuchaban atentamente

-Quiero que viva, quiero que sufra, quiero que desee una muerte que nunca le llegará... Y, sobre todo, quiero que recuerde esta noche como la peor de sus pesadillas por el resto de su vida-

-Si Maestre, como desees- aquel hombre bajó el arma y la volvió a guardar

- ¡Maestre! ¡Maestre! - El sacerdote se giró para ver quién le llamaba y vio a los cuatro hombres que estaban persiguiendo a Mike llegar solos...

-Maestre, el otro chico consiguió escapar, le hemos visto entrar al club de enfrente-

- ¡Mierda! - dijo el sacerdote mientras su mirada volvía a ponerse encima de Andy

-Está bien, ya sabéis que tenéis que hacer, dejar este sitio completamente limpio y salir por la calle principal-

- ¿Y qué hacemos con el chico Maestre- dijo el hombre que tenía el arma señalando a Andy

-Llevadle a fuera por la puerta de servicio y soltadle en la calle, que sus amigos lo encuentren fácilmente, eso nos dará tiempo para salir de aquí-

-Si Maestre-

-y hacedme un favor cuando dejéis al chico en la calle, solo por esta vez.... ¡CERRAD LA MALDITA PUERTA CON LLAVE! -

Dos de los miembros de la secta llevaron a Andy en hombros hasta la calle, le dejaron en mitad de la calle y volvieron al edificio viejo cerrando la puerta.

Andy estaba tirado en medio de la calle, ya no lloraba, su mirada estaba perdida mientras su cara estaba apoyada en el duro asfalto. Tenía varios moretones por todo el cuerpo producto de la gran pelea. Su cara estaba sucia, con algunos rasguños y golpes, su boca, mentón y cuello seguían cubierta por la sangre del bebé. Él seguía tirado en la calle mientras escuchaba a lo lejos gente hablando, riendo, con la música del club de fondo, de repente una puerta se abre... era la puerta de servicio de Avalon. Mike, Pete, Ava y cuatro vigilantes de seguridad cruzaban la puerta, uno de los vigilantes estaba armado al igual que Peter, iban preparados para rescatar a Andy. Al salir a la calle vieron de inmediato un cuerpo tirado en medio de la calle...

- ¡ANDY! - gritó Ava mientras iba corriendo a ver a su chico

Todos los demás fueron detrás de Ava mirando a todos lados tratando de encontrar a los responsables. Ava llegó rápidamente hasta Andy...

- ¡Andy! ¡Andy! Cariño por favor dime algo...- Ava acariciaba la cara de Andy mientras veía el aspecto de su cara llena de golpes y de sangre...

- ¿Está vivo? - preguntó Mike

- ¡Si, está vivo! ¡tenemos que llevarle a un hospital pronto! - respondió Ava muy angustiada

- ¡No, no podemos hacer eso! - dijo Mike

- ¡Es que te has vuelto loco! Andy necesita asistencia médica- Replicó Pete

-Lo siento, pero no podemos hacerlo, la vida de Andy podría correr peligro si lo hiciéramos- Mike insistía

-A que te refieres con eso- preguntó Ava

-Vosotros no sabéis el alcance de ese grupo, podrían estar en cualquier lugar y en cualquier momento... ¿cómo sabemos que el médico que lo atienda no es uno de ellos? -

- ¿Entonces que propones que hagamos? - preguntó Pete

-Ava tú estás haciendo el último año de medicina, tú puedes verle y saber si necesita atención médica o si podemos cuidarlo nosotros mismos... ¿verdad? -

Ava miraba a su chico tratando de encontrar alguna herida de bala o arma blanca...

-Parece que no tiene ninguna herida grave pero no estaré completamente segura hasta que lo revise con mi equipo médico- dijo Ava mientras seguía examinando el cuerpo de Andy.

-Está bien, en ese caso que os parece si lo llevamos a tu casa, lo revisas y si consideras que debe ir a un hospital entonces le llevamos a un hospital- dijo Mike

-Me parece bien, pero tenemos que ir a vuestro apartamento por qué tengo mis cosas en la habitación de Andy-

- ¿En la habitación de Andy? ¿y qué hacen allí? - preguntó Mike

Ava le miró directamente a los ojos y le respondió...

-Eso es algo personal... e íntimo-

Mike y todos los demás comprendieron de inmediato que quiso decir Ava con aquella respuesta, cosa que a Mike le estrujó el corazón y a Peter le encantó la idea de jugar a los médicos en la cama con Ava, pero su amigo seguía en el suelo y tenían que hacer algo rápido...

-Vale... si ya está todo claro llevemos a Andy rápido a su apartamento y no perdamos más el tiempo- dijo Peter mientras se agachaba para levantar a Andy con la ayuda de Mike. Andy tenía a sus dos amigos bajo los hombros, él seguía inconsciente mientras los demás decidían que hacer con él.

-Mi coche está en la esquina, llevémosle allí y vámonos deprisa- Dijo Pete

- ¿jefe quiere que le acompañemos o volvemos al club? - preguntó uno de los vigilantes

-Volved al club, aquí parece que ya no hay nada más que hacer, gracias por vuestra ayuda y decirle a mi padre que volveré antes del cierre-

- Muy bien jefe, mucha suerte y lamentamos mucho lo de su amigo -

Pete asintió y sonrío como señal de aprecio.

Mike y Pete llevaban a Andy en hombros hasta el aparcamiento privado del club mientras Ava no paraba de mirar a su chico y murmuraba algo en voz baja...

- ¿Qué estás haciendo? - preguntó Mike

- Estoy rezando - respondió Ava mientras seguía rezando...

- no nos dejes caer en tentación y líbranos de todo mal, amén -

- No sabía que fueras tan religiosa - dijo Peter

Ava respondió con cierta melancolía...

- Cuando era niña mis padres murieron en un accidente de coche, así que tuve que irme a vivir con mi abuela que es una devota creyente, y supongo que al final algo de todo eso se me quedó impregnado -

- Oh Ava... Lo siento mucho, debió ser horrible pasar por aquella experiencia tan traumática - dijo Pete

- No te preocupes, mis padres murieron hace mucho tiempo así que ya está superado -

- ¡no!, me refiero a lo de criarse con una creyente, no puedo imaginarme algo peor que eso -

Pete sonrió y le guiñó un ojo, Ava sonrió igualmente, ya que aquella broma le pareció muy ocurrente. Por el contrario, Mike no veía la hora de deshacerse de Pete así que antes de que siguieran hablando preguntó...

- ¿Peter cuál es tu coche? -

Pete dejó de sonreír y comenzó a buscar su coche en el aparcamiento,

-Es ese de allí, el blanco-

Pete tenía un Mercedes Benz Clase AMG GT de cuatro puertas nuevo y reluciente

- ¡Vaya! ¿Ese es tu coche? - dijo Ava muy sorprendida

- Sí, las cosas en el club van muy bien y como relaciones públicas que soy necesito tener una buena apariencia para vender a mis clientes, eso incluye un buen coche, y en mi opinión nada da más prestigio que un coche europeo -

Mike miraba el coche con recelo y trataba de no sentirse impresionado con aquel coche, no quería darle ningún mérito a Pete.

- Vale, Ava abre la puerta de atrás y ayúdanos a meter a Andy - Dijo Mike

Ava se metió en el coche y les ayudó a recibir a Andy mientras lo metían con mucho cuidado, Ava se quedó atrás con la cabeza de Andy apoyada en sus piernas mientras Pete conducía y Mike estaba de copiloto sin soltar ni una palabra. Ava solo le acariciaba el pelo a su chico y le hablaba en voz baja...

- Andy despierta, por favor despierta -

Andy seguía inconsciente, pero en su mente recordaba una y otra vez lo sucedido, escuchaba la risa del sacerdote negro, veía la cara de aquel pobre bebé llorando mientras su sangre llenaba la copa que le dieron a beber. Eran las 3:33 de la mañana y Andy tenía más flashes que le mostraban otras imágenes de terror. Veía a una mujer joven en estado avanzado de embarazo siendo golpeada en su propia casa por dos hombres, la golpeaban hasta dejarla inconsciente en el suelo. En ese momento uno de los hombres le cortaba la palma de la mano con un cuchillo, y con su sangre hacia un dibujo en la pared del salón principal, una media luna con dos flechas cruzadas. Andy veía como aquellos hombres se llevaban a esa mujer inconsciente fuera de allí. Llegaban más flashes de aquella mujer atada a una cama en un sótano sucio, oscuro, suplicando por su vida y la vida de su bebé. Pero aquellas súplicas fueron en vano. Andy Vio como uno de aquellos hombres usaba un cuchillo para arrebatarle el bebé de su vientre mientras ella seguía viva, gritando de auténtico dolor y sufriendo una agonía inmensa que sintió hasta el último segundo de su vida.

La mente de Andy se quedó completamente a oscuras, ya no le venía ninguna imagen, solo una dulce voz de fondo diciéndole...

- Andy, despierta, despierta -

De repente aquella dulce voz se transformó en una voz grave, una voz de hombre. Era la propia voz de Andy diciendo lo mismo

- despierta... Despierta -

Los chicos llegaron al edificio donde vivían Mike y Andy. Pete y Mike subieron a Andy hasta el cuarto piso donde tenían el apartamento, por fortuna era poco más de las cuatro de la mañana, era tarde así que nadie los vio llegar. Dejaron a Andy en su cama y Ava rápidamente comenzó a hacerle una revisión completa, miraba su pulso, su respiración, le quitó la camisa para ver con más detalles la gravedad de sus heridas, pero eran solo heridas superficiales, nada que hiciera temer por su vida. Ava notó que todo su cuerpo estaba muy caliente, pero después de tomarle la temperatura vio que no tenía fiebre, lo cual le parecía extraño porque su frente estaba ardiendo, pero al menos le aliviaba saber que aparentemente no tenía ningún problema de gravedad.

Mike y Pete seguían en la habitación de Andy mirando todo lo que hacía Ava por ayudarle, hasta que finalmente Ava se levantó de la cama...

- ¿Y bien?... ¿Cómo está? - preguntó Pete

- Está bien, tiene la cara un poco hinchada y algunos hematomas por su cuerpo, pero nada que no se pueda aliviar con un poco de hielo y algunos medicamentos -

- Entonces no hace falta llevarle a un hospital, ¿verdad? - preguntó Mike

- Afortunadamente no tiene ningún hueso roto o herida de gravedad así que no veo ninguna razón de peso para llevarle al hospital, podemos cuidarle aquí mismo, Andy es un chico fuerte, estoy segura de que se pondrá bien -

- Menos mal, me alegra que todo haya quedado solo en un mal recuerdo - dijo Pete aliviado

- Yo también - dijo Ava – Pete si quieres puedes volver al club, Andy estará bien y lo único que necesita ahora es descansar -

- Si... tienes razón, aún me quedan cosas por hacer allí y todos estarán preocupados con lo que pasó -

- De nuevo muchas gracias por tu ayuda Pete, eres un gran amigo, Andy y yo estamos en deuda contigo - Ava le dio un abrazo fuerte a Pete mientras Mike los miraba celoso

- No tienes que darme las gracias mujer, para eso están los amigos, pero recuerda que si necesitáis algo sea lo que sea llamadme y aquí estaré - dijo Pete después de guiñarle el ojo a Ava

- Muchas gracias Pete, mañana te llamaré para informarte del estado de Andy -

- Si por favor, llámame en cuanto puedas -

- Cuenta con ello - respondió Ava con una sonrisa

- Encantado de conocerte Mike - Dijo Pete solo por educación, pero sin mirarle ni una vez

- Lo mismo digo - respondió Mike sin quitar la vista de Andy.

Pete salió del apartamento y ahora estaban Mike y Ava a solas con Andy durmiendo en su cama, Ava dejó la habitación para ir a la cocina en busca de un par de cosas...

- ¿Qué vas a hacer? - preguntó Mike

- El cuerpo de Andy está muy caliente, así que necesito refrescarlo con algunos paños de agua fría, además no quiero que pase toda la noche manchado con sangre así que le limpiaré un poco antes de irme a dormir -

- ¿Necesitas ayuda? -

- No gracias, puedo hacerlo sola, tú deberías irte a la cama que ya está tarde -

- supongo que pasaras la noche con Andy, ¿o me equivoco? -

- No te equivocas, no pienso dejar a Andy en esas condiciones ni un solo minuto -

- Tengo que darte las gracias por todo lo que estás haciendo por Andy, eres muy buena chica -

- No hace falta que me des las gracias Mike, soy su novia y haría lo que fuera por él -

- Lo sé... Eso lo sé muy bien - dijo Mike con tristeza mirándola a los ojos

- Buenas noches Mike - Ava tomó un recipiente con agua y se fue a la habitación de Andy

- Buenas noches Ava - susurró Mike.

Mike se fue a su habitación, tenía mil pensamientos en su cabeza que le estaban volviendo loco. Se acostó en su cama, pero seguía con los ojos abiertos, con la mirada perdida en el techo; no paraba de recordar todo lo sucedido en aquella noche, su mejor amigo seguía inconsciente y no tenían ni la más mínima idea de que le habían podido hacer para dejarle en esas condiciones.

Los minutos pasaban y Mike seguía dando vueltas en su cama tratando de conciliar el sueño, pero este le seguía evadiendo. Miró la hora en una pequeña pantalla que tenía su televisor y vio que eran las 5:37 de la mañana, Mike seguía sin tener sueño, pero estaba sediento, así que se levantó para ir a la cocina a tomar un vaso de agua. Mientras estaba en la cocina apareció Ava...

- Veo que tú tampoco puedes dormir - dijo Mike

- No puedo, Andy se la ha pasado moviéndose toda la noche, parece como si estuviese atrapado en una pesadilla de la que no puede despertar -

- ¿Sigue sin despertarse? -

- No, y la verdad que no entiendo porque, he limpiado toda la sangre que tenía y no he encontré ninguna herida que pudiese provocar tanta sangre -

- ¿Y la sangre de su cara? -

- Eso era lo que más me preocupaba, pero después de limpiarla por completo y revisar su boca no he encontré nada, ni cortes, ni golpes, nada, es como si esa sangre no hubiera sido de él -

Mike inmediatamente reaccionó ante esa noticia y no pudo evitar el verse sorprendido delante de Ava...

- ¿Mike... hay algo que no me hayas dicho aun? -

Mike miraba fijamente los ojos de Ava, ella aún no sabía todos los detalles de lo que había pasado en aquel edificio abandonado, pero Mike empezó atar cabos, recordaba el sacrificio del bebé, el cómo llenaban aquella copa con su sangre, y ahora con la nueva información que Ava le acaba de dar estaba más que claro lo que había pasado.

- Es posible que sepa lo que le haya pasado a Andy -

- ¿El qué?, habla de una vez -

- creo que lo han drogado -

- ¿Drogado? Eso tiene sentido, eso explicaría por qué está en esas condiciones cuando no tiene ninguna herida grave... ¿pero sabes con que lo han podido drogar? -

Mike quiso ahorrarse los escalofriantes detalles para no asustar más a Ava

- No sé exactamente con qué, pero conozco a alguien que puede ayudarnos -

- ¿Alguien que puede ayudarnos, quien? -

- Mi profesor de historia de la universidad, él es un especialista en cuanto a rituales se refiere, seguro que él podrá decirnos que clases de drogas usan para sus ritos y como ayudar a Andy -

- Está bien, me parece que es una buena idea -

- De acuerdo, le llamaré a primera hora en la mañana para que nos ayude -

- Vale, muchas gracias Mike -

- No te preocupes Ava, te prometo que resolveré este problema muy pronto -

Mike sonrió, Ava le devolvió la sonrisa y siguió con sus tareas de cuidar a su chico. Había ido a la cocina solo por un poco de agua fresca para seguir refrescando el cuerpo de Andy, en cuanto tenía el agua se fue a la habitación de Andy para seguir pasando la noche con él.

Mike terminó de beberse su agua y volvió a su habitación, abrió su portátil y buscó en la página web de universidad el número de teléfono de su antiguo profesor...

-Henry... Henry ¡Aja! Lo tengo, Henry Bianchi-

Mike se sentía más animado, se sentía bien porque de alguna forma sentía que había hecho las paces con Ava, gracias a su idea de llamar a su profesor...

-Bien, ahora a dormir, nos espera un largo día-

Mike estaba más tranquilo, pero en el fondo se sentía un poco preocupado al no saber si debería o no decirle a Ava lo sucedido con aquel bebé ¿cómo decirle que a su chico le habían hecho beber la sangre de un recién nacido? Si debiese hacerlo o no es algo que tendría que resolver más tarde, por el momento solo quería disfrutar de su pequeña victoria, al conseguir que Ava le diera las gracias y le sonriera.

# CAPÍTULO DOCE
# La Orden de los Bellatores Dei

En la mañana las cosas no habían cambiado mucho, Andy seguía inconsciente, pero al menos esta vez parecía que no tenía más pesadillas, no se movía en absoluto, solo dormía plácidamente y nada más, lo que para Ava era una muestra de mejoría. Aunque su cuerpo seguía caliente su temperatura interior seguía normal, cosa que Ava no podía entender.

Ava seguía a solas con Andy en su habitación, hasta que apareció Mike...

- Buenos días Ava, ¿qué tal has pasado la noche? -

- hola Mike, apenas he podido dormir, ha sido una noche muy larga -

- ¿Andy siguió moviéndose durante toda la noche? -

- no, solo se movió hasta las 6 de la mañana, después de esa hora no volvió a moverse en absoluto, lo cual no sé si es bueno o no -

- ¿y en ningún momento llegó a despertarse? -

- para nada, no sé si hemos hecho bien al dejarle aquí en vez de llevarle a un hospital, allí al menos podríamos hacerle un análisis y saber exactamente con que lo han drogado-

- no te preocupes Ava, acabo de hablar con mi profesor y viene en camino -

- ¿en serio? ¿Va a venir? -

- sí, yo también me he sorprendido en cuanto me lo dijo, pero en cuanto le expliqué un poco lo que había pasado se vio muy interesado en el caso y ha preferido verlo por sí mismo -

- vale, eso es perfecto, así podremos ayudar mejor a Andy -

- sí, me ha dicho que en una hora estará aquí -

- bien, en ese caso me iré a dar una ducha antes de que llegue -

- de acuerdo, yo estaré en la sala esperándole -

- muchas gracias por tu ayuda Mike -

- es un placer -

Mike le sonrió y se quedó mirándola, Ava le sonrió igualmente y le miraba como si esperara algo de él, Mike no estaba seguro de lo que ella quería así que levantó las cejas en señal de pregunta y confusión, así que Ava le respondió...

- ¿Puedo tener algo de privacidad en la habitación para ducharme y cambiarme? -

- ¡Oh sí!, lo siento, me voy ya para la sala -

Mike dejó la habitación y cerró la puerta al salir, ahora lo único que tenía que hacer era esperar a que llegara su antiguo profesor, Mike estaba seguro de que las cosas con él irían a mejor, y que le ayudaría a recuperar a su mejor amigo.

Una hora más tarde un BMW azul paraba en la calle del edificio. Un hombre de mediana edad bajaba de él. Era un hombre alto con gafas, cabello un poco largo rizado, casi la mayoría de su pelo blanco. Tenía barba, blanca al igual que su pelo. Llevaba puesto un traje negro sin corbata, la camisa que llevaba bajo el traje era igualmente negra. Después de bajar del coche tomó un pequeño maletín negro del asiento de atrás y se dirigió hacia la puerta del edifico en busca del timbre número cuatro.

Mike estaba sentado en el sofá de la sala, estaba mirando las noticias del día con su portátil... "La policía sigue buscando a la joven desaparecida sin obtener ninguna pista, la familia de la joven se teme lo peor por el estado avanzado de embarazo de la joven, ya que el bebé estaba programado para nacer ayer mismo" en ese momento llaman por el vídeo portero, Mike se levanta rápidamente, ya que sabe quién está llamando a la puerta, contesta y ve por la pantalla a su antiguo profesor de historia...

- Profesor Bianchi, por favor suba -

Una voz profunda le responde...

- gracias Michael -

Mike abrió la puerta de la portería al igual que de la puerta principal del apartamento, y esperó a que su profesor llegara del ascensor.

Finalmente, el profesor Bianchi llegó a la cuarta planta del edificio donde le estaba esperando Mike.

- Profesor Bianchi que alegría volver a verle -

Mike extendió la mano para saludarle

- Lo mismo digo Michael, pero sabes que ya no hace falta que me llames profesor, puedes llamarme Henry -

El profesor Bianchi extendió igualmente su mano y le dio un caluroso apretón de manos

- Está bien, te llamaré Henry, pero solo con una condición -

- ¿Cuál? -

- Que me llames Mike como lo hace todo el mundo -

El Profesor Bianchi sonrió y asintió

- Está bien, me da mucho gusto volver a verte Mike, ojalá hubiera sido en una mejor situación -

- Lo mismo digo, pero por favor, pase -

Los dos entraron al apartamento, y la primera impresión que se llevó el Profesor Bianchi sobre el apartamento fue muy buena, era un apartamento amplio, muy moderno y de mucha categoría...

- Vaya, veo  que las cosas te han ido bastante bien Mike, es un apartamento muy bonito -

- gracias, pero el mérito no es mío, la familia de Andy tiene mucho dinero y le han educado bien para ganarlo por su propia cuenta, yo no podría permitirme un sitio como este yo solo -

- ya veo - dijo el Profesor Bianchi mientras lo miraba todo, en especial unas estanterías donde había un par de fotos de Andy y Mike, así que tomó una de las fotos y la miró atentamente...

- ¿Este es tu amigo, Andy? -

- sí, es él -

El Profesor Bianchi se quedó mirando atentamente los ojos de Andy en la foto...

- Es un chico bastante apuesto -

– Sí, lo es- contestó Mike -

El Profesor Bianchi dejó la foto en su sitio y se dio la vuelta para hablar con Mike...

- Está bien Mike, antes de ver a tu amigo que te parece si me cuentas exactamente qué pasó anoche -

- muy bien, por favor tome asiento -

Los dos se dirigían a la sala cuando apareció Ava que estaba en la habitación de Andy...

- Oh Henry, déjame que te presenté a Ava Guard, ella es la chica de Andy, Ava él es el Profesor Henry Bianchi -

El Profesor Bianchi se acercó y tomó la mano de Ava con sus dos manos y le ofreció un saludo muy cortés...

- Encantado de conocerla señorita Guard -

- igualmente, pero por favor, llámeme solo Ava -

- Está bien, Ava, un nombre precioso al igual que su dueña -

Ava sonrió y solo dio las gracias. Pero el Profesor Bianchi comenzaba a tener sus propios pensamientos acerca de Andy... (Un chico apuesto, de buena familia, con una chica a la que todo hombre envidiaría... Me empieza a resultar fascinante este tal Andy).

- Ava, ahora mismo Mike iba a contarme los detalles de lo que le pasó a tu chico... ¿quieres acompañarnos? -

- si por supuesto, también me interesa saber exactamente qué pasó -

Los tres pasaron a la sala y tomaron asiento, Mike estaba en frente de ellos, un poco nervioso porque no sabía si debía contar todos los detalles con Ava delante de él.

- Está bien Mike... ¿Cómo empezó todo? - preguntó el Profesor

Mike comenzó a contarles la historia desde el principio, de cómo salió del club para tomar un poco de aire fresco, como vio la marca de misa negra, de cómo Andy y él entraron para ver que estaba pasando y de cómo descubrieron a Novum Lumen en su rito...

- Y dime Mike- preguntó Henry – ¿Qué clase de rito estaban haciendo? -

- ¿Qué clase de rito? – preguntó Mike haciendo algo de tiempo mientras pensaba en lo próximo por decir

- Sí, un chico tan listo como tú que sabe el símbolo de una misa negra sabría decir perfectamente que clase de rito estaban haciendo, ¿verdad? -

Ava miraba a Henry y estaba expectante a lo que Mike estaba a punto de decir-

- Era un ritual de sangre -

Ava se sorprendió con aquella respuesta tan inesperada, Henry en cambio tenía más preguntas...

- ¿Y qué clase de sacrificio estaban ofreciendo, animal o...? -

Mike bajó la mirada, cerró los ojos por dos segundos, tomó aire y dijo...

- Humano, estaban sacrificando la vida de un bebe, un recién nacido -

Ava se escandalizó al escuchar aquello, cubrió su nariz y boca con sus manos horrorizada. Henry estaba atento a todo lo que Mike decía, y a cada pregunta que Henry hacía descubría el horror por el que había pasado Andy. Henry seguía preguntando...

- ¿Cómo sacrificaron al bebe Mike? -

Mike se sentía incómodo contando todo aquello delante de Ava, pero si quería que El Profesor les ayudara tendría que contar toda la verdad con todos los detalles.

- Ofrecieron su vida a Satán y le cortaron el cuello con un cuchillo; y con su sangre llenaron una copa -

Ava reaccionó...

- ¡Oh Dios mío! La sangre que tenía Andy en la boca y en la cara... -

Mike la miró fijamente a los ojos y asintió.

- Creo que le obligaron a beber de esa sangre -

- ¡Oh no... ANDY! - Ava se levantó del sofá llorando y fue de inmediato a ver a Andy

- ¿Estás completamente seguro de eso Mike? - Preguntó Henry angustiado

- No le encuentro otra explicación, su estado no es el de alguien que ha recibido una paliza, es más bien el estado en el que estaría alguien que ha pasado por una experiencia traumática-

Henry se quedó un momento asintiendo con la cabeza y con la mirada perdida en el suelo mientras ponía en orden sus pensamientos.

-Está bien Mike, vamos a ver a tu amigo-

-De acuerdo Henry, por aquí por favor-

Mike llevó a su profesor hasta la habitación de Andy, donde estaba Ava de rodillas junto a la cama de Andy, acariciándole el pelo y aun llorando.

- Señorita Guard... ¿puedo? – preguntó Henry

- Oh si, por favor -

Ava se levantó del suelo, se secó las lágrimas y dejó que El Profesor Bianchi comenzara a examinar a su chico.

Henry se sentó en la cama al lado de Andy, y lo primero que hizo fue poner su mano en la frente de Andy, enseguida notó que estaba ardiendo, así que tomó su maletín, lo puso en la cama y lo abrió para buscar un termómetro...

- No se moleste en tomarle la temperatura- dijo Ava - se la he tomado varias veces en la noche y no tiene fiebre a pesar de estar ardiendo -

El profesor Bianchi la miró y sonrió, dejó el termómetro en su maletín y comenzó a buscar otra cosa. Henry sacó una pequeña linterna de su maletín y se puso en posición para examinar las pupilas de Andy. Al abrir uno de sus ojos algo llamó su atención de inmediato, el color de su iris era marrón. El profesor Bianchi recordaba perfectamente a ver visto los ojos de Andy en las fotos del apartamento y estaba seguro de que los ojos de Andy eran azules, así que mientras los examinaba preguntó…

- ¿Andy suele llevar lentillas? -

Ava y Mike se miraron desconcertados por aquella pregunta

- No, nunca, siempre ha tenido buena vista y nunca ha usado ningún otro tipo de lentillas - respondió Ava

El Profesor Bianchi seguía examinando los ojos de Andy

- ¿Y de qué color son sus ojos? - preguntó nuevamente El Profesor

Ava hizo una mueca de desconcierto total al escuchar esa pregunta mientras veía al profesor examinando los ojos de Andy…

- Eh… ¿azules? - respondió Ava en tono de burla

El Profesor Bianchi no decía nada, solo miraba atentamente los ojos de Andy, hasta que encontró justo lo que estaba buscando. Bajo del iris del ojo derecho de Andy, escondido bajo su párpado inferior dos pequeñas venas negras formaban perfectamente una cruz invertida...

- ¡Oh Dios mío... es la señal! – susurró El Profesor Bianchi mientras que en su cara se reflejaba el terror.

- ¿Va todo bien Henry? – preguntó Ava

El Profesor Bianchi estaba dándoles la espalda, y mientras intentaba calmarse para no levantar sospechas dijo...

- Sí, todo va bien, pero me temo que será un poco más complicado de lo que esperaba -

- ¿Más complicado, a que te refieres? - preguntó Mike

Henry se levantó de la cama para hablarles cara a cara

- Se ve claramente que vuestro amigo ha sido drogado, pero debido al tiempo que ha estado expuesto a esa droga no sabría decir exactamente que tratamiento seguir ahora -

- ¿Entonces deberíamos llevarle a un hospital? – preguntó Ava

- ¡NO! - respondió Henry exaltado - no hace falta, voy a llamar a un colega mío especialista en estos tipos de tratamientos y hoy mismo habremos solucionado este pequeño problema -

- ¿En serio? Muchas gracias Henry - dijo Ava mientras le daba un abrazo a El Profesor

- No se merecen, ahora si me disculpáis tengo que llamarle lo antes posible -

Henry pasó a la sala para hacer la llamada mientras Mike y Ava hablaban en la habitación de Andy

- ¿Has oído eso Ava? Hoy mismo podremos curar a Andy, te dije que resolvería este problema y ya ves que he cumplido -

Ava lo miró con un semblante serio

- No vengas ahora a dártelas de héroe cuando todo esto que está pasando es culpa tuya Mike -

- ¿Qué? -

- No te hagas el tonto, tú fuiste el que quiso entrar a ese lugar y por tu culpa Andy se quedó atrás para que tú pudieras escapar -

-Pe… pero Ava-

- Escúchame muy bien Mike, a partir de ahora cualquier cosa que le pase a Andy tú y solamente tú serás el único responsable -

Ava dejó la habitación y se dirigió a la sala donde estaba El Profesor Bianchi hablando por su teléfono móvil, a medida que Ava se acercaba escuchaba lo que decía Henry, pero no entendía nada, así que se acercó lentamente sin que Henrry la viera para escuchar mejor, pero él estaba hablando en otro idioma…

-Sì, signore, ho visto il segno con i miei occhi, va bene, ho capito, così sia, Bellatore Dei-

Ava escuchaba atentamente mientras pensaba… (¿Está hablando en italiano?)

El Profesor Bianchi se percató de que Ava estaba detrás de él, pero ya había colgado, así que se dio la vuelta para hablarle...

- ¡Ava! Buenas noticias, he podido hablar con mi amigo y le comentado todo lo que le ha pasado a tu chico, me ha dicho que en una hora más o menos estará aquí -

- ¿en serio? ¡Qué bien!, no sabes cuánto me alegra que por fin vayamos a hacer algo para que Andy se recupere-

- confía en mí Ava, este hombre es el adecuado para ayudar a Andy -

El profesor Bianchi puso su mano encima del hombro de Ava y le sonrió, Ava le devolvió la sonrisa en señal de gratitud. En ese momento Mike entra en la sala...

- ¿Va todo bien? -

El Profesor Bianchi retira su mano del hombro de Ava y le responde

- Si, todo va muy bien, estaba diciéndole ahora mismo a Ava que mi amigo va a ayudarnos con Andy personalmente -

- ¿personalmente? - preguntó Mike

- Si, me dijo que recogería un par de cosas y que vendría lo más pronto posible -

- qué bueno, me alegra que todo vaya a salir bien -

Mike miraba a Ava mientras ella evitaba el contacto visual con el que consideraba que era el responsable de todo lo que le pasaba a su chico.

Los tres pasaron a la sala para esperar al amigo del Profesor Bianchi, Ava y Mike estaban muy intrigados acerca de este hombre que les ayudaría, así que le hicieron toda clases de preguntas al Profesor, desde cómo se habían conocido hasta cuál era la especialidad de este hombre. El profesor Bianchi no tuvo ningún problema en responder cada pregunta que le planteaban, dejándoles completamente convencidos de que él era el hombre correcto para ayudar a Andy a salir de aquella situación. Ellos seguían hablando durante la hora siguiente, hasta que fueron interrumpidos por el sonido del vídeo portero, alguien llamaba a la puerta del edificio.

- Ese debe de ser Toni, dejadme que le abra la puerta - dijo el Profesor Bianchi mientras se dirigía a la puerta principal del apartamento.

Ava y Mike se levantaron del sofá y se quedaron allí esperando impacientes la llegada del Profesor con su amigo. Cinco minutos más tarde el Profesor Bianchi entra en la sala con su amigo...

- Ava, Mike os presento a mi buen amigo Anthony Lavigne -

Ava y Mike se quedaron impresionados con la apariencia de aquel hombre. Era un hombre de unos 44 años aproximadamente, muy alto tal vez 1,95 cm con la cabeza completamente afeitada y una perilla negra en la cara. Era un hombre corpulento, pero sin ser obeso, parecía más un luchador de lucha libre que un profesor.

Al igual que El profesor Bianchi vestía todo de negro, pero en vez de usar un traje usaba solo una camisa de manga larga completamente negra, y en su mano derecha un maletín de médico de cuero negro.

- Encantado de conoceros chicos - dijo aquel hombre mientras sonreía de una forma extraña

Ni Ava ni Mike se molestaron en ir a darle un apretón de mano, solo asintieron con la cabeza mientras seguían observándole. Ava tenía un mal presentimiento con este hombre, él sonreía mientras que con sus ojos reflejaban algo siniestro, Ava sabía que detrás de aquella sonrisa había algo que escondía.

- Muy bien chicos, si nos disculpáis vamos a ver de inmediato a vuestro amigo, el tiempo es oro ahora mismo - dijo el Profesor Bianchi mientras guiaba a su amigo hasta la habitación de Andy. Ava y Mike les siguieron hasta quedarse en la entrada de la habitación de Andy, Toni se sentó en la cama a un lado de Andy y comenzó a examinarle mientras el profesor Bianchi seguía en pie a un lado de Toni y le hablaba casi susurrándole, Ava y Mike apenas podían oír palabra de lo que hablaban, pero Toni al igual que el Profesor Bianchi se centró en los ojos de Andy, en especial en su ojo derecho, Henry le señalaba algo dentro del ojo mientras que el semblante de la cara de Toni cambiaba por completo, de un gesto serio a un gesto de desconcierto, e incluso de miedo

- ¿Ocurre algo? - preguntó Ava

Toni la miró y volvió a poner su sonrisa falsa

- No te preocupes preciosa, tu chico se pondrá bien
-

Ava debía sentirse feliz con la noticia, pero en vez de eso se sentía incómoda con ese hombre llamándola preciosa y sonriéndole de esa forma, así que para sentirse mejor comenzó a hacerle preguntas...

- ¿Sabes que le pasa? -

Toni se levantó de la cama, tomó su maletín del suelo y se dirigió a la puerta donde estaban Ava y Mike

- Si, sé que le pasa a tu chico y también sé exactamente qué hacer -

Sonrío, y sin decir nada más se dirigió a la sala en donde comenzó a hacer espacio moviendo la mesa que estaba en medio de los sofás, todos los demás fueron detrás de él mientras veían lo que hacía, Ava no podía soportar tanto suspense y volvió a preguntar

- ¿Vas a decirnos lo que le pasa? -

Toni puso su maletín en medio de la sala donde ya no había nada y respondió...

- Henry me dijo que a tu chico le dieron a beber sangre humana, ¿es eso correcto? - Ava y Mike se miraron entre sí y Mike contestó

- sí, es correcto -

- Pues bien, en los rituales de sangre donde se bebe sangre sin importar si es animal o humana se acostumbra a mezclar la sangre con ciertas sustancias alucinógenas, con el fin de entrar en trance y tener una experiencia trascendental –

Ava se alegró al ver que por fin hacían avances y podían entrar con más detalles a lo sucedido con Andy, así que hizo más preguntas...

- ¿Pero sabes exactamente qué clase de droga han podido utilizar? -

- Normalmente cualquier tipo de LSD, pero teniendo en cuenta que los autores de esto fueron Novum Lumen estoy más que seguro que usaron algún tipo de planta alucinógena como puede ser la Desfontainia Spinosa o las Brugmansias y Daturas, ambas plantas alucinógenas muy potentes utilizadas a menudo en la antigüedad por chamanes y en toda clase de ritos paganos -

Ava no sabía que decir, nunca había escuchado hablar de aquellas plantas y no tenía ni la más mínima idea de cómo lidiar con aquello, pero afortunadamente Toni parecía tener toda la información necesaria para ayudar a su chico, pero debía asegurarse...

- ¿entonces sabes exactamente qué hacer para ayudarle? -

Toni sonrió...

- No te preocupes preciosa, tu chico está en buenas manos -

Ava sintió un vacío en el pecho al escuchar eso, no sabía si era por lo desagradable que sonaba cada vez que la llamaba preciosa o si era solo un mal presentimiento; había algo en aquel hombre que no le terminaba de gustar.

Toni entrelazo sus manos y se dirigió a ellos mientras seguía en pie con su maletín a sus pies

- Ahora sí me disculpáis tengo muchas cosas que hacer aquí y necesito tener toda la concentración posible -

- por supuesto, adelante no le molestaremos para nada - dijo Ava

- Me temo que no entendéis, para hacer esto correctamente necesito estar completamente a solas con la víctima -

Mike y Ava se miraron y miraron a Henry también sin saber qué pensar, el mal presentimiento de Ava continuaba creciendo al oír esas palabras...

- ¿es que acaso quiere que nos marchemos del apartamento? - preguntó Ava

- es la única forma de hacer esto bien, tu chico ha sido contaminado a nivel corporal y espiritual, y para curarle por completo debo hacer también un rito que le limpiará por completo, y no podré hacerlo correctamente si estoy rodeado de distracciones -

- ¿un rito? ¿Qué clase de rito? - preguntó Mike

- Veis, a esta clase de distracciones me refiero, si queréis recuperar a vuestro amigo tengo que empezar lo antes posible, y si tengo que explicar cada detalle de lo que estoy haciendo perderemos mucho tiempo y será peor para Andy -

El Profesor Bianchi entró en acción tratando de suavizar la situación

- De acuerdo chicos, que os parece si salimos un momento y dejamos trabajar a Toni, así aprovecho y os enseño algo que tenéis que ver -

Ava y Mike no sabían que pensar de todo lo que estaba pasando, pero asintieron con la cabeza. Mientras avanzaban hacia la puerta Toni les dijo unas últimas palabras para tranquilizarlos...

- No os preocupéis, dadme una hora y os prometo que cuando volváis Andy estará curado -

Toni volvió a sonreír, pero seguía manteniendo la misma sonrisa falsa que estremecía tanto a Ava, ella desde luego no confiaba en él, pero confiaba en El Profesor, y si él decía que Toni era el hombre adecuado para ello entonces solo podía confiar y esperar.

Los chicos y El Profesor Bianchi dejaron el apartamento. De inmediato Toni se puso de rodillas, abrió su maletín y lo primero que sacó fue un pañuelo grande púrpura de seda con el símbolo de la cruz contra el mal en el centro. Lo extendió en el centro de la sala y siguió sacando más cosas de su maletín, entre ellas un par de velas blancas, un frasco de cristal con agua en su interior y un estuche negro, de unos 30 centímetros de largo por 15 de ancho, aquel estuche tenía otra cruz en el centro, pero esta cruz era diferente, era la cruz Papal, Toni dejó todas estas cosas encima del pañuelo de seda y comenzó a rezar.

Los chicos y el profesor estaban afuera del edificio, El Profesor seguía caminando con rumbo a la calle mientras que Ava y Mike lo seguían de cerca...

- ¿Hacia a dónde vamos? - preguntó Ava

- cómo os dije antes hay algo que os tengo que enseñar, así que, por favor, subid -

El profesor Bianchi se paró al lado de su coche y les abrió la puerta para que entraran en él, los chicos cada vez estaban más desconcertados con tanto misterio, pero no ponían ninguna resistencia, así que sin más vacilación subieron al coche.

- ¿A dónde vamos Henry? - preguntó Mike

Henry encendió el coche, se puso el cinturón de seguridad y miró a Mike

- A mi casa -

El Profesor Bianchi vivía a las afueras de la ciudad, a unos 45 minutos del centro, durante el camino ninguno de los tres dijo palabra alguna, Henry estaba enfocado solo en conducir y parecía que no tenía ninguna prisa en llegar a su casa, Mike solo miraba la gente en la calle, los coches pasar y veía como se alejaban cada vez más del centro, Ava en cambio miraba al frente con sus ojos perdidos en el horizonte, seguía pensando en Andy y recordando los buenos momentos que había vivido con él hasta el momento, él había sido su verdadero amor desde siempre, y estaba más que convencida que pasaría el resto de su vida con él.

Mientras tanto, en el apartamento de Andy, Toni seguía de rodillas rezando con fuerza, tomó el frasco de cristal con agua, abrió el estuche negro que tenía encima del pañuelo de seda y comenzó a arrojar el agua en el interior del estuche, dejando su interior completamente mojado. Andy seguía en su habitación inconsciente, pero a medida que Toni seguía adelante con su rito Andy parecía reaccionar, sus dedos se movían rápidamente, temblaban, la expresión de su cara era de dolor, fruncía el ceño una y otra vez. Andy tenía una lucha en su interior, algo siniestro estaba tomando control de su cuerpo, Andy sentía como cada vez se perdía su esencia, como su energía se veía disminuida por aquel poder invasor que estaba poseyendo su cuerpo, y que se moría por salir, todo el cuerpo de Andy seguía temblando, hasta que poco a poco los movimientos comenzaron a cesar, hasta quedar completamente inmóvil, su cara reflejaba paz, la batalla había terminado; Andy comenzó abrir su boca lentamente.

Después de 55 minutos en la carretera los chicos y el Profesor llegaron finalmente a su destino. La casa del Profesor Bianchi era una adorable casa de 158 metros cuadrados con techos de madera y una espectacular vista de la ciudad. Mike estaba bastante impresionado con aquella casa porque sabía que podía costar más de dos millones de dólares y no entendía cómo podía permitírselo solo con un sueldo de educador.

- Por favor, pasad, sentiros como en vuestra propia casa- Dijo Henry mientras les abría la puerta principal

- ¡Vaya Henry, tienes una casa muy bonita! - Exclamó Ava

- Gracias Ava, me alegra que te guste -

- sí, Henry, este lugar es increíble, ¿cómo puedes permitírtelo? - Preguntó Mike

- Soy un hombre con bastantes recursos, pero eso lo vais a saber ahora mismo... por favor, seguidme -

El Profesor Bianchi los guío hasta la biblioteca donde tenía un escritorio con dos sillones en frente, Henry los invitó a tomar asiento mientras él se dirigió a su biblioteca personal y comenzó a buscar un libro en particular. Tomó un libro bastante gordo y lo dejó encima del escritorio, en su portada se veía el título del libro "Matemáticas avanzadas para ingeniería" Ava y Mike se miraron al no entender que tenía que ver ese libro con todo lo que estaba pasando, así que esperaron a por una explicación, El Profesor Bianchi los miró y miró fijamente el libro...

- Lo que estoy a punto de contarles es estrictamente confidencial, así que apreciaría mucho que no comentaran con nadie toda la información que les voy a revelar -

Ava y Mike se miraron nuevamente y sus caras de desconcierto lo decían todo, solo asintieron y seguían escuchando atentamente. El Profesor Bianchi tomó el libro nuevamente y le quitó la falsa cubierta, dejando al descubierto la verdadera portada del libro, un libro completamente negro, antiguo, con un título en letras doradas "Bellatores Dei"

- Mi verdadero nombre es Enrico Bianchi, nací y me crié en un pequeño pueblo de Italia llamado Balestrino -

- ¿Balestrino? Nunca he oído hablar de ese lugar- dijo Ava

- No me extraña - respondió el Profesor Bianchi con una sonrisa

- en la actualidad Balestrino es un pueblo fantasma, pero años atrás fue un pueblo maldito, lleno de misterios, cuya única explicación era que el diablo andaba suelto en las calles -

Mike estaba sentado plácidamente en aquel sillón hasta que escuchó eso, automáticamente su gesto fue el de bajar su pierna de su rodilla y poner sus codos en su lugar mientras entrelazaba sus dedos, ahora el Profesor Bianchi tenía toda su atención...

- Desde pequeño formé una gran amistad con el sacerdote del pueblo, él me dio la oportunidad de tener una formación académica en su iglesia, y después de su muerte cuando yo tenía 24 años me dio la oportunidad de convertirme en el sacerdote del pueblo. Era el único que había en la zona y gracias a eso tuve la oportunidad de comprobar que el mal realmente existe en este mundo -

- ¿a qué te refieres con eso Henry? - Preguntó Mike

- me refiero a que tenía que lidiar con auténticos demonios, gente poseída por el mal y que puedo decir con total seguridad que no estaban fingiendo -

- ¿cómo podías saberlo? - Preguntó Ava muy intrigada

- veras, Balestrino era un pueblo apartado de toda tecnología y de todo el mundo, sus habitantes era gente trabajadora cuya única meta en la vida era trabajar para conseguir su comida; ir al colegio y tener una formación era algo que no les solía importar, por eso la gran mayoría de sus habitantes no sabían leer ni escribir, e incluso muchos de ellos no hablaban apropiadamente, así que cuando me llevaban a alguien a mi iglesia gritando, y hablando en perfecto latín, sabía que no estaban fingiendo -

Mike y Ava apenas parpadeaban, estaban tan atentos escuchando las palabras del profesor que aún no se habían puesto a pensar a qué venía tan fantástica historia y que tenía que ver con Andy, el profesor Bianchi continuaba con su relato...

- Las posesiones demoníacas era algo muy habitual en aquel lugar, y a veces no se quedaba solo en personas rabiando y hablando en otros idiomas, muchas veces se hacía presente poderes sobrenaturales, como incendios espontáneos o incluso objetos volando de un sitio a otro sin ninguna explicación. Pero mi fe y mi determinación me ayudaron a combatir a todos aquellos demonios y a salir exitoso siempre de cada contienda. Pronto la voz se corrió y el Vaticano se enteró acerca de mi talento en la lucha contra el mal, así que un buen día me llamaron para formar parte de una sociedad secreta del Vaticano llamada "La Orden de los Bellatores Dei"-

- ¿Bellatores Dei? Significa guerreros de Dios, ¿verdad? - preguntó Mike

- Así es Mike - respondió Henry mientras abría el libro que tenía en el escritorio.

- "La Orden de los Bellatores Dei" fue fundada en secreto por el apóstol Juan

- ¿El discípulo de Cristo? - preguntó Ava asombrada

- Si, el mismo, así que os podéis hacer una idea de cuánto tiempo lleva existiendo esta sociedad -

Ava y Mike se miraron y no podían esconder su cara de sorpresa al escuchar todo aquello, ya que ambos sabían que estaban escuchando algo que no estaba en los libros de historia, pero que podría entrar en aquellos libros directamente si la verdad saliese a la luz. El profesor seguía hablando...

- El apóstol Juan no fue solo el más joven de todos los apóstoles, también fue conocido como el discípulo amado por Jesús. Cristo lo consideraba prácticamente como un hermano pequeño, tanto era así que incluso le confió la vida de su madre durante la crucifixión. Juan fue sin duda alguna el discípulo al que más confianza le tenía, y gracias a esa condición fue el único al que se le reveló parte del plan divino que tiene Dios para con nosotros, y parte de ese conocimiento sigue guardado aquí, en este libro, "El evangelio secreto de San Juan"-

- ¿El evangelio secreto de San Juan? - Replicó Mike, - tiene que ser una broma Henry, ¿de verdad esperas que nos creamos todo esto? –

- si es una broma entonces dime donde está la gracia - respondió el profesor Bianchi mientras mantenía la mirada fija en los ojos de Mike

- Si os estoy revelando toda esta información es solo porque tenéis que entender que es lo que está pasando y porque –

- ¿y qué es lo que está pasando Henry? - preguntó Ava - porque hasta ahora no encuentro ninguna relación con lo que le ha pasado a Andy-

- Veréis, dentro de las profecías que le fueron reveladas al apóstol Juan hay una de ellas que encaja a la perfección con todo lo que le ha pasado a vuestro amigo –

- ¿y qué profecía es esa? – preguntó Ava mientras sentía un nudo en la garganta

El profesor Bianchi tenía la mirada puesta en los ojos de Ava, bajó la mirada para ver el libro que tenía abierto en su mesa, le dio la vuelta y se los acercó para que pudieran ver bien la página en la que estaba. Los chicos se acercaron para ver lo que había en el libro y vieron la cara de un demonio, una imagen siniestra que penetraba tus ojos y te hacía recorrer un escalofrío por todo tu cuerpo, el profesor Bianchi respondió....

- Es la profecía de la llegada del Anticristo –

## CAPÍTULO TRECE
# El Despertar

En el apartamento de Andy las cosas estaban a punto de cambiar, Toni estaba en la parte final de su rito y no se había percatado de lo que estaba pasando en la habitación de Andy. Andy seguía inmóvil en su cama, con la boca abierta. De repente un extraño humo comenzó a salir de su boca, era como una niebla negra espesa que tenuemente comenzaba a cubrir su cuerpo, de pronto aquel humo salía también por su nariz, por sus ojos, por sus oídos, cubriendo por completo su cuerpo. Toni continuaba rezando mientras que el cuerpo de Andy, envuelto en aquel humo comenzó a levitar, quedando a un metro por encima de su cama, aquel humo se hacía más denso, más compacto, y al mismo tiempo desprendía un calor que la cama de Andy no pudo resistir y empezó arder, comenzando por sus sabanas.

Ava y Mike seguían escuchando al profesor Bianchi, pero por más que lo intentaban aquellas palabras no tenían ningún sentido para ellos...

- ¿La llegada del Anticristo? - preguntó Ava con incredulidad –Henry, en serio... ¿qué tiene que ver todo esto con Andy? -

El profesor Bianchi pasó la página del libro y les señalo el texto que había en él

- El apóstol Juan fue elegido directamente por Cristo para guardar y preservar algunos de los secretos más importantes de la historia de la humanidad, entre esos secretos se encuentran algunas revelaciones que vaticinan el fin del mundo tal y como lo conocemos –

- ¿Te refieres al libro del Apocalipsis? – preguntó Mike

- El libro del Apocalipsis son solo algunos fragmentos que se dieron a conocer a nivel público, pero el apóstol Juan fue más específico con los detalles de la llegada de la bestia, y esos detalles se encuentran en este libro - El profesor Bianchi tocaba con su dedo índice el libro que estaba en su mesa

- Un libro que solo algunos privilegiados en el mundo han podido ver, ya que es uno de los secretos mejores guardados del Vaticano -

Ava poco a poco podía entender que aquellos detalles era la conexión que había con Andy en toda esta historia, pero aún no podía entender en que estaba envuelto su chico y en que le afectaba, así que tenía que preguntar...

- Henry ¿Cuáles son esos detalles? -

El profesor Bianchi miró fijamente los ojos de Ava por dos segundos, luego volvió su mirada al libro y continuó con su relato…

- El apóstol Juan nos dice que cuando Cristo aún estaba con él, antes de la crucifixión, le contó un par de historias sobre una guerra que se viene librando desde los tiempos del primer hombre, una guerra entre el bien y el mal. Nosotros los seres humanos no podemos ver esa guerra porque se está llevando a cabo en un mundo diferente al nuestro, pero de alguna forma lo que pasa en esa guerra también nos afecta en nuestro mundo. Cristo le advirtió que llegaría el día en el que la bestia, aquel ser que era uno de ellos pero que les traicionó, encontraría la forma de trasladar esa guerra a este mundo, y cuando ese día llegue, nosotros, debemos estar atentos a las señales que el propio Cristo dejaría para ayudarnos a identificar al portador del mal -

Ava y Mike se miraron y estaba más que claro que no les gustaba nada lo que estaban escuchando, Ava miró al profesor Bianchi y le preguntó con cierto nerviosismo…

- ¿Qué señales son esas? -

- La primera de las señales es que el anticristo vendría en tiempos revueltos, tiempos en lo que lo único que se escucha son tragedias, guerras, hambre y muerte. Es el escenario perfecto para venir y ser escuchado por una multitud confundida, cansada de tantas desgracias y deseando encontrar a un líder que los guíe a un mundo mejor -

- Eso me suena al mundo en el que vivimos actualmente - dijo Mike con pena

- Tienes razón Mike - dijo Henry

- Actualmente vivimos en el escenario perfecto para la llegada del anticristo, pero aún hay más detalles para confirmarnos que ese momento ya ha llegado -

- Henrry ¿podrías ser más específico con los detalles por favor? - dijo Ava un poco estresada porque sentía que no avanzaban

- Está bien, dentro de las señales que le fueron reveladas al apóstol Juan se habla de un día y una hora exacta en la que llegará el anticristo, esa fecha es el mismo día y hora en el que murió Jesús, pero dentro de la hora oscura -

- ¿y qué fecha es esa? – preguntó Ava

- La fecha es el 7 de abril a las 2:57 de la mañana aproximadamente -

El corazón de Ava se aceleró de inmediato al escuchar la fecha…

- ¿7 de abril? - murmuró Ava – hoy es 7 de abril, es el mismo día en que Andy cumple años.

- Exacto - replicó el profesor Bianchi

- ¿A las 2:57 de la mañana? - dijo Mike –esa fue más o menos la hora en la que atacaron a Andy-

El Profesor Bianchi sonrió… -Empezáis a ver la relación con Andy ahora, ¿verdad? -

Ava y Mike no decían nada, veían como a medida que el profesor Bianchi hablaba todo apuntaba a Andy. Sus ojos seguían fijados en los ojos del profesor, así que este siguió hablando...

- Aún hay más detalles, Cristo le dijo al apóstol Juan que el anticristo no elegiría un portador cualquiera, este tendría que ser de buena familia y físicamente perfecto, cualidades que alguien tan vanidoso como el anticristo no dejaría de lado -

Mike escuchaba atentamente mientras que en su mente venían recuerdos de Andy y de mucha gente admirando su cuerpo, su rostro, sus logros y de como él conseguía todo lo que se proponía apenas sin esfuerzo. El profesor Bianchi seguía hablando...

- Además una de las señales innegables del portador serán sus ojos, negros como la noche, ya que no soporta la entrada de mucha luz dentro de su cuerpo -

Ava reacciona de inmediato y habla con tono de satisfacción...

- ¡Ja! Los ojos de Andy son azules-

El profesor Bianchi la mira detenidamente y le pregunta...

- ¿Recuerdas esta mañana cuando te pregunté de qué color eran sus ojos? -

Ava asintió con la cabeza, no podría olvidar esa pregunta porque le había parecido absurdo formularla mientras él estaba viendo los ojos de Andy.

- Cuando te hice esa pregunta sus ojos eran de color marrón -

Ava se quedó con la boca abierta y por más que intentaba buscar una explicación su mente no asimilaba toda aquella información.

- Para esta hora seguramente sus ojos ya serán de color negro, además, hay una última señal de la que nos advierte el apóstol Juan, Cristo en afán de ayudarnos en esta guerra que se aproxima, prometió marcar a la bestia con un símbolo, el símbolo que representa todo lo contrario a lo que Cristo representa... y ese símbolo es la cruz invertida -

- Pero Andy no tiene ninguna marca de una cruz invertida en ninguna parte de su cuerpo - dijo Ava tratando de defender una vez más a su chico.

- La tiene - respondió el profesor Bianchi con seguridad

- Esta mañana mientras examinaba el color de sus ojos encontré una pequeña marca en su ojo derecho, oculta a unos cuantos milímetros bajo el iris -

Ava cubrió su rostro con sus manos y comenzó a deslizarlas lentamente hasta llegar a su barbilla...

- Henry, ¿nos estás diciendo que Andy está siendo poseído por el diablo? -

El profesor Bianchi tomó aire y dejó escapar un suspiro...

- Me temo que es mucho más complicado que eso –

Toni seguía en la sala con su rito y no paraba de echar agua y bendecir el objeto que había dentro de aquella misteriosa caja, mientras en la habitación de Andy las cosas parecían estar fuera de control. Su cuerpo seguía levitando en el aire y lentamente cambió de una posición horizontal a vertical, él seguía cubierto con aquel humo que giraba a su alrededor; de repente, se vio una chispa por dentro, e hizo que aquel humo se convirtiera en una inmensa bola de fuego que seguía girando alrededor de Andy, su cuerpo estaba completamente cubierto en llamas, su pijama y ropa interior fue calcinada de inmediato, pero parecía que a él no le afectaba, su piel o su pelo no estaban afectadas para nada, por el contrario, los moretones que tenía Andy en su cuerpo y en su rostro iban desapareciendo poco a poco entre las llamas. Aquella bola de fuego giraba con más fuerza y parte de esas llamas comenzaban a desprenderse por toda la habitación, quemándolo todo, convirtiendo la habitación de Andy en un auténtico infierno.

- ¿A qué te refieres con que es más complicado que eso? Preguntó Ava – es decir, obviamente estás diciendo que Andy es el portador del anticristo, y por eso Toni se ha quedado a solas con él, lo que quiere hacer es un exorcismo, ¿no es eso? -

- Si fuese tan simple como hacer un exorcismo yo mismo estaría en aquel apartamento realizándolo, pero no estamos hablando de un simple demonio, estamos hablando del anticristo, el ángel que estuvo con Dios desde el momento de la creación del hombre, y no hay poder humano que pueda impedirlo -

Ava estaba confundida porque nada de lo que él le decía y lo que estaban haciendo parecía tener sentido...

- Entonces, si no podéis impedir que el anticristo tome posesión del cuerpo de Andy... ¿qué vais a hacer? -

El corazón del profesor Bianchi se aceleró, ya que sabía que lo que estaba a punto de decir iba a complicar las cosas...

- Si os he contado todo esto cuando no tenía que haberlo hecho, es solo porque quiero que entendáis que lo que tenemos que hacer lo hacemos por un bien mayor, porque la única solución para este problema es cortar la conexión que tiene el anticristo con este mundo... para siempre -

Un miedo atroz se implantó en la cara de Ava mientras unas lágrimas inundaban sus ojos, su corazón se detuvo por un momento, pero por fin entendía a la perfección que estaba pasando...

- ¡Oh dios mío! Vosotros no queréis ayudar a Andy, ¡vosotros lo que queréis es matarle! -

Mike miró sorprendido a Ava mientras sentía como una corriente de aire frío recorría su espalda hasta llegar a sus manos con aquellas palabras, de inmediato miró a los ojos del profesor Bianchi mientras esperaba por una respuesta.

Toni había llegado a la parte final de su rito, cerró los ojos y sujetó el objeto que había dentro de la caja mientras seguía rezando, elevó este objeto y lo llevó hasta su frente.

El Profesor Bianchi tenía la mirada perdida encima de su mesa, cerró los ojos por un segundo y miró fijamente a los ojos de Ava…

- Lo siento mucho Ava… pero es la única solución -

Toni abrió los ojos para ver el puñal dorado que tenía en sus manos y finalizó su oración con una frase… que se haga tu voluntad y no la mía.

- ¡HIJO DE PUTA! - gritó Ava mientras se levantaba violentamente arrojando la silla hacia atrás…

- ¡Sabía que no tenía que confiar en ti, lo sabía! -

Mike se levantó de inmediato y miró al profesor con mirada de desconcierto y decepción…

- ¡Henry! ¿Cómo has podido? -

- Por favor, chicos, entended que es la única forma de salvar a este mundo de una guerra inminente -

Ava salió corriendo de inmediato mientras que con su teléfono móvil trataba de llamar al apartamento de Andy, pero Toni había cortado los cables del teléfono. Ella salía rápidamente de la casa del profesor mientras Mike la seguía muy de cerca, Ava estaba al borde del colapso, su chico podría estar muerto en ese mismo momento y ella estaba tan lejos que no podía hacer nada al respecto. Ava continuaba en la calle afuera de la casa del profesor tratando de llamar a la policía, estaba tan estresada que no se percató que, a un lado de la casa del profesor, sus vecinos estaban de regreso de un viaje largo, con un taxi, que estaba a punto de marcharse…

- ¡AVA! - Gritó Mike, Ava se giró y vio a Mike señalando el taxi; de inmediato salieron corriendo para alcanzarlo…

- ¡por favor, llévenos al centro de la ciudad lo antes posible, es caso de vida o muerte! -

El taxista aceptó, y mientras conducía, Ava llamaba a la policía para contarles que un maniaco había entrado en el apartamento de su novio y que estaba intentando matarle, la policía le dijo que mandaría a la patrulla más cercana de inmediato.

- No te preocupes Ava, ya verás que todo saldrá bien - dijo Mike tratando de consolar a su querida Ava

- ¡CÁLLATE MIKE! - gritó Ava enloquecida - ¡Todo esto es culpa tuya, primero el club y ahora esa gente que está intentando matar a Andy, como algo le pase… juro por Dios que nunca te lo perdonaré! -

Mike se sintió morir en aquel momento, pero en el fondo sabía que ella tenía razón, y ahora mismo no podía pensar cuanto había hecho enfadar al amor de su vida, ahora solo podía pensar en su amigo, en su hermano que podría estar muerto por su culpa. Mike solo miraba por la ventana y rezaba mentalmente...

- (por favor, Dios mío, que Andy siga con vida por favor) –

Toni se levantó y se dispuso a ir a la habitación de Andy, pero a medida que se acercaba a la habitación algo llamó su atención, una extraña luz naranja salía por los marcos de la puerta, una luz que parecía parpadear. Tomó el pomo de la puerta y estaba caliente, casi quemando, abrió la puerta rápidamente y vio como había abierto las puertas del infierno. Toni sentía que estaba en medio de una pesadilla, no podía creer lo que estaba viendo, pero estaba pasando justo en frente de él, la habitación de Andy estaba completamente envuelta en llamas y Andy estaba flotando en el aire en medio de un tornado de fuego. Toni se armó de valor y comenzó a avanzar lentamente mientras apretaba con fuerza el puñal que tenía en su mano derecha, el tornado de fuego que envolvía a Andy comenzó a desaparecer desde sus pies hasta su cabeza, dejando al descubierto el cuerpo desnudo de Andy, sin ningún rasguño, sin ninguna señal de que había estado envuelto en una pelea por su vida la noche anterior. Andy comenzó a descender poco a poco hasta que sus pies tocaron el suelo, Andy seguía con los ojos cerrados, pero estaba de pie en frente de Toni. Todo el cuerpo de Toni temblaba a pesar de sus intentos de guardar la calma, así que empezó a repetir una frase una y otra vez...

-In nomine Patris Filii et Spiritus Sancti, In nomine Patris Filii et Spiritus Sancti-

Toni en un último intento de valentía se lanzó al ataque con el puñal apuntando al corazón de Andy... -¡In nomine Patris Filii et Spiritus Sancti!...-

Toni levantó el puñal y cuando lo tenía a la altura de la cabeza de Andy este abrió los ojos, el iris de sus ojos era completamente negro, y estaban mirando fijamente a los ojos de Toni. Toni paró su ataque de inmediato, quedó petrificado mirando aquellos ojos negros, sabía que no eran los ojos de un simple mortal, aquellos ojos reflejaban poder, grandeza, destrucción y muerte. Toni cayó de rodillas mientras seguía mirando los ojos de Andy, era demasiado para su corazón, estaba latiendo sin control por el temor inmenso que estaba sintiendo en cada rincón de su cuerpo, hasta que llegó lo inevitable, su corazón paró de inmediato, dejándole muerto a los pies de Andy.

Andy seguía mirando el cuerpo de Toni mientras veía como poco a poco las llamas se iban acercando a él. Andy levantó la mirada y se dirigió hacia su armario donde las puertas estaban envueltas en llamas, Andy miró fijamente las puertas y estas se abrieron de inmediato, toda su ropa estaba ardiendo, toda menos su traje negro favorito, que seguía colgado e intacto. Andy tomó su traje y sonrió mientras lo miraba.

Ava y Mike estaban a tan solo unas cuantas calles del apartamento, pero estaban atascados en el tráfico, lo que hacía que Ava se desesperara más...

- ¿No hay otra ruta en la que podamos llegar? - preguntó Ava al taxista

- Lo siento señorita, pero la calle está cortada, parece que ha habido un accidente -

- ¿un accidente? - murmuró Ava, dentro de su corazón tenía un mal presentimiento

- nos bajamos aquí, Mike encárgate de pagarle - Ava se bajó del taxi y comenzó a correr hacia el apartamento de Andy...

- ¡Ava espera! - gritaba Mike mientras le daba todo el dinero que tenía en su cartera al taxista sin esperar el cambio.

Mike corría más rápido que Ava y la alcanzó fácilmente, cuando estaban cerca del edificio una imagen les hizo pensar lo peor; los bomberos y la policía tenían la zona acordonada y del apartamento de Andy salía mucho humo, pero no había fuego...

- ¡Oh no!, Andy - dijo Ava mientras sus ojos volvían a inundarse de lágrimas.

Los dos salieron corriendo hasta llegar a la barrera donde estaba la policía parando a todos aquellos que intentaban entrar...

- Oficial, oficial, mi novio vive en ese apartamento, yo fui quien los llamó para avisarles que alguien estaba intentando matarle -

- ¿Usted fue la que llamó? Entre, el detective Morgan quiere hablar con usted -

El oficial los acompañó hacia donde estaba el detective Morgan, estaba solo a unos cuantos metros de allí hablando con algunos forenses sobre el caso...

- Detective Morgan, ella es la chica que llamó a central para avisar lo que estaba pasando aquí -

- Muchas gracias oficial, puede retirarse -

Ava tenía el corazón en un puño, sabía que en cualquier momento le dirían que su querido Andy había sido asesinado...

- Disculpe señorita, ¿podría decirme su nombre por favor? - preguntó el detective Morgan

- Mi nombre es Ava Guard y él es Mike Jones -

- muy bien, dígame, señorita Guard, ¿sabe quién atacó a su chico? -

- sí, puedo decirle todos los detalles que quiera, pero por favor dígame, ¿cómo esta Andy? -

El detective Morgan comenzó a buscar unas páginas en su libreta, y le preguntó a Ava...

- ¿Qué edad tiene su chico? -

Ava se sintió frustrada porque tenía que seguir esperando por una respuesta que la estaba matando, pero respondió...

- 25 años, hoy es su cumpleaños -

El detective Morgan hizo una pequeña mueca de desconcierto, pero no dijo nada más. En ese momento la policía sacaba un cuerpo del edificio en una funda de transporte de polietileno.

El mundo de Ava se derrumbó por completo al ver aquella funda, cayó de rodillas y comenzó a llorar destrozada, veía como aquel cuerpo se acercaba más hacia donde ella estaba y todos los buenos momentos que había pasado con Andy pasaban lentamente por su cabeza, era como si el tiempo se hubiese detenido en aquel momento, alargando su angustia de una forma cruel. El detective Morgan se arrodilló de inmediato y sujetó las manos de Ava...

-Señorita Guard escúcheme por favor, en el apartamento de su novio encontramos solo un cuerpo que corresponde a un varón de raza blanca, 1,95 cm de altura y de unos 45 a 50 años aproximadamente-

El alma de Ava volvió a su cuerpo al escuchar eso...

- ¿1,95 cm de altura y de 45 a 50 años? - replicó Mike - ese no es Andy, esa es la descripción de Toni, el hombre que intentó matarle -

- ¿eso significa que Andy está vivo? - preguntó Ava que volvió incorporarse al escuchar la nueva información

- Lo único que sabemos con seguridad es que su chico está desaparecido, por eso necesitamos que nos diga si sabe por qué intentaron matarle y donde puede estar -

Ava estaba en shock, no sabía si recuperar la esperanza de encontrar con vida a su chico o si sería peor si luego encontrasen el cuerpo de Andy en algún otro sitio, ella seguía pensando en que hacer o que decir, hasta que sintió que alguien la miraba desde la barrera de la policía, se giró para ver quién era y vio al profesor Bianchi mirando la funda con el cadáver, veía que la persona dentro no correspondía a la imagen que recordaba de Andy, era obvio que dentro había una persona corpulenta y muy alta…

- Toni - dijo en voz baja el profesor Bianchi

Ava reaccionó y le apunto con el dedo…

- Él, él es el responsable de todo esto, ese es el hombre que mandó matar a Andy -

El detective Morgan miró al profesor y este se asustó al ver que hablaban de él, así que rápidamente se escondió entre la gente tratando de huir.

- ¡ATRAPADLE! - gritó el detective Morgan mientras él salía corriendo también detrás del profesor.

Ava y Mike se quedaron a solas en medio de aquel bullicio, Ava solo podía pensar donde podría estar Andy, de repente Ava tuvo una idea y comenzó a correr hacia las puertas del aparcamiento del edificio, Mike salió corriendo detrás de ella…

- ¡Ava! Espera, ¿a dónde vas? -

- necesito saber si Andy se ha llevado su coche, si se lo ha llevado sabré que aún está con vida y tendremos una posibilidad de encontrarle -

Ava aún tenía las llaves del apartamento de Andy, donde estaban incluidas las llaves del aparcamiento, rápidamente abrieron la puerta y salieron corriendo en busca del coche de Andy dejando la puerta abierta. Los chicos llegaron al aparcamiento de Andy, pero su coche aún seguía ahí, un Audi TT negro último modelo. Ava comenzó a buscar en el coche alguna pista que le indicara que había sido movido en las últimas horas; mientras buscaban escucharon unos pasos que se acercaban a ellos rápidamente, Ava y Mike se hicieron a un lado del coche y buscaban por todas partes para ver quien estaba allí, Ava pensaba que podría ser Andy, pero entre los coches apareció el profesor Bianchi.

- ¿Qué diablos estás haciendo aquí Henry, es que no has hecho ya bastante? - dijo enfurecido Mike

- Chicos escuchadme, estáis corriendo un gran peligro si le seguís buscando por vuestra propia cuenta -

Mike se dirigió rápidamente hacia él y comenzó a empujarle para sacarle de allí

- ¡Lárgate! ¡Déjanos en paz! -

- Mike por favor contrólate, ¡entiende que tuve que hacerlo por el bien de la humanidad! -

Ava seguía a un lado del coche de Andy mientras veía como Mike y Henrry seguían forcejeando, de repente una voz profunda y conocida se escuchaba detrás de ella…

- Ava -

Ella se giró para ver quien la llamaba y vio a su chico en frente de ella con un traje negro reluciente. Ava sintió como su corazón volvía a latir al ver a Andy vivo y en perfectas condiciones, se sintió tan contenta que no se percató del semblante serio de su chico, cuando ella estaba acostumbrada a verle siempre con una sonrisa cada vez que se veían, pero no le importó, estaba vivo y estaba en frente de ella. Andy la miraba fijamente a los ojos, y mientras lo hacía, la imagen de otra mujer venía a su mente, una mujer casi idéntica a esta chica que tenía en frente, una mujer a la que recordaba con mucho cariño, pero a la que recordaba siempre desnuda recorriendo las verdes praderas de un inmenso jardín. Andy no podía negar que aquella chica en frente de él tenía un parentesco con aquella primera mujer que había conocido hace miles de años atrás, y esto le complacía. Ava no esperó un segundo más y corrió a sus brazos para darle un abrazo fuerte...

- ¡Andy! Gracias a dios que estás bien -

El profesor Bianchi y Mike pararon de inmediato y miraban como Ava abrazaba a su chico, Andy los miraba fijamente y un extraño escalofrío recorrió todo el cuerpo de Mike...

- ¿Andy? - preguntó Mike mientras veía sus ojos negros que reflejaban la mirada de otra persona, de otro ser, inmediatamente comprendió que esa persona que estaba allí no era el Andy que él conocía...

- Ava...Ava - Mike trataba de llamar la atención de Ava, pero ella estaba muy contenta en los brazos de Andy...

- ¡AVA! - gritó Mike con todas sus fuerzas

Ella se giró y miró a Mike confundida...

- ¿Qué sucede? -

Mike levantó su mano lentamente y señalaba la cara de Andy

-Sus ojos... mira sus ojos- dijo Mike con nerviosismo

Ava seguía abrazándole hasta que se giró para ver sus ojos, en ese momento dejó de abrazarle y dio un paso atrás, veía aquellos ojos negros y parecía ver a otra persona.

- Ava... ¡aléjate de él! - dijo el profesor Bianchi

Ava retrocedió un poco más mientras veía directamente los ojos de su chico...

- A... A... ¿Andy? -

El profesor Bianchi y Mike corrieron al encuentro de Ava, pero antes de llegar a ella Andy levantó su mano y los envió por los aires hasta llegar a la otra punta del edificio, golpeando la pared y cayendo en el suelo, dejándoles mareados y aturdidos. El miedo se apoderó de Ava, se había quedado a solas con él y ya estaba segura de que aquel hombre no era Andy, ni siquiera podría llamarle humano después de aquella demostración de poder. Ava seguía inmóvil mirando fijamente aquellos ojos negros, estaba realmente asustada, Andy la miraba fijamente y dio un paso al frente, Ava intento dar un paso atrás, pero estaba tan asustada que se tropezó con sus propios pies y cayó de espaldas, pero antes de que su cuerpo tocara el suelo Andy la estaba sujetando entre sus brazos, estaba a un par de metros de distancia y en menos de un segundo estaba sujetándola, impidiendo que se hiciera daño. Ava reaccionó de inmediato e intento liberarse de Andy...

- No, no me toques, ¡no me toques! -

Andy se puso en pie y solo la miraba, Ava estaba aterrorizada y solo se cubría su rostro con sus manos y evitaba mirarle de frente...

- Vete por favor vete, vete, vete, ¡vete! -

Ava cerraba los ojos y no paraba de repetir lo mismo, era como una niña pequeña que se escondía en su cama entre sus mantas. Ava abrió los ojos y Andy ya no estaba allí, le buscó por todos lados, pero él ya se había ido, tal y como ella se lo había pedido. Rápidamente Ava se puso en pie y corrió hasta donde estaban Mike y el profesor, aún estaban aturdidos por el golpe, pero al menos seguían vivos...

- ¿Chicos estáis bien? -

- sí, no te preocupes por nosotros... ¿tú estás bien? - preguntó Mike

- sí, estoy bien -

- ¿Dónde está Andy? – preguntó el profesor

- no lo sé, él... solo desapareció -

- ¿así sin más? - preguntó nuevamente el profesor

- sí, yo solo le pedí que se fuera, y él se fue -

- ya veo - dijo el profesor... -rápido, tenemos que salir de aquí antes de que cambie de opinión y vuelva aparecer -

- ¿pero qué vamos a hacer Henry? – preguntó Mike –ya has visto el poder que tiene, ¿cómo vamos a combatirle o siquiera como vamos a escondernos de él? -

- Los Bellatores Dei llevamos dos mil años preparándonos para este momento, obviamente sabíamos que no sería tan fácil vencer al príncipe de las tinieblas, así que tenemos un plan B -

- ¿y qué plan ese ese? – preguntó Ava

- Os contaré todos los detalles, pero antes debemos volver a mi casa, tenemos muchas cosas que hacer y poco tiempo para hacerlo -

## CAPÍTULO CATORCE
# La Era de la Bestia

El profesor Bianchi y los chicos fueron corriendo en busca del coche del profesor, estaba a un par de calles del edificio, pero tenían que ir con mucha cautela, el edificio seguía rodeado de policías y algunos de ellos seguían buscando al profesor. Por fortuna pudieron esquivar a la policía sin ser vistos y subieron de inmediato al coche del profesor, Ava y Mike seguían pensando en lo ocurrido y no daban crédito, Andy, el chico más dulce y bueno que habían conocido... ¿se había convertido en el príncipe de las tinieblas?

- No me lo creo, no puede ser, tiene que haber una explicación lógica para toda esta locura - decía una y otra vez Ava

- Pero lo has visto con tus propios ojos, ¿no es así? - preguntó el profesor Bianchi

- Sí, se lo que vi y lo que sentí cuando estaba en frente de mí, pero... ¿Cómo es posible? -

- Al menos ahora podéis creerme y sabéis que lo que quería hacer era por una buena razón -

- ¿una buena razón? - replicó Mike – lo que querías era matar a Andy a sangre fría

- ¡como podéis ser tan ingenuos!, ¿es que no os dais cuenta? Andy ya no existe, desde el momento que satán ocupó su cuerpo por completo la energía vital de Andy desapareció, ya no queda ningún rastro de Andy dentro de él, solo su apariencia -

- ¡Que! - exclamó Ava – ¿estás diciendo que da igual lo que hagamos Andy no va a volver? -

- Lo siento Ava, pero... es demasiado tarde para Andy -

Ava rompió a llorar, su querido Andy se había ido y había sido remplazado por un demonio que se vestía con su piel. Todo su mundo se había derrumbado, Ava había tenido una infancia muy solitaria y triste, y conocer a Andy había sido la única cosa buena que le había sucedido, ella se veía a sí misma como la madre de sus hijos, la mujer con la que pasaría toda su vida, y ahora que él ya no está... ¿qué sería de ella?

Ava seguía llorando mientras Mike y el Profesor Bianchi seguían discutiendo acerca de lo ocurrido...

- No lo entiendo Henry, si ya no podemos hacer nada por Andy ¿cuál es el plan? ¿qué vamos a hacer ahora? -

- Lo primero que debemos hacer es llegar a mi casa, una vez que estemos seguros allí haré una llamada, tengo que informar a mis superiores acerca de lo ocurrido para poner en marcha el nuevo plan -

Nuevamente el Profesor Bianchi hablaba de un nuevo plan, pero parecía no querer decir nada más al respecto. Mike había perdido la confianza en él y por más que intentaba tener una mejor idea que acompañarle no se lo ocurría nada mejor; además, llegados a este punto donde ya no podían salvar a su mejor amigo... ¿qué otra cosa mala les podría pasar?

Los chicos estaban de regreso en la casa del profesor, Ava seguía devastada y no había pronunciado ni una sola palabra en casi una hora, el Profesor Bianchi les hizo pasar a la sala mientras este iba a su estudio para hacer su llamada. Después de unos minutos esperando Ava se sentó en el sofá y Mike se hizo a un lado de ella, se agachó para verla cara a cara e intentaba consolarla...

- Ava, por favor, no llores más, no sabes cuánto me destroza verte así -

Ava ni siquiera lo miraba, seguía sentada en el sofá con la mirada perdida en el suelo...

- oye, si te digo la verdad yo no creo que el Profesor Bianchi tenga razón en cuanto Andy -

Ava hizo un gesto de confusión, pero ahora Mike tenía su atención...

- ¿a qué te refieres con eso? -

- cuando Henry dijo que Andy se había ido en el momento que satán ocupo su cuerpo, creo que se equivoca -

- ¿Porque lo dices? - preguntó Ava intrigada

- verás, si Andy es la conexión del diablo con este mundo él tiene que seguir viviendo para mantener esa conexión, de lo contrario el diablo no necesitaría de un huésped si tuviera la capacidad de entrar a este mundo con su propia energía, ¿no crees? -

- ¿entonces crees que Andy sigue con vida? -

Mike la miro tiernamente y sonrió...

- estoy convencido de que de alguna forma Andy sigue con vida -

Ava sonrió mientras se secaba los ojos

- gracias Mike -

Mike sonrió y sujetó su mano con fuerza

- ya verás que todo saldrá bien -

En ese momento entra el Profesor...

- espero no interrumpir nada -

Ava inmediatamente retiró su mano de la mano de Mike, y Mike se incorporó

- ¿por fin nos dirá cuál es el plan? - preguntó Mike

- sí, nos vamos a Italia -

- ¿a Italia? - Ava y Mike se miraron desconcertados - ¿Por qué a Italia? - volvió a preguntar Mike

- porque es el único lugar en donde podremos hacer frente a la bestia... y tal vez tener éxito -

- espere, ¿está diciendo que Andy nos va a seguir hasta Italia? ¿Por qué está tan seguro de ello? -

- por ella - El profesor Bianchi señalo a Ava, ella se levantó del sofá inmediatamente...

- ¿por mí? ¿por qué por mí? -

- verás Ava, en todos estos años ha habido muchas teorías en mi grupo de como satán conquistaría este mundo, y sinceramente no teníamos la más remota idea de cómo sería, hasta hoy, cuando Andy fue a buscarte en aquel aparcamiento, entonces comprendimos que tú eres la clave de su plan-

- ¿Qué yo soy la clave? - preguntó sorprendida Ava - ¿cómo puede ser eso? -

- Entre todas las teorías que formamos de como sería ese plan solo dos nos parecían plausibles, la primera es atacando directamente a este mundo con todo su poder, sometiendo a la raza humana a su dominio, pero también pensamos que si él pudiese hacer eso... ¿por qué no lo ha hecho hasta ahora? -

- porque no puede hacerlo - respondió Mike – aunque sea de otro mundo habrá leyes en su propio mundo que ni siquiera el propio satanás puede violar -

El profesor Bianchi se quedó sorprendido con aquella respuesta, podía ver sin duda alguna que Mike era un chico sobresaliente en este tema...

- Así es Mike, esa fue la conclusión a la que nosotros llegamos, por lo tanto, la segunda teoría cobra más fuerza y aquí es donde entra en juego el papel de Ava -

- ¿Qué teoría es esa Henry? – preguntó Ava

- El mayor poder del diablo es su astucia, por eso pensamos que en vez de empezar una guerra de frente lo que haría sería infiltrarse en nuestro propio mundo, haciéndonos creer que es uno de los nuestros para controlarnos sin darnos cuenta -

- ¿y cómo puede hacer eso? – preguntó Mike

- siguiendo al pie de la letra un plan maestro que se llevó a cabo hace más de dos mil años -

- ¿a qué te refieres Henry? – preguntó Mike

- me refiero a que va a seguir el mismo plan divino que hizo Dios en nuestro mundo, enviando a su único hijo para influenciar en la vida de todos, y es aquí donde entras tu Ava -

- ¡que! - exclamó Ava – un momento Henry, estás diciendo que Andy…-

- te ha elegido para llevar a su hijo, y de esa forma controlar al mundo, por eso debemos irnos a Italia donde podremos protegerte e impedir que eso ocurra -

Ava no se lo podía creer, aquella historia era cada vez más retorcida y absurda

- espere - dijo Mike – si esa historia es verdadera entonces con mayor razón debemos alejarnos de aquí y de ustedes -

- ¿Por qué lo dices Mike? - Preguntó el Profesor

- si Ava es tan importante para los planes de la bestia… ¿Qué les detiene para matarla e impedir esos planes? Al fin y al cabo, era lo que pensaban hacer con Andy -

Ava miró a Mike y se dio cuenta de que tenía razón, no podían fiarse de ellos tan fácilmente

- está bien- respondió el profesor – supongo que tengo bien merecida esa desconfianza, pero dejadme que os diga esto; sinceramente no sé por qué la ha elegido, lo único que sé es que si matáramos a Ava ahora mismo el diablo lo único que haría sería cambiar de mujer por una tal vez desconocida para nosotros, así que es mucho peor, en cambio sí sabemos que la quiere a ella e impedimos con todas nuestras fuerzas que eso pase, entonces habremos frustrado sus planes -

Aquella explicación parecía tener lógica para Mike, pero aun así había algo que no le encajaba…

- no lo entiendo, si tratamos de ocultar a Ava de satán… ¿qué le va a impedir buscarse a otra mujer de mejor accesibilidad? -

El Profesor Bianchi sonrió

- muchacho me gusta como piensas, pero aún eres muy joven para entenderlo todo, vamos a jugar con la vanidad del diablo, su mayor debilidad; nunca va a permitir que unas criaturas tan insignificantes como nosotros se interpongan en sus planes, si ha puesto los ojos en ella… no parará hasta conseguirla -

El corazón de Ava latía lentamente, pero cada latido le dejaba un vacío en el pecho, en lo único que pensaba era en ver la cara de Andy una vez más, pero ahora con toda esta información sabía que no era nada bueno para ella verle frente a frente. Muchas veces habían hablado de casarse y tener hijos, era lo que ella más anhelaba, pero ahora el hijo que pudieran tener podría ser el causante del fin del mundo tal y como lo conocían.

Ava se había criado con su abuela, una ferviente seguidora de Cristo, y cada noche antes de dormir le contaba historias de la biblia, historias que muchas veces hablaban de tiempos de guerras, caos, pobreza, ríos de lava y muerte, pero... ¿podría ser su propio futuro hijo el causante de todo ello?

- de acuerdo - dijo Mike – ¿pero por qué Italia? -

- Italia es el único lugar donde podremos contar con un ejército que pueda ayudarnos con nuestra misión, además, es el único lugar donde contamos con un arma que puede hacerle frente al mal -

- ¿un arma? - preguntó Mike - ¿Qué arma es esa? -

- lo sabréis cuando lleguemos allí, ahora debemos darnos prisa, el tiempo es crucial -

- está bien Henry, pero debemos ir a por nuestros pasaportes primero -

- no os preocupéis por eso, todo está arreglado, debemos salir de inmediato, nuestro avión sale en 2 horas, volaremos toda la noche y mañana al medio día habremos llegado a Italia -

Todo estaba sucediendo tan rápido que los chicos no tenían tiempo de pensar o asimilar tanta locura, antes de que pudieran asimilar que habían perdido a su amigo tenían que seguir corriendo para evitar una tragedia mayor. Mike se sentía responsable por todo lo ocurrido, a pesar de que parecía ser cosa del destino no podía evitar la sensación de culpa al perder a su mejor amigo, y el solo hecho de pensar que podría perder a Ava si hacían un mal movimiento le tenía muy asustado, perder a su amigo le había dolido, perder a Ava... le mataría.

El profesor y los chicos salieron de inmediato al aeropuerto, El Profesor Bianchi parecía muy seguro de sí mismo como siempre, pero Mike no le quitaba ojo de encima, seguía sin confiar plenamente en él. Por el contrario, Ava no decía nada, seguía con la mirada perdida, pensaba en Andy y recordaba la última vez que le vio, con aquellos ojos negros que tanto le estremecieron, incluso sabiendo que ahora él es el portador de todo mal, seguía echándole de menos.

Finalmente llegaron al aeropuerto, Mike quedó sorprendido al ver cómo funciona el mundo, El profesor Bianchi solo tuvo que hablar con un par de personas y de inmediato fueron escoltados hasta una sala exclusiva, saltándose toda la seguridad del aeropuerto, por un momento se sitió como alguien muy importante, pero dada la situación en la que estaban metidos, no era para menos.

- Poneros cómodos, aún tenemos que esperar una hora aquí antes de poder subir al avión - dijo el profesor mientras les enseñaba la zona de descanso de la sala.

La zona estaba acondicionada con varios sillones confortables, pasa bocas, bebida, televisión y todo lo necesario para esperar tu vuelo sin ningún problema.

- Ava, tú deberías de descansar un poco antes de subir al avión, te ves exhausta - sugirió el profesor

- tranquilos, estoy bien - respondió Ava sin sonar muy convincente

- Henry tiene razón - dijo Mike –anoche apenas pudiste dormir cuidando de Andy y ahora con todo lo que ha pasado apenas hemos podido parar-

- Ava, hazle caso a Mike, descansa un poco en el sillón, nosotros te dejaremos a solas para que puedas descansar, además, debemos conseguir un par de cosas para el viaje, así que puedes aprovechar y dormir un poco -

- está bien- respondió Ava sin poner mucha resistencia – trataré de descansar -

- no te preocupes por nada Ava, Mike y yo estaremos cerca, además tienes a dos escoltas afuera en la puerta que vigilarán que nadie entre, puedes sentirte completamente segura - dijo el profesor mientras ponía sus manos en los hombros de Ava

- muchas gracias Henry - Ava sutilmente sonrió y luego se dispuso a descansar en uno de los sillones de la sala, mientras se sentaba Mike se acercó a ella…

- Ava, no dejaré que nada malo te pase -

Ava solo sonrió, busco una posición cómoda en el sillón y siguió con la mirada perdida en el suelo.

Mike y el profesor se dirigieron a la puerta, el profesor fue el primero en salir, Mike se quedó mirando a Ava desde la puerta unos segundos, y después salió dejando la puerta cerrada, se sentía mejor sabiendo que había dos policías escoltando la entrada.

Ava se había quedado sola en la sala, estaba sentada con los brazos cruzados mirando el suelo; ella solo cerró los ojos lentamente y dejó escapar un suspiro largo…

- ¿De verdad pensabas que podrías esconderte de mí? -

Ava saltó del sillón y miró directamente detrás de ella, de donde salía esa voz…

-¡Andy!-

## CAPÍTULO QUINCE
# La Gran Mentira

- Lo siento cariño, pero este planeta no es lo bastante grande como para que puedas esconderte de mí - decía Andy mientras miraba fijamente a Ava y sonreía como solía hacerlo

- ¿A... Andy? - Ava apenas podía articular palabras, Andy la había tomado completamente por sorpresa. Andy dio un par de pasos para acercarse a Ava lentamente y respondió...

- Si -

Ava comenzó a retroceder mientras veía nuevamente esos ojos negros...

- No... tú no eres Andy -

Andy sonrió

- ¿si no soy Andy entonces quién soy? -

Ava seguía asustada, pero se sentía lo suficientemente segura para hablarle de frente, tragó saliva y le respondió...

- ¡tú eres el diablo, el ángel caído, el anticristo!... Luzbel -

- "Luzbel" - Andy sonrió, - me gusta ese nombre, pero si fuese él... ¿Por qué deberías esconderte de mí? - respondió Andy con cierta burla

Ava se escandalizó con semejante respuesta...

- ¿Qué por qué debería esconderme de ti? ¡Tú eres el origen de todo mal! el responsable de todas las desgracias del mundo, aquel que hizo caer en desgracia a la humanidad haciendo que los primeros hombres comieran la manzana prohibida, condenándonos al destierro del jardín del Edén -

Andy seguía mirando fijamente a los ojos de Ava, veía mucho temor en ellos. Pero conocía muy bien a Ava, así que pensó en la forma perfecta de quitar ese miedo y llamar su atención; él solo sonrió, apartó la mirada de sus ojos y seguía caminando lentamente a su alrededor...

- no fue una manzana -

Ava quedó desconcertada con aquella respuesta...

Andy volvió a sonreír al ver la expresión de Ava y continúo hablando

- muchos aún creen que el fruto prohibido fue una manzana, pero en realidad fue una Coliota, una fruta que se extinguió hace miles de años, pero que era muy similar a las cerezas de hoy en día, solo que las coliotas eran más grandes y el árbol no daba tantos frutos-

El miedo de Ava se desvaneció de inmediato, acababa de ser revelado uno de los mayores misterios del mundo en boca de alguien que estuvo allí, Andy vio que algo había cambiado en ella, así que siguió hablando…

- Además no fuisteis desterrados de ningún jardín, en realidad vivías en una isla, una gran isla que parecía un pequeño continente, y fue allí en donde formasteis la civilización más avanzada que ha existido hasta ahora -

Ava estaba asombrada escuchando todo aquello, sentía que estaba delante del único ser que podía resolver tantos enigmas en la historia de la humanidad, sabía que tenía que estar alerta y ser temerosa, pero estaba delante de una gran oportunidad que no quería dejar escapar…

- no lo entiendo, ¿si tan grande fue aquella civilización como es que nunca hemos oído hablar de ellos o nunca hemos encontrado alguna pista de dicha civilización? -

Andy sonrió y volvió a mirarla fijamente a los ojos…

- ¿Alguna pista? tenéis pruebas por doquier de que aquella civilización fue real, ¿de dónde crees que salió la tecnología para construir pirámides perfectas en Egipto? ¿O como se explica que una civilización como los mayas haya tenido acceso a información avanzada sobre la tierra y el universo? ¿De verdad pensáis que todo aquello salió de tecnología alienígena? - Andy hizo una mueca de burla - ¡Por favor no me hagas reír! desde luego no sois los únicos en este universo, pero por mucho que intentéis jamás podréis poneros en contacto entre vosotros, este universo ha sido diseñado para impedirlo -

Ava estaba atónita, cada respuesta le generaba más preguntas, pero como buena creyente que era quiso enfocarse en lo que más le interesaba, el pasado de la humanidad...

- Entonces si todo ha sido hecho por la mano del hombre y gracias a esa civilización, ¿Qué fue de ellos? ¿Qué les pasó? -

Andy estaba complacido al ver que en los ojos de Ava ya no habitaba ningún miedo, compartir sus conocimientos con ella la habían acercado, así que ¿por qué cambiar de plan?... él siguió hablando.

- Como sabrás, después de que los primeros hombres comieran del fruto prohibido, tu dios se sintió tan ofendido y decepcionado porque sus creaciones le habían desobedecido, que los castigó cruelmente con dolor y muerte, un castigo que en mi opinión fue desproporcionado, pues lo único que habían hecho sus "hijos" era descubrir lo que estaba bien y lo que estaba mal -

Ava escuchaba atentamente y aunque su primer impulso fue el de rechazar aquella afirmación porque estaba desprestigiando a su dios... sabía que en el fondo tenía razón, él no se estaba inventando nada, todo lo que decía estaba escrito en la sagrada biblia y era un pensamiento que ya le había venido antes de niña... si somos hijos de dios y nos ama tanto... ¿por qué castigarnos de esa forma solo por saber lo que es el bien y el mal? Andy continuaba con su relato...

- Después de aquel castigo tu dios les dio la espalda y les dejó a su suerte, pensando que sin él no llegarían a ninguna parte... pero se equivocó, subestimó a sus creaciones y estas le enseñaron el verdadero poder del hombre -

Ava escuchaba atentamente a cada palabra, su corazón latía muy deprisa, pero era por el simple hecho de que estaba conociendo una verdad desconocida hasta entonces...

- Después de que yo quitara la venda que tenía la humanidad en sus ojos, esta comenzó a crecer rápidamente, su capacidad de adaptarse y aprender era formidable, de ser unos seres que solo vagaban por la isla sin ningún propósito se convirtieron en una civilización capaz de controlar el ambiente que les rodeaba, e incluso modificarlo a su antojo, su sed de conocimiento no terminaba, cada vez eran más inteligentes, más poderosos; era muy evidente que estar sin ese dios al que los tenía sometidos... los había hecho evolucionar-

- ¿y qué pasó? ¿Cómo es que esa civilización tan grandiosa ya no existe? - preguntó Ava muy intrigada.

Andy la miraba a los ojos, sonrió y apartó la mirada dejando sus ojos centrados en la nada, como si estuviera recordando cada palabra que decía y viera las imágenes en su cabeza...

- bien, pues tu querido dios, en un alarde de rabia y frustración al ver que sus creaciones estaban mejor sin él, usó todo su poder para golpear con violencia el hogar de sus creaciones. Terremotos, maremotos, huracanes e incluso un meteoro fueron lanzados hacia la isla uno tras otro, devastando todo el poblado que habían creado y destruyendo por completo la isla, matando a casi toda la gente que vivían allí, hombres, mujeres, niños, todos terminaron con una muerte trágica en manos de su creador... Solo unos cuantos lograron escapar a la ira de dios, pero después de aquello... ya nada volvió a ser igual -

Ava reaccionó de inmediato...

- ¡Mientes! Eso no puede ser cierto, estás tratando de engañarme, dios es todo amor, no mataría a sus hijos bajo ninguna razón, hablas así simplemente porque le odias -

Andy volvió a poner sus ojos en los ojos de Ava, pero esta vez su cara era seria, parecía que le había afectado lo que Ava le había dicho

- ¿Crees que miento? ¿Crees que me lo estoy inventando todo? ¡Muy bien! No creas en mis palabras, pero todos vosotros tenéis una idea muy equivocada de vuestro dios, creéis que él es todo amor y perfección y que siempre está ahí para vosotros, cuando la realidad es que él tiene la misma mentalidad de un niño pequeño al que lo único que le importa es que le presten siempre atención y ser el más importante de vuestra vida -

- ¡Cállate! No sigas... ¿en qué estaría pensando?, había olvidado por un momento con quien estaba hablando -

- Si no me crees echa un pequeño vistazo a la biblia y allí tendrás todas las pruebas necesarias... ¿crees que tu dios jamás mataría a sus hijos? Entonces qué hay del diluvio universal, ¿me lo estoy inventando también? O da igual porque murieron solo los "pecadores" como quieren hacer creer -

Ava calló, no tenía argumentos ante eso, ya que sabía que él tenía razón, y no se lo estaba inventando, pero Andy no había hecho más que empezar...

- ¿y qué te parece la historia de Abraham? ¡Hey Abraham! Quiero que mates al único hijo que tienes con la mujer que amas solo para demostrarme que me quieres más a mí, da igual que tan mal lo pases pensando en ello, da igual que horrible sensación puedas sentir en tu interior al empuñar el cuchillo mientras este se dirige al pecho de tu hijo, porque en el último segundo te detendré... ¿me quieres decir qué clase de ser puede hacer una broma tan retorcida como esa? -

Ava parecía quedarse sin argumentos, pero la historia de Abraham le recordó otra historia que le contaba su abuela, más que una historia era una comparación, el sacrificio de un cordero, pero aquel cordero era muy especial...

- de acuerdo- dijo Ava – si dios es tan cruel y egoísta como tú dices entonces dime… ¿Por qué envió a su único hijo a morir por nosotros? -

Andy dejó escapar una ligera sonrisa y respondió…

- eso es algo que no te voy a decir… eso es algo que tienes que ver con tus propios ojos -

Ava no entendía aquella respuesta, ¿es que había dejado al diablo sin argumentos? Ella lo miraba a los ojos confundida, hasta que se percató que no podía apartar sus ojos de esos ojos negros, incluso no podía parpadear, trató de moverse, pero estaba completamente inmóvil, lo único que podía hacer era seguir mirando los ojos de Andy, poco a poco todo alrededor comenzó a distorsionarse, su entorno comenzó a teñirse de negro, todo se fundía con unas sombras en donde lo único que se podía ver claramente era ella y Andy. De repente el cuerpo de Andy comenzó a desprender una ráfaga de viento, era tan fuerte que Ava sintió que la iba a derribar, su primer impulso fue el de poner un pie atrás para equilibrarse y pudo hacerlo, en aquel momento se dio cuenta de que había recuperado el control de su cuerpo pero aquel viento tiraba con más fuerza, Ava usó su brazo derecho para cubrir su rostro y bajaba lentamente su cuerpo para contrarrestar la fuerza del viento que la tiraba hacia atrás, pero a medida que se iba agachando aquel viento cobraba más fuerza, tanto que por un momento le hizo perder el equilibrio y antes de caer al suelo usó su brazo izquierdo para apoyarse en el suelo, pero justo en aquel momento notó algo extraño, estaba tocando tierra, era como si ya no estuviese en la sala de espera de aquel aeropuerto, Ava se giró para ver que estaba tocando y podía ver que era tierra, no solo estaba bajo su mano, ella misma estaba encima de tierra, parecía estar en el exterior del aeropuerto, podía ver solo a un metro de distancia que había en el suelo y todo era tierra; poco a poco podía ver más allá, aquella tierra se hacía más nítida, incluso con algo de luz, todas las sombras que la rodeaban se estaban disipando, dejando al descubierto que estaban en el exterior, Ava intento mirar nuevamente hacia donde estaba Andy pero aquel viento se lo impedía, de repente una luz blanca muy fuerte ilumino todo, dejando a Ava ciega por unos segundos, pero el viento comenzó a desaparecer, ya no escuchaba el viento pitando en sus oídos, pero podía escuchar algo que no terminaba de entender, parecían voces, voces de mucha gente gritando, protestando, incluso algunos llorando, Ava miraba el suelo y podía ver mejor aquella tierra en la que estaba, miró hacia el frente y veía las sombras de muchas personas, Ava trataba de mirar bien forzando sus ojos para ver mejor, y cada segundo que pasaba podía ver mejor, aquellas sombras comenzaban a tomar formas, colores, y lentamente vio cómo se convertían en personas en frente de ella, pero lo más llamativo de estas personas era su vestimenta, todos vestían con ropa muy antigua, las mujeres cubrían su pelo con un velo y los hombres todos con barbas, excepto unos cuantos que estaban en frente de ellos haciendo una barrera para impedir el paso, aquellos hombres no tenían barba y además vestían armaduras, parecían gladiadores. Ava se puso en pie y comenzó a comprender que no solo no estaba en el interior del aeropuerto, sino que además parecía que tampoco estaba en su propio tiempo; Ava miraba asustada a toda esa gente que estaba en frente de ella y no entendía que estaba pasando, hasta que alcanzó a ver una figura caminando entre la gente, una figura que caminaba desde un lado dirigiéndose al centro, una persona vestida con una túnica negra reluciente que destacaba entre todos los demás, ya que la ropa de los demás parecía vieja y sucia. Aquella túnica tenía también una capucha negra que cubría la cabeza de la persona que la estaba llevando, Ava fijó sus ojos en esta persona porque caminaba lentamente entre la muchedumbre y parecía que nadie podía verle, solo ella, Ava centró sus ojos en la capucha tratando de ver la cara de la persona y vio que esa persona era Andy, él fijó sus ojos en ella mientras él seguía caminando entre la gente, a pesar de aquel escenario Ava seguía su mirada fija en Andy, quería saber que estaba haciendo o que quería hacer, de pronto Andy se detuvo y dio media vuelta para mirarla fijamente, Ava estaba confusa, no entendía que quería decirle, de pronto Andy dejó de mirarla y puso su mirada por encima de ella, miraba hacia la misma dirección donde todos estaban mirando, Ava no se había percatado de eso hasta ese momento, cuando se giró para ver que había detrás de ella sintió un vacío en el estómago que la dejó sin respiración por unos segundos, detrás de ella había una cruz de madera enorme, con un hombre ensangrentado clavado en ella. Ava quedó tan impresionada con aquello que tuvo que retroceder unos cuantos pasos porque estaba muy cerca de aquel hombre, inmediatamente vio que había otros dos hombres en la misma situación al lado de aquella cruz, Ava recordó las últimas palabras de Andy y se dio cuenta de que aquel hombre en la cruz central era el hijo de dios, Andy la había llevado al momento más crucial de la vida de Cristo, y no le estaba contando la historia, se la estaba enseñando. Ava seguía con la boca abierta al ver que tenía en frente al mismísimo Cristo, y tenía sensaciones contradictorias, por un lado, no podía creer lo que estaba viviendo y por otro lado la imagen que tenía de Cristo en su cabeza no encajaba para nada con la cara de aquel hombre. Ella siempre tenía en su mente la cara de un Cristo blanco, europeo, de cabello largo lacio y ojos claros, un ser muy apuesto; pero aquel hombre era moreno, de cabello corto ondulado con ojos marrones y no destacaba por ser apuesto, era un hombre del montón. Incluso la crucifixión se la imaginaba de una forma diferente, en su mente la cruz había sido solo dos palos delgados como la de los crucifijos, pero aquella cruz era como una gran columna de madera, grande y robusta con un mecanismo sencillo para acoplar una viga de madera menor. Ava se fijaba en las manos y efectivamente estaban clavadas en la madera con clavos que atravesaban sus palmas, pero el antebrazo estaba atado a la cruz con cuerdas para evitar que su palma se saliese del clavo con el peso del cuerpo, además los pies no estaban clavados en la madera como se enseñan en todas las imágenes de la crucifixión, estos estaban clavados a los lados a la madera independientemente, no uno encima del otro, los clavos estaban en la zona que se forma abajo del tobillo. Pequeños detalles que no le quitaban el sufrimiento al que estaba sometido aquel hombre.

Ava miraba impotente el dolor de aquel hombre en la cruz, pero este solo miraba al cielo y gritaba algo que ella no podía entender… *"¡Elí, Elí! ¿lemá sabactaní?* Pero por el contexto podía deducir que estaba diciendo la cuarta frase que diría Cristo en la cruz antes de morir… *"¡Dios mío, Dios mío!, ¿por qué me has abandonado?"* Ava se giró para ver a Andy y este la estaba mirando fijamente, Andy apartó la mirada y comenzó a caminar lentamente hacia a un lado, dirigiéndose hacia uno de los guardas, detrás de aquel guarda había un chico joven, ni siquiera tenía una barba, aquel chico miraba fijamente los ojos de Cristo y Cristo le miraba también, de pronto Cristo hizo una seña con la cabeza y aquel chico le respondió con la misma seña, aquel chico miraba a todos lados y en especial al guardia que tenía en frente, ya que a sus pies había una vasija vieja con algo que parecía agua sucia; el chico sin que nadie le viera sacó una pequeña bolsa de su ropa, la abrió y echó un extraño polvo dentro de la vasija sin que el guardia se percatara, luego se apartó y caminó hasta llegar al lado de una mujer que lloraba desconsolada mirando los ojos de Cristo. Ava comprendió que aquella mujer era la madre de Cristo, y aquel joven estaba con ella consolándola de una forma muy familiar.

- (entonces… aquel joven tiene que ser el apóstol Juan) - pensó Ava

Pero no entendía a que venía ese número con la vasija y porque Andy quería que lo viese. Un momento más tarde Cristo dijo algo más, pero Ava no alcanzó a entenderle, pero inmediatamente el soldado que estaba al lado de la vasija puso en ella una especie de tela envuelta en un palo y la remojó.

- tengo sed - susurró Ava mientras entendía que había dicho Cristo

Acto seguido el soldado puso aquel tejido cerca de la boca de Cristo y este empezó absorber el tejido con ansias, parecía amargo por los gestos que hacía, pero más sin embargo no dejó de absorber hasta dejarlo sin una sola gota que arrojar, el soldado volvió a su puesto y Cristo susurró algo más mientras su mirada estaba perdida en el horizonte. Gracias a la abuela de Ava ella sabía las 7 frases de Cristo en la cruz y aunque no podía entenderle sabía que acababa de decir... *"Todo está cumplido"* Ava no apartaba sus ojos del rostro de Cristo y comenzó a notar que después de aquello Cristo parecía otro, apenas podía mantener los ojos abiertos y la boca cerrada, parecía completamente drogado, y en ese momento fue cuando dijo su última frase mientras Ava la repetía al mismo tiempo para ella... "Padre, en tus manos encomiendo mi espíritu" acto seguido Cristo cerró los ojos y murió. Uno de los guardas notó que Cristo parecía haber muerto y se dirigió hacia uno de sus compañeros que estaba vigilando a la gente, dándole la espalda a Cristo; este se giró para ver a Cristo y le respondía de una manera incrédula a su compañero, parecía que no esperaba una muerte tan repentina, así que este soldado se dirigió hacia Cristo con su lanza, Ava seguía mirando atentamente aquel soldado porque sabía perfectamente lo que venía a continuación, el soldado levantó su lanza y le atravesó el costado, Ava apartó la mirada inmediatamente, ya que aquel espectáculo le parecía grotesco e inhumano, pero aquel soldado sabía que ningún hombre consiente hubiese aguantado aquello sin la más mínima reacción, incluso involuntaria, pero Cristo no se movió. Rápidamente el soldado ordenó que le bajaran de la cruz y al mismo tiempo ordenó algo que Ava no pudo entender, pero otro soldado apareció en el lugar con una gran masa en sus manos, se dirigió hacia uno de los hombres que estaban crucificados al lado de Cristo y le rompió las piernas, Ava se cubrió el rostro para no ver semejante acto de maldad, toda la escena en si parecía una película de terror; para ella eran imágenes que se le quedaban en la cabeza y de manera involuntaria se le grababa a fuego en su mente.

Ella contempló como bajaban a un Cristo muerto de la cruz, como solo unos cuantos estaban con él llorando su muerte mientras otros lo celebraban, Ava quiso acercarse para verle mejor, pero lo tenían rodeado y no podía verle, en ese momento comenzó a soplar un viento fuerte que parecía salir de la nada, Ava se giró para buscar a Andy y este estaba en frente de ella, mirándola atentamente, nuevamente Ava no podía moverse, volvía a estar inmóvil mirando fijamente los ojos de Andy, podía ver como todo a su alrededor comenzaba a desvanecerse y a convertirse poco a poco en otro escenario, esta vez fue más rápido que la primera vez, Ava se recuperó y comenzó a mirar todo a su alrededor; esta vez estaban al lado de una montaña, en frente de lo que parecía una cueva con una gran piedra al lado de aquella cueva, Ava se acercó y miró como tenían a Cristo envuelto en unas sábanas encima de un altar de piedra, a su alrededor habían varios tipos de plantas que Ava no podía reconocer, pero podía entender que era algún tipo de ritual de la época.

Después de llorarle y rezar por él todos los que estaban en la tumba salieron, cuatro hombres comenzaron a mover la piedra que estaba en la entrada de aquella tumba, eran varios hombres grandes, fornidos, pero incluso para ellos aquella piedra parecía pesar mucho, finalmente cerraron la tumba con la piedra, sellando su interior. La familia de Cristo y amigos se marcharon de allí dejando a Ava sola con Andy, Ava miró a Andy y este miró al cielo, aun había unos rayos de sol iluminando el lugar, pero a medida que Andy centraba su mirada en el cielo las cosas parecían cambiar, las nubes comenzaron a moverse más rápido, incluso el sol se desplazaba por el cielo con más velocidad al igual que todo lo que estaba allí, animales, árboles, viento, se movían a cámara rápida, era como si Andy estuviese acelerando el tiempo, Ava miraba asombrada como todo el cielo se iba oscureciendo dejando salir las primeras estrellas y una luna inmensa como nunca antes había visto.

Era de noche, más sin embargo no estaba completamente oscuro, la luna y las estrellas iluminaban el lugar; en ese momento Andy dejó de mirar al cielo para mirar nuevamente los ojos de Ava y todo volvía a su velocidad normal, Ava miraba fijamente los ojos de Andy sin saber exactamente que pensar o que decir. De repente escucha unos pasos y gente hablando, ella se gira para ver de dónde viene ese ruido y ve un grupo de hombres que se acercaban con antorchas, eran seis hombres, grandes, corpulentos, excepto uno que era más bajo y delgado, pero era él quien los guiaba, todos ellos cubrían sus cabezas para no ser reconocidos. Aquellos hombres se dirigieron hasta la tumba donde estaba Cristo y cinco de ellos comenzaron a mover la piedra, la movían con dificultad, pero eran más eficaces que los hombres que la habían puesto antes, el hombre delgado que los había guiado estaba en frente de ellos sujetando una antorcha y mirando constantemente a todos lados, se podía ver que estaba nervioso con aquella situación.

Después de un par de minutos aquellos hombres habían movido la piedra por completo, el hombre delgado sacó una bolsa de su ropa y se la entregó a uno de ellos, este la abrió en frente de todos y se podían ver unas monedas de oro, aquellos hombres estaban muy complacidos con aquel oro, se repartieron entre ellos las monedas y abandonaron rápidamente aquel lugar. El hombre que les había dado las monedas de oro se había quedado completamente solo, volvió a mirar una vez más a su alrededor y se quitó la capucha que cubría su rostro, Ava reconoció de inmediato aquel rostro, era inconfundible para ella porque era uno de los pocos hombres del lugar que había visto sin barba, era el apóstol Juan, el mismo hombre que había visto en la crucifixión consolando la madre de Cristo.

Ava estaba perpleja, miraba la cara de Andy, pero él miraba atentamente la entrada de aquella tumba, Ava dirigió la mirada al mismo lugar y vio como el apóstol Juan entraba en ella rápidamente, Ava solo podía ver la luz de la antorcha iluminando la entrada. Una vez más

Andy volvió a mirar el cielo y este comenzaba a moverse en cámara rápida de nuevo, Ava seguía fascinada mirando como todo a su alrededor se movía más rápido, pero su mirada seguía centrada en la entrada de esa cueva, que seguía iluminada con la luz de la antorcha, pero no se veía a nadie salir de allí; de repente Andy dejó de mirar el cielo y todo volvía a su normalidad, Ava comprendió que fuese lo que fuese que iba a pasar pasaría en ese momento. El sol estaba a punto de salir, aún era de noche pero la visibilidad era mucho mejor que cuando el apóstol Juan llegó a ese lugar, Ava comenzó acercarse lentamente a la entrada de la cueva, en su mente aún pensaba que podían verla allí, así que se acercó con mucha cautela desde un lado de la cueva evitando ser vista por alguien desde adentro, quería solo echar un pequeño vistazo para ver que estaba pasando dentro, pero cuando estaba lo suficientemente cerca a la entrada, una mano sale desde la cueva y se apoya en el borde de la entrada, Ava se asusta y cae de espaldas, pero aún así desde el suelo sigue mirando aquella mano cubierta en vendas y sangre, Ava esta inmóvil y lo único que puede seguir haciendo es mirar la entrada de la cueva con aquella mano en la roca, poco a poco el Apóstol Juan sale de la cueva con un Cristo vivo apoyado en su hombro, aquella mano en la roca pertenecía a Cristo, un Cristo malherido pero con vida.

Ava no podía estar más sorprendida, sus ojos no podían ni parpadear, miraba a Cristo de arriba abajo y podía ver como sus heridas estaban cubiertas por vendas, y por debajo de esas vendas se veían algunas de las plantas que habían dejado antes en su tumba, Ava estaba atónita mirando como el apóstol Juan le ayudaba a caminar, ya que Cristo no podía hacerlo por sí solo, cada paso que daba parecía una agonía para él. Ava se levantó y contemplaba como Cristo y su apóstol se desvanecían en la distancia; Ava solo bajó la mirada y notó que el suelo estaba hecho de baldosas y no de tierra, volvió a mirar a su alrededor y estaba de vuelta en la sala de espera del aeropuerto, ella se giró y Andy aún estaba allí con ella, ya no tenía aquella túnica negra, volvía a tener su traje negro.

Ava seguía con la boca abierta mientras miraba fijamente los ojos de Andy, trataba de decir algo, pero las palabras no le salían, de repente lo primero que le salió fue…

- ¡No puede ser verdad, no me lo creo! - decía Ava con cierto tartamudeo

Andy solo sonrió y respondió…

- ¿Sabes por qué la crucifixión era la muerte más terrible que podías tener? Porque era una muerte dolorosa y muy lenta, un hombre podía estar un par de días clavado en aquella cruz antes de morir… Cristo en cambio murió seis horas después de ser clavado en la cruz, y da igual lo que pueda decir la gente acerca de sus heridas antes de la cruz, seis horas sigue siendo poco tiempo para un hombre fuerte y sano como lo era Cristo... ¿no te parece sospechoso? -

Ava solo sentía un vacío en el estómago y no daba crédito a lo que había visto...

- ¿Pero cómo es posible?, no lo entiendo -

Andy seguía hablando...

- Eso es algo que desde luego no me sorprende, pero es normal, todo el mundo compró la historia del pobre Cristo carpintero hijo de "Dios" pero lo que no saben es que él solo fue un hombre y nada más, un hombre extraordinario desde luego, pero solo un hombre -

Ava tenía el pulso acelerado y sentía como su cabeza trabajaba sin parar para asimilar tanta información, pero por mucho que intentaba seguía sin asimilarlo...

- ¿entonces estas diciendo que todo es mentira? ¿nada de lo que hay en la biblia es real? -

- Acabas de comprobarlo con tus propios ojos Ava -

- ¡Sí! Se lo que vi, pero como sé que es cierto, como sé que no es una de tus mentiras para confundirme y hacerme cambiar de opinión -

- ¡Mentiras son las que te han contado desde que eras una niña pequeña, a ti y a todas las personas de este planeta! ¿quieres saber la verdad? Pues la verdad es que Cristo nunca fue carpintero y ni siquiera perteneció a una familia humilde, por el contrario, su familia era una de las más adineradas del lugar y gracias a esto pudo viajar y conocer nuevos lugares como Asia, en donde encontraría todos los conocimientos sobre la medicina de la época que lo convertiría en el más famoso milagrero en la historia de la humanidad, y desde luego, por último y no menos importante, su mayor descubrimiento, el budismo, la base de su nueva religión -

Aquella información saturó la mente de Ava, ella solo cerró los ojos y se apartó lentamente de Andy mientras con sus manos solo frotaba su cien…

- ¿budismo? - preguntó Ava incrédula

- No sé por qué te sorprendes tanto Ava, eso no es algo nuevo, cualquiera que entienda algo de budismo y cristianismo habrá notado que hay una gran semejanza entre las dos religiones -

- ¿A qué te refieres? -

Andy solo sonrió y la miró con lástima …

- ¡Muy bien! Juguemos a quien dijo… primera pregunta, quien dijo… "Si alguien te da un golpe con sus manos deberías abandonar todo deseo y no pronunciar malas palabras." -

Ava miró a Andy y no entendía a que venía ese juego, pero ya que Andy lo había propuesto ella iba a seguirle el juego…

- Esa frase es la que conozco como "Si alguien te golpea en la mejilla ofrece la otra" así que yo diría que fue Cristo -

Andy estaba complacido al ver que Ava se sentía a gusto con él incluso para jugar aquel absurdo juego, él solo sonrió como siempre y respondió...

- Error, esa frase es de Buda -

Ava hizo una mueca de desconcierto, ya que pensaba que la frase que había dicho Andy era la original de Cristo y que solo había sido distorsionada con el tiempo.

- ¿Preparada para la segunda ronda? - preguntó Andy con cierta burla

- De acuerdo, esta vez estoy preparada - respondió Ava muy segura de sí misma

- ¡Perfecto! Segunda pregunta, quien dijo... "Confiesa ante el mundo los pecados que has cometido." -

Ava respondió rápidamente...

- Definitivamente Cristo, esa frase tiene que ser de él -

Andy suelta una pequeña carcajada mientras Ava lo mira desconcertada...

- Vuelves a equivocarte, esa frase pertenece también a Buda -

Ava estaba sorprendida al ver que se había equivocado, pero ahora entendía lo que estaba diciendo Andy acerca de las semejanzas entre las dos religiones, ella pensaba que sabía algo de religión, pero incluso ella se había confundido ante la semejanza de las frases...

- ¿Última ronda? - preguntó Andy

- Muy bien, dispara - Ava se sentía con su ego un poco dañado al fallar aquellas dos preguntas, así que estaba dispuesta a seguir.

- Bien, última pregunta, quien dijo... "Ama a tus enemigos, haz el bien a quienes te odian, bendice a quienes te maldicen, y reza por quienes abusan de ti" -

Ava se tomó un par de segundos para pensar mejor la respuesta, pero esta vez estaba más que segura, aquella frase era inconfundible para ella, así que volvió a responder lo mismo...

- Si sé algo de cristianismo sin duda alguna la respuesta es Cristo, esa frase pertenece a Cristo -

Andy miraba fijamente los ojos de Ava y se alegraba al ver que no había ningún temor en ellos, esto le hacía muy feliz y no podía disimularlo en su cara...

- ¿Y bien, cual es la respuesta? - preguntaba Ava impaciente, Andy sonrió...

- Sí, tienes razón, esa frase pertenece a Cristo -

Ava sonrió complacida...

- Ja, lo sabía -

- Pero Buda también dijo... "En este mundo el odio no cesa odiando, sino con amor, derrota el odio con amor y vence el mal con el bien" Y esto lo dijo Buda 500 años antes de que Cristo naciera -

Andy había dejado sin argumentos a Ava, ella comprendió de inmediato que la semejanza entre las formas de pensar de ambas religiones era sospechosamente similares, pero entonces... ¿esto significaba que Andy le estaba diciendo la verdad?

Andy seguía hablando...

- Ambas religiones son muy similares, pero hay una gran diferencia, mientras Buda decía que los seres humanos eran los únicos que podían salvarse a sí mismos y que no podían depender de dioses, Cristo fue más listo y dijo que solo podían salvarse a través de él -

Ava no podía creer lo que estaba escuchando, su primer impulso fue el de pensar que solo era blasfemia, calumnia, pero al mismo tiempo empezaba a encontrarle sentido a todo aquello, ya no sabía que pensar o que creer.

Ava seguía pensando en todo lo ocurrido y estaba parada en frente de Andy sin decir nada, ni siquiera le miraba, solo tenía la mirada perdida en el vacío, así que Andy nuevamente rompe el silencio...

- Comprendo que puede ser difícil para ti asimilar toda esta información, ya que en unos minutos he destruido la imagen de aquel dios que tenías desde hacía años, pero si lo piensas desde un punto imparcial te das cuenta de que todo tiene lógica... ¿alguna vez has jugado al teléfono roto? -

Ava reaccionó y volvió a mirar a los ojos de Andy, así que respondió...

- Sí, un grupo de personas hacen un círculo y una de las personas le pasa un mensaje al oído a la persona de al lado, solo puede hacerlo una vez y en voz baja, esta tiene que pasarla a la siguiente persona y así hasta llegar al final del círculo, el objetivo es conservar el mensaje original, pero esto rara vez pasa, siempre hay alguien que entiende mal o añade más de lo debido-

- ¡Exacto! - Exclamó Andy...

- Ahora imagina jugar a ese juego sin parar por más de 2 mil años, y el mensaje original que era "Cristo era un gran nadador" termina con "Cristo era capaz de caminar sobre las aguas" y esto con cada una de las situaciones de la vida de Cristo -

Ava preguntó con cierto tono de decepción...

- ¿Entonces nunca hizo milagros? -

- No, me temo que solo era muy bueno curando gente, pero nada que proviniera desde el más allá. Cristo fue un hombre estudiado y muy inteligente, y precisamente al ver la revolución que estaba causando supo que solo era cuestión de tiempo que intentaran matarle, así que antes que alguien lo hiciera él planeó su propia muerte desde el principio -

- ¡¿Qué!? ¿Qué él planeó su propia muerte? - La pobre Ava parecía no parar con las sorpresas, cuando pensaba que ya lo había visto toda una nueva información le revelaba que todo lo que sabía, no valía nada.

- Las mismas pruebas las tienes en tu querida biblia, dime... ¿quién fue el hombre que entregó a su maestro a sus enemigos? -

Ava respondió sin bacilar...

- Judas, Judas Iscariote -

- Muy bien, y sabrás también como lo entregó, ¿verdad? -

- Sí, con un beso en la mejilla -

- Ahora contesta a esto Ava, ¿por qué ha de besarle cuando tenía a los guardias detrás de él?, porque no solo apuntar con el dedo al hombre que sabes que va a morir por tu culpa... pero en cambio le da un beso en la mejilla, un beso que significa amor, lealtad, porque al fin y al cabo él solo estaba haciendo lo      que le había ordenado su maestro -

Los ojos de Ava no podían estar más abiertos, aquello parecía una pesadilla de la que no podía despertar...

- Entonces... ¿Cristo ordenó a Judas que lo entregase a sus enemigos? -

- Por qué crees que lo primero que dice Cristo cuando Judas le besa es... ¿Con un beso me traicionas? No es porque se sienta triste por la traición, es porque le está diciendo a Judas que sea más sensato con lo que está haciendo para no arruinar su plan -

- Esto es de locos - replicó Ava

- Pero es la verdad, Cristo tenía dos apóstoles favoritos por encima de los demás... Judas Iscariote y Juan, a cada uno le asignó un trabajo especial, y ellos fueron elegidos porque eran lo suficientemente listos para seguir su plan sin errores, pero obviamente Cristo no le contó todos los detalles a Judas, y cuando este supo que iban a crucificarle pensó que el plan de Cristo había fallado y que iban a matarle por su culpa, por seguir sus órdenes, fue tanto el dolor que sintió que se quitó la vida antes de ver muerto a su querido maestro. Por el contrario, Juan era como un hermano pequeño para Cristo, él fue el único que supo cada uno de los detalles de Cristo y estaban preparados para el peor de los escenarios, y ese fue la crucifixión, que no hace falta que te diga nada más porque ya has visto todo lo que pasó-

Ava asintió, y volvía a recordar aquella imagen de Juan echando esos polvos en aquella bebida que le dieron a beber a Cristo durante la crucifixión, y luego en la cueva curando sus heridas y ayudándole a escapar de allí. Pero aquella escena le generaba más preguntas...

- Si Cristo no murió en la cruz entonces... ¿qué fue de él? -

Andy se acercaba más y más a Ava a medida que hablaba...

- Cristo se recuperó de sus heridas en la cruz, y al tercer día fue muy fácil para él decirle a sus discípulos que había resucitado entre los muertos por la gloria de Dios. Pero sabía que era muy arriesgado quedarse allí para él y para los que le seguían, por eso se reunieron en un lugar lejano y seguro en donde les asignó a cada uno una tarea especial para luego retirarse y volver a "la diestra de Dios padre." Pero en realidad se fue a vivir a la India en donde cambió de nombre, se casó, tuvo hijos y siguió predicando su palabra hasta su muerte a una avanzada edad -

Ava seguía con cara de perplejidad, pero al mismo tiempo parecía empezar asimilar todo lo que Andy le decía, solo tenía una última pregunta rondando por su cabeza...

- ¿Sabe la iglesia católica algo de todo esto? -

Andy dejo de sonreír, y puso un semblante serio...

- Por supuesto que lo saben, no todos ellos, pero los que controlan de verdad la iglesia saben la verdadera historia de Cristo -

- ¿En serio?, el Papa sabe todo esto? -

- ¿De verdad piensas que el Papa controla la iglesia? El solo es la cara de la iglesia al público, pero hay más gente detrás de él que controlan al mismo pontífice en todo momento y todo lo que pasa en la iglesia, es un grupo pequeño muy poderoso, pero tan oscuro como una noche sin luna -

- ¿Pero si ellos lo saben porque nos siguen mintiendo? -

- ¿Y renunciar a una de las compañías que más dinero ha generado en la historia de la humanidad? Eso no va a pasar jamás, solo piensa que, si el día de mañana aparecieran pruebas irrefutables de que Cristo no resucitó y que murió de viejo, la iglesia perdería todo el poder que tiene ahora, nadie más volvería a creer en Cristo como único salvador -

- ¿Y eso es lo que quieres? ¿Desprestigiar a Cristo y quitarle a sus seguidores? -

- Yo solo quiero la verdad, os habéis acostumbrado tanto a vivir en la oscuridad que ahora el gris lo veis blanco, pensáis que estáis haciendo lo correcto pero en realidad os estáis perdiendo más y más en una absoluta oscuridad, lo único que estoy haciendo es arrojar algo de luz para que podáis ver bien la inmundicia en la que habéis estado viviendo todo este tiempo, pero es tan mal lo que podéis ver con mi luz que enseguida os asustáis y pensáis que soy yo el que puso todo eso en vuestras vidas, pero no es mi culpa, yo solo os muestro la realidad, y la realidad no es algo bueno en vuestro mundo ahora mismo -

Andy estaba muy cerca de Ava, sus labios estaban solo a unos cuantos centímetros de distancia...

- Andy por favor aléjate, me estás confundiendo y no es justo - trataba de luchar Ava en contra el deseo de volver a estar con su querido Andy

- Mírame Ava - decía dulcemente Andy

Ava miraba fijamente los ojos de Andy, pero seguía mirando esos ojos negros que tanto escalofrío le daba, pero seguía siendo la misma mirada, la misma cara, Ava no podía entender si aquel ser en frente de ella no era Andy como podía ser exactamente como él en cada gesto.

Andy estaba cara a cara con Ava, Andy apartó el pelo de la cara de Ava y le acariciaba suavemente el rostro...

- Sé que las cosas se han salido un poco de control, pero te prometo que lo único que no ha cambiado es mi amor por ti, te he amado desde la primera vez que te vi y te sigo amando ahora que te tengo aquí en frente de mí ... -

- ¡Oh Andy no sigas por favor! -

- Sabes que estoy diciendo la verdad, siempre hemos sido tú y yo, desde que nos hemos encontrado siempre hemos estado juntos solos tú y yo, sin importar que tan mal las cosas nos hayan salido con nuestras familias daba igual porque nos teníamos el uno al otro y nunca estaríamos solos... ¿recuerdas nuestra promesa? -

- ¡Oh Andy! - Ava solo miraba los ojos de Andy y lloraba con todas aquellas palabras, porque sentía que era su Andy el que estaba hablando, así que sabía que alguna parte de aquel ser aún vivía el verdadero Andy, él seguía hablando.

- ¿La recuerdas? No importa el que, no importa el cómo... -

- siempre estaremos juntos - Ava terminó la frase mientras sentía que su corazón estaba a punto de salir de su pecho.

Andy sonrió y repitió...

- Sí, siempre juntos -

Andy se acercó lentamente para darle un beso en los labios, Ava no podía resistir más aquella situación, cerró los ojos y se acercó para corresponder a su beso...

- ¿Ava te encuentras bien? - Era la voz de Mike desde la puerta de la sala.

Ava abrió los ojos de inmediato y se llevó un susto al escuchar la voz de Mike y ver que Andy ya no estaba allí, ella le buscaba con la mirada por toda la sala mientras el profesor Bianchi y Mike la miraban desconcertados…

- ¿Ava estás bien? - Volvió a preguntar Mike

- Sí, estoy bien- respondió Ava sin sonar muy convincente

- ¿Estás segura? Pareces un poco confundida - dijo el profesor Bianchi

- Sí, estoy bien, no os preocupéis, solo estoy un poco cansada -

- Está bien - dijo Mike

– mira hemos traído comida, ¿te apetece algo de aquí? -

Ava miró la comida y le parecía buena idea, después de todo lo que había pasado se sentía hambrienta y aquella comida era una buena fuente de energía para asimilar toda aquella información. Pero aun así no paraba de pensar en Andy, se preguntaba en donde estaba y que estaría haciendo, y algo que aún no podía entender; cómo es posible que teniendo semejantes poderes no haga con ella exactamente lo que él quiera hacer, tiene el poder y tuvo la oportunidad, así que… ¿por qué no lo hizo?

# CAPÍTULO DIECISÉIS
# El Diablo Paga

Ava, Mike y el Profesor Bianchi iban rumbo a Italia, el avión privado que les estaba esperando era uno de los más rápidos del mercado y por fortuna el tiempo estaba de parte de ellos, con lo cual tenían previsto llegar a Italia en tan solo 8 horas.

Ava seguía recordando todo lo pasado con Andy y no dejaba de pensar en cuál sería la gran mentira, era la historia que Andy le había revelado... o era la historia que ella daba por cierta en la biblia. El solo hecho de pensar que tal vez el mundo entero se está equivocando y están adorando al malo de la historia le producía un gran escalofrío.

Por otra parte, Andy seguía en Los Ángeles, caminaba por el centro de la ciudad, era de noche, él caminaba con la mirada puesta en un edificio en particular, era un edificio mediano, moderno, todo de cristal, y en su entrada un letrero grande en piedra en donde se podía leer... "Parker & Thompson". Andy estaba al otro lado de la calle y miraba la puerta principal de aquel edificio.

De pronto de aquella entrada sale un hombre de mediana edad, con traje gris de diseño y hablando por teléfono muy enojado, Andy miró aquel hombre atentamente y sonrió mientras le seguía con la mirada y le escuchaba desde la distancia...

- ¡Escúcheme muy bien señorita! Dígale a su jefe que me da igual, si yo lo llamo da igual el día y la hora, él debe responderme -

Aquel hombre tenía una voz muy desgarrada, gritaba y parecía que tuviera dificultades con su voz, era esa clase de voz que con solo escucharla dabas por hecho que tenía alguna enfermedad, Andy escuchaba atento y sabía que aquella voz no era la primera vez que la escuchaba, la había escuchado la noche anterior, y sabía muy bien quien era en realidad ese hombre...

- Entonces dígale que Christian Parker le manda a decir, que si no quiere ir a la cárcel en las próximas 48 horas... ¡tiene que traerme esos documentos a mi oficina mañana mismo! -

Christian Parker saca una cajetilla de cigarrillos de su bolsillo mientras sigue hablando...

- Aaaa que ahora ya se quiere poner, pues a lo mejor ahora soy yo el que no está interesado en hablar con él - Christian saca un cigarrillo, lo pone en su boca mientras busca su encendedor...

- Está bien, páseme a ese inútil - sigue hablando con el cigarrillo en la boca mientras sigue buscando su encendedor...

- Escúchame muy bien, que sea la última vez que me haces pasar por todo esto solo para hablar contigo, me da igual que te creas uno de los empresarios más importantes de la ciudad, porque lo único que te salva de ir a la cárcel seguro soy yo -

Christian camina hasta estar cerca de la calle, justo al lado de su coche, él sigue buscando su encendedor pero no lo encuentra por ninguna parte, comienza a estresarse mientras habla con su cliente y trata de encontrar fuego para su cigarrillo; de repente una mano desde atrás le ofrece fuego, él solo gira la cabeza para mirar el fuego y no piensa en nada más que en encender su cigarrillo, ni siquiera se había dado cuenta de que el encendedor que aquel extraño le estaba ofreciendo era su propio encendedor, un encendedor de oro con sus iniciales en el "C.P". Él solo acerca el cigarrillo al fuego y lo enciende...

- Gracias -

Dijo Christian mientras se giraba para ver la cara de aquel amable desconocido, pero aquel desconocido era Andy, que estaba en frente de él mirándole fijamente a los ojos y sonriendo. Christian quedó paralizado por completo al ver la cara de Andy, tanta fue su sorpresa que dejó caer su teléfono y su cajetilla de cigarrillos...

- Hola Christian, ¿no te alegras de verme? - dijo Andy con tono de burla; Christian estaba completamente paralizado, su boca estaba abierta pero el cigarrillo lo tenía pegado en su labio superior, solo miraba la cara de Andy mientras pensaba...

- (¡No puede ser! es ese mismo chico de anoche, aquel que interrumpió mi ceremonia con su otro amigo, pero... ¿cómo me ha encontrado? ¿y cómo es que sabe mi nombre?) -

- ¿Qué ocurre? ¿El gran Christian Parker se ha quedado sin palabras? Tanto que me llamabas, tanto que invocabas a tu señor y ahora que lo tienes en frente ¿no dices nada? -

Por primera vez desde hacía mucho tiempo Christian Parker se había quedado petrificado, sintiéndose impotente, indefenso, con miedo en sus ojos y tal vez por primera vez, con auténtico miedo en su corazón...

- (Sus ojos) - pensaba Christian - (Sus ojos son negros... pero recuerdo muy bien que eran azules. Cuando lo tenía en mi altar obligándole a beber la sangre de aquel bebé, sus ojos eran azules) -

- El color de mis ojos es el menor de tus problemas Christian Parker - respondió Andy al pensamiento del maestre

Un enorme escalofrío recorrió todo el cuerpo de Christian, sabía que aquello era real, que estaba en frente de alguien que no era humano...

- ¿Puedes leer mi mente? - Christian preguntó con miedo

- Como un libro abierto, y no solo puedo leer tu mente... también puedo leer toda tu vida, sé cada cosa que has hecho y cada cosa que planeas hacer en mi nombre -

Para Christian ya no cabía la menor duda, aquel ser en frente de él tenía que ser el príncipe de las tinieblas al que tanto había anhelado conocer; le costaba mucho creer que la misa negra de la noche anterior había funcionado y había traído a este mundo al ángel caído. Debería estar complacido y feliz con aquello, pero en lugar de eso tenía miedo, veía los ojos de Andy y veía la mirada de un depredador ante su presa... Andy seguía hablando.

- Durante años has dedicado tu vida a hacer el mal, mintiendo, robando, estafando, aprovechándote del más débil y matando sin el menor escrúpulo -

Christian escuchaba atentamente y sentía que estaba en medio de un juicio delante de su juez, jurado y verdugo...

- Pero con lo que hiciste anoche cruzaste la raya, incluso para alguien como tu... Sedujiste y te aprovechaste de tu pobre asistente, con la falsa promesa de que dejarías a tu mujer para casarte con ella, y una vez que ella te dijo que estaba embarazada... se convirtió un obstáculo para ti. La diversión se había acabado, y no dudaste ni un segundo en arrebatarle el hijo de su vientre... y sacrificar a tu propio hijo en nombre del Ángel caído –

El corazón de Christian latía sin control, sentía como un sudor frio recorría su cabeza y las palmas de sus manos; era como un niño al que sus padres le reprochaban que hubiera hecho algo malo, y sabía que no terminaría bien para él.

- Solo un acto de semejante maldad podía despertarme de mi letargo, y darme toda la motivación necesaria para venir a este mundo e intervenir... Christian Parker, hiciste todas esas atrocidades en mi nombre para complacerme y obtener a cambio mis bendiciones... - Andy sonríe con una sonrisa sarcástica.

- Pues bien, aquí me tienes, en frente de ti para darte todo lo que en verdad te mereces -

Christian tragó saliva y se sentía un poco desconcertado, por las cosas que Andy decía parecía que iba a premiarle por su lealtad, pero no dejaba de tener el presentimiento de que algo malo estaba a punto de pasarle...

- No tienes por qué preocuparte Christian, yo solo pasaba por aquí para darte las gracias, ya que al fin y al cabo de no haber sido por ti yo no estaría hoy aquí -

Andy levantó su mano lentamente para quitarle el cigarrillo de la boca que aún estaba encendido, le dio una calada y miró fijamente a los ojos de Christian...

- Gracias -

Andy dejó salir el humo de su boca y lo lanzó a la cara de Christian, Christian reaccionó y comenzó a toser mientras Andy seguía tirándole el humo, pero aquel humo parecía no acabar, cada vez era más y más humo que salía de la boca de Andy y se pegaba al cuerpo de

Christian, aquel humo se hacía más espeso, y cubría todo el cuerpo de Christian, él trataba de librarse de aquel humo, pero era como una nube negra que no le soltaba. De repente Christian comenzó a sentir que aquel humo se calentaba rápido por segundos, sentía como le iba quemando la piel, hasta que una chispa saltó y convirtió todo aquel humo en fuego.

El gran Maestre estaba cubierto en llamas, se estaba quemando vivo, él solo podía gritar mientras intentaba desesperadamente apagar el fuego con sus propias manos. Christian Parker corría como loco sin saber qué hacer y en un momento de desespero saltó en medio de la calle, justo en frente de un coche que iba demasiado rápido para parar a tiempo, atropellándole y arrojándole por el aire, cayendo en tan mala posición que su cuello se rompió en el acto, dejándole inmóvil en la calle, sin poder moverse, su cuerpo estaba siendo consumido por las llamas mientras este aún estaba vivo, su vida entera pasaba por sus ojos, pensaba en todas las cosas horribles que había hecho y sabía que merecía un castigo.

Su cuerpo yacía tirado en la mitad de la calle mientras aún ardía, y con una última fuerza movió sus ojos hacia el lugar donde estaba Andy, tal vez como gesto de arrepentimiento o ayuda, pero Andy ya no estaba, en su lugar solo había una cajetilla de cigarrillos tirada en el suelo en la cual se leía… "FUMAR MATA".

# CAPÍTULO DIECISIETE

# El Castillo de Sforza

Ava, Mike y el Profesor Bianchi sobrevolaban el espacio italiano, habían volado durante toda la noche a bordo de un Cessna Citation X+. Uno de los jets privados más rápidos del mercado y que solo están al alcance de las personas más poderosas del planeta. Mike seguía sorprendido con el poder del dinero, estaban siendo ayudados por el vaticano y todo lo que habían hecho hasta ahora solo podían hacerlo gracias a ese poder, Mike nunca había salido del país y aquella noche había salido solo con lo puesto y sin ningún pasaporte, Mike pensaba... si tienes dinero tienes poder, y si tienes poder puedes controlar todo. Ava por el contrario estaba ajena a todo aquello, apenas había dormido y solo miraba por la ventanilla, miraba el cielo, las nubes, el sol asomando en el horizonte iluminando todo aquel lugar, lo miraba todo y a la vez su mirada se perdía en la nada, solo recordaba las palabras de Andy y todas aquellos secretos revelados, su mente había asimilado toda la información pero seguía teniendo dudas, y por cada pregunta que se hacía más preguntas aparecían en su cabeza, ella estaba tan absorbida en sus pensamientos que no se había percatado de la mirada fija de Henry, llevaba un par de minutos mirándola y examinándola detalladamente, sabía que algo había pasado en el aeropuerto en ese momento cuando estuvo sola... ¿pero el que? Solo había una manera de averiguarlo y era hablando con Ava. El Profesor Bianchi se acercó y le habló...

- Ava, ¿te encuentras bien? - preguntó Henry mientras se sentaba a su lado

Ava salió de su trance y reaccionó...

- sí, estoy bien -

- ¿Segura? Te noto un poco preocupada -

Ava simplemente lo miró y respondió con un tono de burla...

- teniendo en cuenta que mi novio es el mal hecho persona... no me podéis reprochar que esté un poco retraída -

Henry asentó con la cabeza, aunque no estaba completamente convencido con aquella respuesta, sabía que había algo más pero no quería presionarla...

- ¿Te puedo preguntar algo Henry? -

- claro, lo que quieras -

- ¿Alguna vez has dudado de tu fe? -

- ¿Por qué lo dices? -

- es solo porque llevas muchos años siguiendo la palabra de Cristo y obedeciendo fielmente todas las órdenes de la iglesia, pero... como sabes que todo lo que está escrito en la biblia es cierto y que estas en el bando de los buenos? -

El profesor Bianchi se tomó un segundo para responder...

- Supongo que solo es fe -

Ava lo miraba atentamente mientras él seguía hablando

- Verás, todo el mundo necesita creer en algo, da igual la religión que elijas, porque al final lo que realmente importa es que seas feliz y que seas mejor persona, pero si alguna vez te queda alguna duda lo mejor que puedes hacer es preguntarle a tu corazón, él te dirá en que creer y nunca estará equivocado -

Ava solo sonrió y bajó la mirada, aquella respuesta seguía vacía ante todas las revelaciones que Andy le había enseñado, pero... ¿qué es verdad y que es mentira?, ¿es Andy aquel ser malévolo que diría cualquier cosa para lograr su objetivo? O era solo la víctima de un ser que era aún peor y que había logrado engañar a toda la humanidad de una forma magistral.

- Señores pasajeros por favor abróchense los cinturones, en tan solo unos minutos vamos a aterrizar -

Ava y el profesor se miraron y el profesor sonrío...

- dime Ava, ¿y tú en que crees? -

Ava miró hacia su ventanilla, fijó la mirada en el cielo y respondió...

- Solo creo en lo que me dice el corazón -

El profesor Bianchi sonrió y se levantó para volver a su asiento, Mike solo miraba la escena desde el asiento trasero y se preguntaba de qué estarían hablando.

Ava seguía mirando por la ventanilla mientras veía como el avión se aproximaba lentamente a tierra, lo único que podía ver era un paisaje verde alrededor, miles de árboles ocultando un pequeño aeropuerto clandestino al cual se estaban aproximando.

El avión tomó tierra sin ningún problema en una pista pequeña sin asfaltar, después se acercó a un pequeño hangar donde había cuatro coches negros aparcados con varias personas alrededor de los coches mirando como el avión se acercaba hacia ellos.

El jet se detuvo en frente de los coches y mientras la puerta se abría los hombres que estaban junto a los coches se acercaron para recibirlos. El primero en salir fue el profesor Bianchi, en cuanto vio aquellas personas se sintió reconfortado, sabía que ahora estarían seguros con ellos. Detrás del profesor estaba Ava, estaba un poco confundida y nerviosa, pero detrás de ella estaba Mike, y a pesar de que en el pasado Ava ha tenido sus diferencias con él, ahora se sentía un poco mejor sabiendo que estaba con alguien que conocía y con el que podía confiar.

El profesor Bianchi bajó las escaleras y el primero en acercarse y darle la bienvenida fue Román Lombardi, un hombre de 58 años, 1'78 metros de altura, delgado, con poco pelo y corto, iba vestido con un traje negro, con un anillo de oro en su dedo índice derecho, un anillo que destacaba por su tamaño y forma, ya que parecía llevar un sello en el centro, aquello parecía una figura de seis puntas, tres arriba y tres abajo, Ava notó de inmediato el anillo y sabía que ya había visto ese anillo antes, recordó que lo había visto el día anterior, el mismo día que conoció a Henry, él lleva el mismo anillo y en el mismo dedo; Román se acercó....

- ¡Profesor! Que alegría tenerle por aquí nuevamente -

- ¡Román! Amigo mío, no sabes cuánto me alegra verte - respondió el profesor Bianchi mientras le daba un fraternal abrazo

- Sabes que es mi deber estar aquí profesor - dijo Román mientras mantenía su mano en el hombro del profesor.

- Por favor, llámame Henry, no hace falta tanto formalismo -

Román sonrío y asentó con la cabeza.... – Muy bien, como quieras, Henry -

Ava y Mike se hicieron detrás del profesor Bianchi mientras este saludaba a su amigo, Henry se apartó e hizo las correspondientes presentaciones...

- Román, déjame presentarte a mis acompañantes, aquí tienes a la encantadora señorita Ava Garden, Ava te presento a Román Lombardi - Román sujetó la mano de Ava con delicadeza

- Buongiorno signorina - dijo Román mientras sonreía amablemente

- encantada - dijo Ava tímidamente mientras seguía preguntándose quien era este hombre. El profesor Bianchi seguía con las presentaciones...

- Y el caballero que tienes aquí es el señor Michael Jones -

Mike extendió su mano para corresponder el saludo de Román.

- Encantado de conocerle Román -

- El gusto es mío, Michael -

- Por favor, llámame Mike -

Detrás de Román había un hombre más joven que él, 32 años, inglés, traje negro igualmente, pelo corto y un semblante serio. Román se apartó para dejar ver a este hombre delante de todos...

- Ahora es mi turno de hacer las presentaciones, señores, signorina, les presento a mi ayudante, el señor Scott Bowman –

Scott solo asentó con la cabeza sin decir nada más mientras los miraba, los demás solo saludaron con un hola y sin moverse del sitio, Román seguía hablando...

- él nos acompañará en todo momento, y si necesitáis algo no dudéis en pedírselo, él os ayudará sin ningún reparo -

- Disculpa Román- dijo Ava - Scott es tu ayudante, pero ¿haciendo qué? ¿quién eres o que tienes que ver en todo esto? -

Román solo sonrió...

- ¡por supuesto! Tenéis todo el derecho de saber quién soy y que estáis haciendo aquí, os explicaré todo por el camino, pero de momento solo conformaros con saber que soy el jefe de seguridad de los Bellatore Dei -

El profesor Bianchi y Scott miraron a Román sorprendidos, ninguno de ellos estaba acostumbrado a escuchar algo así tan abiertamente, ya que aquello era un secreto que había sido guardado durante milenios...

- ¡Oh por favor! No me miréis así, ellos saben muy bien quienes somos, además, deben saberlo todo para estar preparados a todo lo que se avecina -

Ava y Mike se miraron y no podían ocultar su cara de preocupación, estaban pasando demasiadas cosas difíciles de creer y todas al mismo tiempo, pero ahora con la entrada en escena de Román, sentían que estaban en el lugar adecuado con la gente adecuada...

- ¡Muy bien! Debemos partir cuanto antes - exclamó Román - Nos están esperando y debemos prepararnos lo antes posible -

Scott y Román se dirigieron al todo terreno que estaba en medio de los otros dos, el profesor y los chicos se subieron al mismo coche en la parte de atrás, los otros hombres solo miraban hacia todos lados y se preparaban para salir también escoltando a Román y a sus acompañantes.

Scott conducía mientras Román les hablaba a los chicos explicándoles la situación...

- Sé que Henry os ha explicado un poco quienes somos y cuál es nuestra misión, pero quiero daros más detalles acerca de este largo viaje y de nuestro destino final -

Ava y Mike escuchaban atentamente las palabras de Román...

- Los Bellatores Dei somos una orden secreta fundada por el apóstol Juan, dada a su estrecha relación con el hijo de Dios se le reveló grandes misterios, y profecías que se harían más tarde en realidad. Nuestro primer Maestre el apóstol Juan se aseguró que su mensaje pasara de generación en generación sin ser alterado, e hizo que tuviéramos muy claro lo que debíamos hacer cuando llegara el día que ahora mismo estamos viviendo, el día de la bestia -

Román seguía hablando...

- Durante siglos la orden de los Bellatores Dei hemos ido creciendo en nuestro poder y en nuestro alcance, dado que no sabíamos exactamente el lugar en que el príncipe de las tinieblas vendría necesitábamos tener ojos y oídos por todo el planeta, y una vez hubiéramos localizado a la bestia debíamos estar preparados para luchar en contra de él y vencerle -

Mike interrumpe...

- Perdona Román, pero ¿exactamente como pensáis vencer a un ser que no es de este mundo? -

Román le miró fijamente a los ojos y sonrió...

- con un arma que no es de este mundo -

Mike y Ava se sorprendieron con esa respuesta...

- ¿A qué te refieres con eso? - preguntó Mike

- No te preocupes Mike, lo verás a su debido momento - respondió Román muy seguro de lo que decía.

Los coches seguían por un camino sin asfaltar rodeados de árboles, apenas se podía ver lo que había adelante, pero se acercaban a cada vez más a su destino; Román seguía hablando...

- Con el pasar de los siglos nuestra orden obtuvo el poder necesario para crear un pequeño ejército y dotarlo de todo lo necesario para ser una de las fuerzas de élite más poderosas del mundo, un gran ejemplo de ello es aquí mi ayudante Scott, que además de tener un entrenamiento militar de los más estrictos domina cinco diferentes estilos de combate cuerpo a cuerpo y con arma blanca-

Todos miraban impresionados a Scott al oír sus habilidades, pero este solo conducía ajeno a todo lo que Román decía...

- Pero además de Scott tenemos miles de soldados por todo el mundo dispuestos a morir por la salvación de este mundo, y cada uno de ellos ha recibido la orden de volver a base, que es justo el lugar a donde nos dirigimos -

Después de conducir a través de un valle llegaron a un sitio donde se había despejado el lugar de árboles, y a lo lejos se veía un imponente castillo antiguo...

- Señoras y señores- dijo Román -Bienvenidos al Castillo de Sforza -

Ava y Mike quedaron asombrados con la espectacular vista de aquel castillo, no habían visto nada igual, aquello parecía salido de una película medieval, y a medida que se acercaban a aquel majestuoso castillo iba revelando más detalles, Román les explicaba un poco a los chicos el origen de aquel castillo...

- En 1476 el archiduque de Italia Renato Sforza formó a ser parte de nuestra orden, como ayuda a nuestra causa ordenó construir este castillo que pasaría a ser posteriormente y hasta ahora el hogar de los Bellatore Dei, un sitio conocido solo por los que somos parte de la orden, y a hora conocido también por vosotros igualmente -

Ava seguía pensando que toda aquella información que les estaban revelando podría traerles consecuencias, aquella organización llevaba miles de años escondida en las sombras, y el solo hecho de que ellos supieran todo eso podría poner en riesgo todo su mundo, así que... ¿cómo saber que no los iban a matar después de saber todo aquello? Ava no podía quedarse callada al ver que cada vez sea hacía más obvio su inminente fin a manos de los Bellatore Dei...

- Disculpa Román- dijo Ava... - Tal vez pueda ser inapropiado lo que voy a decir, pero es algo que tengo que preguntarlo, ya que me gusta ser sincera y directa-

Román se giró para mirarla fijamente...

- Y me parece muy bien Ava- Román sonrió - así que dime lo que tengas que decir sin reparos -

Todos estaban atentos a lo que Ava estaba a punto de preguntar…

- Está bien, mi pregunta es simple… ¿Cómo podemos estar seguros Mike y yo que después de que todo esto termine no nos vais a matar por saber todo lo que sabemos acerca de vosotros? -

Mike se sorprendió con aquella pregunta, hasta ahora no había pensado en el hecho que podrían matarlos por ello, pero Ava tenía razón, el profesor Bianchi miró a Román, pero ni siquiera el profesor Bianchi sabía que responder a eso, Román solo dejo escapar una carcajada…

- Esa es una muy buena pregunta Ava, pero te olvidas de un factor muy importante, y es que después de que todo esto termine sea porque venzamos o no, la orden de los Bellatore Dei desaparecerá -

Todos escuchaban atentos las palabras de Román…

- La única razón de existir de nuestra orden es la de vencer a Satán y deshacer sus planes de dominar el mundo, si podemos evitarlo nuestro objetivo estará cumplido y ya no habrá razón para seguir existiendo. Así que podéis estar tranquilos porque después de que todo esto termine dará igual si se lo contáis al mundo entero, porque para entonces nuestra orden ya habrá desparecido sin dejar ni una sola huella -

Ava quedó más tranquila al escuchar aquello, ya que por alguna razón confiaba en Román y en sus palabras que para ella tenían mucho sentido, pero Román no había terminado de hablar...

- Pero si no podemos vencer... entonces pedid a Dios que se apiade de vosotros y os conceda una muerte rápida, porque lo que vendrá después a nuestro mundo será mucho peor -

Ava y Mike se miraron y el alivio que habían sentido antes se desvaneció por completo, ellos se habían olvidado por un momento que estaban tratando con un ser de otro mundo, un ser al cual ni siquiera sabían si podían hacerle frente o vencer.

Los tres coches llegaron a la puerta del castillo que estaba abierta esperando por ellos, la entrada tenía un arco con dos pilares en donde tenían francotiradores en la superficie haciendo guardia, una vez pasado el arco había un pequeño puente al que conducía al interior del castillo, pero el interior de aquel castillo parecía más una base militar que un castillo antiguo, había coches blindados por doquier, soldados con camuflaje oscuro descargando el armamento y acondicionando el castillo para lo que sería el escenario de la tercera guerra mundial, al menos eso parecía.

Ava, Mike y los demás se bajaron del coche e inmediato se dieron cuenta de que Román no había exagerado al decir que con el tiempo aquella organización se había convertido en una fuerza de élite con un gran ejercito; todo lo que podían ver eran soldados corriendo de un lado a otro, montando armas de gran alcance, señalando puntos estratégicos del castillo a defender con gran precisión y coordinación.

- ¿Impresionados? - preguntó Román mientras veía a sus hombres en acción.

- sí, es realmente increíble - respondió Mike

- contamos con 250 soldados ahora mismo defendiendo el castillo, más otros 250 que están formando varios anillos de defensa afuera del castillo -

- ¿Afuera del castillo? ¿Pero si no vimos a nadie por el camino? - Dijo Ava

Román solo sonrió…

- Eso no significa que ellos no estén allí y que no nos hayan visto pasar -

Ava y Mike solo veían trabajar aquellos soldados y por primera vez desde que todo aquello empezó se sentían a salvo, seguros; sabían que aquel ejército estaba allí para ayudarles y que darían la vida por vencer a su enemigo común. Román seguía hablando…

- Más sin embargo estos son los hombres que han llegado esta mañana, esperamos a otros setecientos soldados para esta tarde, solo para defender el castillo y alrededores -

Los chicos solo sonreían y se quedaban asombrados con semejante despliegue de poder, pero el profesor Bianchi no parecía asombrado para nada, parecía que todo aquel ejército le daba igual, solo había una cosa que él quería saber para sentirse a salvo por completo...

- Román, sabes que tú ejército me parece bastante impresionante, pero esa no es la razón de mi viaje hasta el castillo de Sforza, sabes muy bien porque estoy aquí -

Román dejó salir una pequeña carcajada...

- ¡Por supuesto que se por qué has venido amigo mío! Pero no te preocupes, también contamos con nuestra arma secreta -

El profesor Bianchi sonrió complacido al oír eso

- Es verdad - dijo Mike - Ahora que lo dice, en el camino mencionó que contaban con un arma que no era de este mundo... es a eso a lo que se refieren cuando dicen "arma secreta" -

Román miró a los ojos de Mike y sonrió...

- así es Mike, y como os dije os la enseñaría en su momento, y me parece que ese momento ya ha llegado... ¿queréis verla? –

## CAPÍTULO DIECIOCHO
# La Cruz de Longinos

- ¿Bromeas? Por su puesto que queremos verla -

Ava solo miraba a Mike y veía que estaba muy excitado con la idea de ver aquella fantástica arma. Mike no sabía que forma darle a aquella arma… ¿sería un arma que disparase un rayo láser? ¿sería un portal que tele transportaría al diablo a otra dimensión? Mike no paraba de imaginar y de pensar en aquello. Román solo se limitó a decir…

- muy bien, en tal caso seguidme -

Román comenzó a caminar y los guiaba hasta una puerta que estaba a varios metros de distancia de la entrada principal, en aquella puerta había dos guardias con ametralladoras custodiando la entrada, en cuanto vieron a Román solo se limitaron a mostrarle sus respetos con un saludo militar, Román les devolvió el saludo y de inmediato uno de ellos sacó una llave de su bolsillo y abrió la puerta. Román fue el primero en pasar, seguido muy de cerca por el profesor Bianchi, Mike, Ava y detrás de Ava Scott que no les perdía la pista ni por un segundo.

Después de atravesar la puerta caminaban por un pasillo estrecho en donde había varias puertas cerradas a los lados, Román se dirigió a una en especial que no estaba cerrada con llave, abrió la puerta y entró en aquella habitación que estaba llena de libros y estanterías, Román se dirigió a un gran escritorio antiguo que estaba al final de la habitación, se situó en frente del escritorio mirando de frente a todos los que estaban con él, pulsó un botón que estaba escondido debajo de la mesa del escritorio y una trampilla secreta se abrió por encima del escritorio, dejando a la vista una caja fuerte con aspecto futurístico, Román se detuvo un momento para hablarles…

- El escritorio entero es una de las cajas fuerte más resistentes y fuertes del mundo, tan pesada que haría falta una grúa para poder moverla, tan maciza que incluso con el taladro más potente del mundo tardarías años en llegar a su interior, tan fuerte que incluso 50 kilos de dinamita no podrían ni siquiera abollarla, además es una caja hermética, lo que permite que su interior permanezca inalterable al no haber nada de aire en su interior. Solo hay una persona en el mundo entero que puede acceder a su interior, y esa persona soy yo -

Román posó su mano derecha en unos sensores metálicos que había al lado de un panel, estos sensores leían cada milímetro de su palma y los latidos de su corazón, al terminar con el escaneo una luz verde se encendió arriba del panel, Román levantó su mano y comenzó a introducir una contraseña numérica en un pequeño teclado, introducía 10 dígitos a diferentes ritmos entre cada número, ya que la caja fuerte reconocía la velocidad en que son introducidos cada número, y la velocidad era parte del sistema de seguridad de la caja fuerte; una vez terminado todos pudieron oír un clic metálico dentro de la caja fuerte, Román abrió la puerta de la caja fuerte y sacó de su interior una caja de madera antigua con relieves muy detallados, todos podían ver que solo la caja era algo muy especial, pero no podían esperar a ver aquella arma secreta.

Román puso la caja de madera a un lado del escritorio, la giró para que estuviera de cara a sus invitados, abrió los cerrojos y lentamente comenzó a abrirla. Por fin había llegado el momento, el corazón de Mike latía deprisa, él siempre había sido un fanático de las fuerzas oscuras, y saber que estaba delante de algo que podría detener al mismísimo diablo le hacía sentirse pequeño, como un niño al que le iban a enseñar el mejor juguete del mundo; Ava en cambio más que excitada estaba nerviosa, todos solo hablaban de detener y vencer al príncipe de las tinieblas, pero parecía que todos habían olvidado que aquel mal encarnado seguía siendo Andy, el amor de su vida, el hombre con el que esperaba pasar el resto de sus días, pero ahora era el enemigo, pero… ¿realmente lo era?. Por otro lado, Henry sabía exactamente lo que había en aquella caja, sabía cómo era y cómo funcionaba, pero esta era la primera vez que estaba en frente de ella, así que era un momento muy importante para él también.

Román abrió la caja, y dejó al descubierto una cruz metálica antigua protegida por un cristal en el interior de la caja de madera, la cruz estaba hecha con diferentes piezas que parecían no tener nada que ver las unas con las otras, así que a primera vista parecía una cruz sin ningún valor material. Mike miraba aquella cruz y su cara reflejaba desconcierto, decepción, miraba a los ojos de Román y no sabía si aquello era una broma o si realmente él creía que esa cruz era el arma definitiva en contra del diablo. Ava miraba a todo el mundo y no sabía que decir, el único que estaba asombrado con aquella cruz era el profesor Bianchi, que miraba fijamente aquella cruz y de su cara se escapaba una sonrisa nerviosa, él trataba de mantener la calma, pero parecía que aquella cruz le superaba. Román comenzó a hablar…

- Como sabéis, Jesús Cristo, el hijo de Dios, vino a la tierra para lavar nuestros pecados con su sangre y así obtener la salvación de nuestro mundo, pero en el proceso de salvación sus manos y sus pies fueron atravesados con clavos, dejándole clavado a una cruz de madera, y como si eso no fuese poco, después de su muerte su costado fue atravesado con una lanza para comprobar su muerte -

Ava de inmediato recordó la escena, ya que la había visto en persona el día anterior, y a pesar de que era solo un recuerdo aquella imagen le seguía dando escalofríos, Román seguía hablando...

- Lo que casi nadie sabe es que el soldado que atravesó el costado de Cristo tenía problemas con uno de sus ojos, y al atravesar el costado de Cristo el agua y sangre que salieron de él cayeron sobre el ojo del soldado, curándole de inmediato; fue en ese momento cuando aquel soldado se dio cuenta que el hombre que había muerto delante de él era realmente el hijo de Dios -

Ava y Mike escuchaban atentos a las palabras de Román, sabían que la explicación de porqué aquella cruz tenía tanto poder estaba a punto de llegar...

- Aquel soldado romano tenía un nombre, y su nombre era Longinos. Después de entregar el cuerpo de Cristo a su familia Longinos se quedó con los clavos que habían atravesado al hijo de Dios y guardó la punta de su lanza, ya que aquellos elementos tenían la sangre de Cristo. Un par de años después, Longinos se convirtió en uno de los primeros cristianos de la historia e incluso formó su propia iglesia, y uno de los mayores reclamos de su iglesia era aquellos objetos que conservaban la sangre de Cristo. Con el tiempo el cristianismo fue cobrando fuerza, y los clavos y la lanza de Longinos se convirtieron en objetos sagrados deseados por todos, tanto así que provocó guerras, miles de muertes e incontables injusticias en nombre de

Cristo. Los clavos y la lanza cambiaron de dueños durante cientos de años, hasta que finalmente cayeron en manos de Los Bellatores Dei. Con el fin de no perder ninguna de las piezas decidimos darles una nueva forma y hacer una sola pieza, dando como resultado a este objeto-

Ava y Mike quedaron impactados con aquella historia, y ahora entendían perfectamente la importancia de aquel objeto...

- Damas y caballeros, os presento la Cruz de Longinos, la única pieza en el mundo que aún contiene la auténtica sangre de Cristo -

Mike estaba muy impresionado, y eso era algo que no se conseguía fácilmente con él, en cambio Ava no estaba muy segura de que aquella cruz pudiese ser el arma definitiva en contra de Andy, pues ella sabía que daba igual si estaba cubierta en la sangre de Cristo, de nada iba a servir porque sabía que Cristo fue solo un hombre común y corriente, sin ningún poder divino, o al menos eso era lo que Andy le había enseñado. Mike entendía muy bien el valor que tenía aquella antigüedad, sabía que era una pieza única en el mundo y que ellos eran muy afortunados solo por saber que algo así aún existía hoy en día, y mucho más al estar en frente de ella, pero... ¿realmente funcionaría como arma? Mike tenía sus dudas...

- Disculpa Román- dijo Mike - pero ¿cómo podéis estar tan seguros de que esta cruz funcionará? -

- Es una buena pregunta Mike, y la respuesta es muy simple, este es un plan que se trazó hace miles de años por el apóstol Juan, gracias a las enseñanzas secretas recibidas por su maestro y nuestro señor Jesús Cristo, gracias a esta cruz y a la sangre que aporta el poder de Cristo está con nosotros -

Román, Scott y el Profesor Bianchi miraban a Mike esperando ver una cara de satisfacción con aquella respuesta, pero Mike seguía sin estar convencido...

- Entiendo que esta cruz tiene un poder divino, un poder que pertenece a otro mundo, pero recordad que el diablo está metido dentro del cuerpo de Andy, un ser de este mundo, así que ¿Cómo podéis estar seguro de que tendrá el mismo efecto en un cuerpo hecho de carne y hueso? -

Scott miró a Román y aunque nunca lo admitiría, Scott sabía que aquella era una buena pregunta, el Profesor Bianchi quedó desconcertado con aquella pregunta, pues sabía que Mike tenía razón, no importaba cuanta fe pudieran tener en aquella cruz, los hechos eran que aquel malévolo ser estaba dentro de un cuerpo terrenal, y no podían estar seguros de que el diablo estaba solo usando el cuerpo de Andy como conexión a este mundo, podría estar usándolo también como protección. Román cerró la caja de madera, miró fijamente los ojos de Mike y respondió...

- Funcionará -

- Pero Román... -

- Mike es suficiente, no te pido que entiendas cómo funcionará y porque funcionará, solo te pido que tengas fe y confíes en mí -

Román volvió a depositar la caja de madera dentro de la caja fuerte y la volvió a cerrar, ocultó la puerta de la caja fuerte dejando a la vista solo la mesa del escritorio antiguo.

- Ahora por favor si sois tan amables acompañadme, os facilitaré un lugar donde podáis descansar y comer algo decente -

Román los guio hasta la salida y se dirigieron hasta otra puerta en donde estaba el comedor del castillo, era un salón grande con mesas por doquier, algunos soldados estaban allí comiendo y en cuanto vieron a Román se levantaron para saludarle, Román solo asentó con la cabeza y les hizo una seña para que siguieran comiendo.

- Por favor, tomad asiento, enviaré de inmediato a uno de mis hombres para que os ofrezca algo de comer - dijo Román mientras se marchaba acompañado de Scott. Los chicos y el Profesor Bianchi tomaron asiento, Henry podía ver que Mike estaba un poco molesto y podía intuir por qué…

- ¿Estás bien Mike? -

Mike miró al profesor y luego puso su mirada en los soldados y en las mesas de alrededor, mientras movía su cabeza de un lado a otro con gesto de incredulidad…

- No funcionará - dijo Mike molesto

Ava le miró y no pudo evitar el preguntar...

- ¿A qué te refieres? -

Mike miró los ojos de Ava, y de estar molesto pasó a estar apenado...

- el arma que tienen para atacar a la bestia, no funcionará -

El profesor Bianchi quiso intervenir también

- ¿Por qué lo dices muchacho? -

- Porque estamos hablando del ángel caído, y vosotros no lo entendéis. Él es un ser que ha existido antes del tiempo y el espacio, un ser que no le afectan nuestras leyes y que las conoce también que incluso puede jugar con ellas a su antojo... y vosotros queréis atacarle con un par de piezas antiguas bañadas en la sangre del hijo de Dios, sangre que después de todo este tiempo no podría ni considerarse sangre -

Ava agachó la cabeza y puso su mirada en la mesa, el profesor Bianchi seguía mirando muy atento los ojos de Mike, ya había expuesto su preocupación y sus alegaciones, ahora era su turno...

- Dime una cosa Mike... ¿en toda tu vida cuantas veces has tenido que enfrentarte a las fuerzas demoniacas? -

Mike se había quedado sin palabras ante esa pregunta, lo único que podía decir era ninguna, esta era su primera vez, Henry seguía hablando...

- Como ya te había dicho antes, en mi juventud como sacerdote hice muchos exorcismos, auténticas luchas con auténticos demonios, y mis armas siempre fueron mi viejo crucifijo, agua bendecida por mí mismo y toda mi fe en el poder de Cristo a mi lado, y sabes una cosa, aquel crucifijo y aquella agua bendita fueron infalibles en mi lucha, y fueron solo un par de cosas simples bendecidas por mí... ahora imagina lo que podremos hacer con una cruz que lleva la sangre del hijo De Dios, y no importa que no veas la sangre en la cruz claramente, o que aquella sangre no sea fresca, aquellas piezas antiguas como tú dices fueron tocadas con la sangre de Cristo, y esa conexión sigue presente hasta el día de hoy. Para ti tal vez no haya ninguna lógica en todo esto, pero esta guerra no se gana con la lógica, se gana con fe -

Mike sabía que aquel argumento había sido muy válido, pero aun así seguía teniendo sus dudas, él quería creer completamente en el poder de aquella cruz, pero algo dentro de él le decía que no iba a funcionar.

Después de comer algo Ava y Mike fueron llevados a diferentes habitaciones para poder descansar un poco, pero por mucho que lo intentaba Ava era incapaz de dormir, a cada instante pensaba en Andy, en todo lo ocurrido en el aeropuerto y seguía sin saber en qué o en quien creer; para ella no tenía sentido seguir en la cama tratando de encontrar respuestas que nadie tenía, así que se levantó y decidió dar un pequeño paseo para aclarar sus ideas. Aún era de día, pero comenzaba a oscurecer un poco, su habitación estaba en el segundo piso del castillo, estaba en un pasillo que conectaba con todas las habitaciones y además también contaba con un balcón en donde se podía divisar el centro del castillo. Cuando Ava salió de la habitación vio que Scott estaba en frente de su puerta, estaba apoyado en el balcón mirando a los soldados preparándose para una guerra, Scott vestía un uniforme militar negro con una catana a su espalda, Ava en cuanto lo vio se acercó a él...

- ¿Estabas vigilándome Scott? -

Scott solo la miró por un segundo y volvió a dirigir su mirada a los soldados...

- solo estaba protegiendo tu puerta, es diferente -

Ava se hizo a un lado de él y también observaba a los soldados...

- Dime Scott, ¿cuánto tiempo llevas trabajando para el Vaticano? -

Scott la miró fijamente a los ojos, con gesto de que esa pregunta le hubiese molestado...

- No trabajo para el Vaticano, trabajo para los Bellatores Dei -

- ¿Qué acaso los Bellatores Dei no son una organización del Vaticano? -

Scott volvió a mirar a los soldados y sonrió...

- eso es lo que ellos creen -

- ¿si no es así entonces cual es la verdad? -

- La verdad es que nuestra orden fue fundada directamente por el apóstol Juan, el Vaticano solo usurpó la orden del apóstol Pedro cuando vieron que el cristianismo se convertía en una fuerza imparable -

Ava quedó sorprendía al ver que Scott hablaba del Vaticano con desprecio, pero se sentía más confiada al ver que incluso uno de ellos no pensaba que el Vaticano era tan bueno como hacían creer, Ava seguía preguntando...

- ¿Si tan mal concepto tenéis sobre el Vaticano como es que trabajáis con ellos? -

- se podría decir que son un mal necesario para nosotros, ellos tienen información y recursos que nos han venido muy bien para nuestra misión, además no es nuestra responsabilidad desenmascarar al Vaticano, eso es algo que ya pasará en su debido momento -

- ¿tú también crees que hay una fuerza oscura detrás del Vaticano? -

- No lo creo, lo sé... ¿y tú porque lo preguntas? -

- si soy sincera contigo desde que todo esto empezó no sé en qué pensar, por primera vez en mi vida empiezo a tener dudas acerca de lo que está bien y lo que está mal -

Scott volvió a poner sus ojos en ella, ahora podía sentir el conflicto que tenía Ava en su interior, sabía que tenía que ayudarla de alguna manera...

- ¿Y a qué vienen esas dudas ahora? -

Ava miró fijamente los ojos de Scott y a pesar de que no lo conocía algo en su interior le decía que podía confiar en él...

- es solo que no entiendo porque Andy con todo el poder que tiene ahora no hace exactamente lo que él quiere hacer conmigo, ha tenido la oportunidad, así que... porque no lo ha hecho? -

- ¿Y quién dice que no lo ha hecho ya? -

Ava se sorprendió al oír eso

- si te refieres a por qué Satán no ha te ha obligado hacer su voluntad la respuesta es muy simple, es solo porque no puede, los humanos tenemos libre albedrío, lo que significa que somos libres de elegir, lo único que puede hacer es tentarte o engañarte para que elijas exactamente lo que él quiere, pero al final la decisión es solo tuya -

Ava escuchaba atentamente mientras Scott seguía hablando…

- Así que no puedes decir que no ha intentado nada para ganarte, porque si ahora estás dudando de tu papel en esta lucha, le estás dejando ganar -

- ¡Señor! Tiene una llamada del equipo Alpha - le gritaba un soldado a Scott desde la plaza del castillo

- Voy enseguida - respondió Scott - Ahora si me disculpas Ava tengo asuntos que atender, pero te daré un último consejo, deja de llamarle Andy, eso es lo que te tiene tan confundida, sigues proyectando tu antiguo amor en ese ser; así que es mejor para ti si empiezas a llamarle como lo que en realidad es -

Scott dio media vuelta y se dispuso a ir rumbo a las escaleras…

- ¡Scott! - dijo Ava

Scott se giró para verla…

- Muchas gracias, me has ayudado mucho -

Scott solo sonrió y siguió su camino. Al lado de la habitación de Ava estaba la habitación de Mike, quien llevaba un par de minutos observándolos, pero al ver que Scott se marchaba con prisa vio su oportunidad de estar junto a Ava…

- Hola Ava, ¿va todo bien? -

- sí, todo lo bien que se pueda ir- respondió Ava sarcásticamente mientras veía a Scott corriendo hacia la radio

- ¿sabes si ocurre algo? parecen algo alterados - decía Mike mientras miraba también a Scott hablando en la radio

- No lo sé Mike, pero de lo único que puedo estar segura es que sea lo que sea que está pasando… no es nada bueno -

- Equipo Alpha, aquí equipo Sforza, cambio - decía Scott mientras esperaba respuesta del equipo Alpha, pero lo único que se oía eran las interferencias de la radio…

- Equipo Alpha, aquí equipo Sforza, respondan por favor, cambio -…

- Aquí equipo Alpha -

- por fin - exclamo Scott -Equipo Alpha ¿qué ocurre? cambio-

- Señor, no sé exactamente qué está pasando, pero algo está pasando en el cielo, cambio -

Scott y todos los que estaban junto a la radio se miraron sin decir palabra

- Equipo Alpha, a que se refiere con que algo está pasando en el cielo, cambio -

- Desde mi posición puedo ver como un remolino negro se desplaza lentamente por el cielo... parece como si se estuviese formando un tornado, cambio -

- ¿un tornado? - replicó Scott mientras pensaba (en este lugar jamás se han tenido avistamientos de tornados)

- eso parece señor, no es muy grande, pero se dirige hacia ustedes, cambio -

Scott tuvo un mal presentimiento acerca de ese tornado, bajó la radio y se dirigió a los soldados que están cerca de él...

- ¡Rápido! Buscad a Román y decidle que lo necesito aquí ahora -

# CAPÍTULO DIECINUEVE
## La Gran Batalla

Todos los soldados tomaban posiciones mientras Ava y Mike seguían mirando desde el balcón sin entender que estaba pasando, desde la distancia vieron como Román acompañado de un soldado se dirigía hacia donde estaba Scott, Ava y Román se encontraron la mirada por un segundo, pero Román volvió a poner toda su atención en Scott...

- Scott ¿qué está pasando? -

   - el equipo Alpha tiene visión de una anomalía en el cielo -

- ¿qué clase de anomalía? -

   - al parecer se está formando un tornado con rumbo a esta localización -

- ¿Un tornado? Mmm que interesante -

   - eso mismo pensé -

- ¿A qué distancia está el equipo Alpha de aquí? -

   - forman un perímetro de 20 kilómetros alrededor del castillo -

Interrumpe un soldado...

- Señor, tenemos noticias del equipo Beta, ellos también han confirmado visión del fenómeno, no hay duda de que se dirige hacia aquí -

Scott y Román se miraron el uno al otro mostrando su preocupación...

- ¿Y a qué distancia está el equipo Beta? - Preguntó Román

- a unos 10 kilómetros de aquí señor -

- Ya veo -

Román solo fijó la mirada en el cielo sin decir nada más...

- Señor, debería dar la orden a todos los demás equipos que están vigilando los perímetros que vuelvan, estoy seguro de que vamos a necesitar toda la ayuda posible aquí -

Román solo seguía mirando el cielo...

- No, diles que mantengan la posición y que estén alertas a nuevas órdenes -

Scott quedó sorprendido con aquella decisión, con la cual no estaba de acuerdo en absoluto...

- pero... señor -

- escucha Scott, ese fenómeno podría ser lo que hemos estado esperando durante todo este tiempo, o podría ser nada, por eso tenemos que estar preparados para cualquier otro evento que pudiese pasar, así que si satán es capaz de penetrar nuestras defensas y llegar hasta aquí... vamos a asegurarnos que no vuelva a salir -

- sí señor - dijo Scott sin estar muy convencido de aquella decisión

Mientras tanto Ava y Mike seguían mirando aquel despliegue de fuerzas sabiendo que algo estaba pasando. El profesor Bianchi salió de su habitación al oír tanto ruido por parte de los soldados, vio a los chicos junto al balcón y se acercó a ellos...

- ¿qué ocurre, que es todo este jaleo? -

Ava miró al profesor y después a Mike...

- Aún no lo sabemos, pero algo me dice que Andy esta de camino -

Un escalofrío recorrió todo el cuerpo del profesor al escuchar aquello, no podía disimular que aquella situación le ponía de los nervios...

- Venid, seguidme, vamos a preguntarle a Román que está pasando -

El profesor y los chicos se dirigieron a las escaleras mientras veían soldados correr de un lado a otro, buscando la mejor posición para ver lo que se estaba acercando. Ya era de noche, y todo el castillo estaba iluminado hasta el más mínimo rincón. Scott y Román seguían en el centro del castillo coordinando las tropas, repartían fotos de Andy entre los soldados para que supieran como era el rostro del diablo, ultimaban detalles mientras veían como Henry y los chicos se acercaban a ellos, el primero en hablar fue el profesor...

- Román... ¿todo esto es lo que realmente parece que es? -

Román miró los ojos del profesor y de los chicos, sabía que tenía que medir sus palabras para no alertarlos sin necesidad

- Aún no lo sabemos con seguridad, pero ya sabes que en estos casos más vale prevenir que lamentar amigo mío-

- ¿pero qué es exactamente lo que está pasando, podrías darnos detalles? -

- ¡Señor! - interrumpe un soldado - el equipo Delta tiene visión del fenómeno -

Román miró de inmediato a Scott…

- ¿A qué distancia se encuentra el equipo Delta? -

Scott tragó saliva y miro fijamente los ojos de Roman…

- a un kilómetro señor -

- Merda… ¡Rápido, preparaos, ya está aquí! - gritaba Román a sus tropas delante el desconcierto de los chicos y el profesor

- Ava, ven conmigo, tú no debes presenciar lo que está a punto de pasar aquí -

Aquellas palabras fueron como un puñetazo en el estómago de Ava, era como estar viviendo la misma pesadilla una y otra vez. Román, Scott, Henry, Ava y Mike se dirigieron a la misma puerta donde ya habían ido a antes, la misma puerta protegida por dos guardias, solo que esta vez tenían más soldados detrás de ellos acompañándolos. Román dio la orden para que abrieran la puerta y en ese momento uno de los soldados que estaba en la última planta del castillo vigilando gritó...

- ¡Aquí viene! -

Todos se giraron para mirar, y vieron como desde el cielo un remolino iba descendiendo poco a poco, formando un pequeño tornado que tocaba el suelo del interior del castillo, era un tornado pequeño pero muy potente, todos los soldados trataban de mantener la posición, pero el viento les impedía tomar una posición de defensa, solo se escuchaba el viento resoplar, seguido de truenos y las quejas de los soldados más cercanos a él. Ava miraba aquel espectáculo y sabía que no podía ser algo natural, aquel tornado estaba quieto en la misma posición, no se había movido ni un milímetro desde que había tocado el suelo, seguía allí dando vueltas y por momentos parecía que iba perdiendo fuerza, los soldados ya podían moverse con libertad y todos apuntaban con sus armas al interior del tornado.

Aquel tornado iba perdiendo fuerza e iba desapareciendo, pero en su interior se podía ver algo girando con el tornado, parecía una sombra sin forma porque giraba muy deprisa, no se podía saber con exactitud que era, de repente aquella figura tocó el suelo también y comenzaba a girar más despacio, dejando a la vista que era una figura humana la que estaba allí atrapada en aquel tornado, el aire apenas se sentía y aquel ser comenzaba a detenerse. Ava miraba atentamente a la persona dentro del tornado y vio claramente quien era…

- ¿A… Andy? -

Todos miraban como Andy paraba de girar para detenerse de cara a su querida Ava, él tenía los ojos cerrados, pero al parar por completo los abrió rápidamente para ver los ojos de Ava, ella no podía creerlo, él solo sonrió…

- ¡Es él! ¡disparad! - gritó uno de los soldados

Todos los soldados reaccionaron al mismo tiempo y apuntaron sus armas hacia Andy

- ¡NOOO! - gritaba Ava mientras Mike y Henry le impedían correr hacia él, pero era demasiado tarde.

Todos los soldados comenzaron a disparar al mismo tiempo, el corazón de Ava se detuvo por un segundo, era como si aquella imagen pasase en cámara lenta en frente de sus ojos, en cuanto vio a su chico dentro de aquel tornado sabía que aquella sería la última vez que le viese con vida, sabía que todo era real, pero aun así se resistía a creerlo, no podía creer que había llegado el final para su querido Andy… pero se equivocaba.

En cuanto el primer soldado dio la orden de disparar Andy tomó posición de combate, dobló un poco sus rodillas y formó una X con sus brazos llevándolos hasta el nivel de sus hombros, en cuanto todos los soldados comenzaron a disparar las balas se detenían de inmediato en el aire, a casi un metro de distancia de Andy, todas aquellas balas parecían chocar con un campo de fuerza que protegía a Andy; los soldados al ver que las balas no llegaban alcanzar su blanco dejaron de disparar, uno a uno iban parando mientras veían con incredulidad miles de balas flotando alrededor de Andy, nadie decía nada, del sonido atronador de las ametralladoras se pasó a un silencio sepulcral, Ava miraba aquella escena y toda la tristeza que había sentido por pensar que había perdido a su chico se convirtió en miedo, por primera vez sentía que los demás tenían razón en llamarle la bestia, porque estaba claro que ese ya no era Andy. Él recorría con su mirada todo a su alrededor, veía a todos esos soldados dispuestos hacer lo que fuese necesario para impedir sus planes…

- Puedo ver que da igual lo que haga o diga no vais a parar hasta matarme o hasta que perdáis la vida… realmente no quería llegar hasta este extremo, pero sé muy bien lo que debe hacerse por el bien de la humanidad; entonces… ¡que así sea! -

Mientras todos miraban a Andy atónitos él se preparaba para su contraataque, Andy se incorporó, pero seguía con sus manos cruzadas, miraba a todos los soldados que le rodeaban mientras las balas giraban lentamente a su alrededor en el aire, Andy sonrió y comenzó a apretar sus puños con fuerza, las balas se detuvieron y comenzaban a vibrar poco a poco, cada vez más y más, Román al ver aquello tuvo un mal presentimiento…

- ¡Deprisa! ¡Vamos a dentro, vamos, vamos, vamos! -

Román sujetó a Ava de la muñeca y se la llevó dentro del castillo a rastras, Mike, Henry y Scott reaccionaron de inmediato y fueron también con ellos, en ese momento Andy abre sus brazos de par a par de una forma explosiva, y todas las balas salieron disparadas por todas partes, matando e hiriendo a docenas de soldados al mismo tiempo. Algunos de los soldados que no fueron alcanzados por las balas volvieron a las armas y apuntaban nuevamente a Andy, pero este solo cerró los ojos y escuchaba como las armas de todos los soldados se encasquillaban a la vez, estaba claro que las armas de fuego ya no eran una opción, así que los soldados pasaron a las armas blancas y fueron en grupos a intentar matarle, pero era inútil, Andy se defendía como todo un militar profesional, nadie podía hacer nada en contra de él, parecía leer cada uno de los pensamientos de sus oponentes, dándole la victoria en frente de aquellos que se osaban a enfrentarle.

Mientras tanto, en el interior del castillo, estaban todos en busca de la Cruz de Longinos, Román estaba en frente de su escritorio e hizo todo lo necesario para abrir la caja fuerte y sacar la cruz…

- Seguidme, se dé un lugar donde estaremos a salvo - dijo Román mientras lideraba el grupo por los pasillos del castillo.

Ellos solo corrían mientras escuchaban a lo lejos disparos y gritos que se iban acercando cada vez más,

Scott corría mientras miraba atrás y escuchaba el sonido de las ametralladoras. Finalmente llegaron a una puerta al final de un pasillo, en cuanto Román la abrió se descubría en su interior una pequeña iglesia, todos se dirigieron hacia el altar mirando hacia todos lados...

- No os preocupéis- dijo Román -este es suelo sagrado, no hay cabida para el mal aquí -

Román parecía muy convencido de lo que decía, pero los demás tenían sus dudas, todos seguían vigilando las entradas, Mike y Henry estaban cerca de Ava para protegerla, Scott apuntaba con su pistola automática a cada parte donde enfocaba su mirada, Román abrazaba la caja de madera que contenía la cruz mientras 5 soldados vigilaban atentos con sus metralletas. Scott y los soldados caminaban alrededor de la iglesia tratando de escuchar algo, pero Scott fue el primero en notarlo...

- ¿Escucháis eso? - preguntó Scott

Todos guardaban silencio, Román cerró los ojos para poder concentrarse mejor...

- Yo no escucho nada - dijo Román

Scott lo miró fijamente a los ojos...

- Exacto, había centenares de soldados allí afuera luchando y ahora no se escucha nada -

Román sabía que Scott tenía razón, algo no iba bien...

- tenemos que contactar con los otros equipos para que vengan de inmediato - dijo Román con cierto nerviosismo

Scott miró nuevamente los ojos de Román, la cara de Scott reflejaba preocupación y desconsuelo, Román notó que algo ocultaba…

- ¿Qué ocurre? ¿qué tienes que decirme? -

- Señor, yo les di la orden de que se viniesen enseguida cuando usted me dijo que debían de esperar a nuestra señal -

Román estaba desconcertado, por un lado, se había sorprendido de que su soldado más leal le hubiese desobedecido, pero por el otro lado gracias a ello los refuerzos estarían a punto de llegar para salvarles, pero si aquello era una buena noticia… ¿por qué Scott tenía esa mirada de impotencia en su rostro?

- No lo entiendo Scott, si la caballería viene al rescate ¿por qué tienes esa cara? -

Todos miraban atentos a Scott, esperando por su explicación…

- Ya habéis visto lo que pasó con el primer ataque de nuestros soldados, las balas no llegaron ni acercarse a su blanco, después de aquello noté algo curioso; no volví a escuchar ni un solo disparo, lo que me hace pensar que después del ataque la bestia hizo algo para inutilizar nuestras armas, porque después de aquello no volví a escuchar ni un solo disparo… hasta pasado unos minutos después, lo que significa que… -

- Que los refuerzos acababan de llegar, y ahora ya no podemos escucharles - dijo Román devastado

- así es señor, me temo que estamos solos en esta guerra - dijo Scott con la mirada perdida en el suelo mientras todos los demás se miraban atemorizados al desconocer lo que harían a continuación, al parecer cada plan se veía torcido por el poder del maligno, pero Román no se dejó amedrentar...

- Te equívocas Scott, no estamos solos, tenemos el poder de Cristo a nuestro lado- decía Román mientras levantaba la caja de madera que contenía la cruz de Longinos - y en la casa de Dios estaremos protegidos -

De repente, en la puerta principal de la iglesia se escuchan unos golpes

!TOC TOC TOC! Todos los allí presentes se sobresaltaron y de inmediato pusieron toda su atención hacia las puertas, los soldados se acercaron todo lo posible a las puertas de la iglesia apuntando con sus armas, Scott se quedó atrás para estar cerca de las personas que estaba protegiendo, Henry y Mike dieron un paso adelante para estar en frente de Ava y protegerla...

!TOC TOC TOC! -! ¡Ayuda! - decía una voz agónica al otro lado de la puerta, dentro de la iglesia nadie decía nada, todos miraban a Román esperando por alguna respuesta, Román solo giraba la cabeza de un lado a otro lentamente...

- Es una trampa, no abráis la puerta -

Los soldados volvieron a poner su atención en la puerta mientras seguían apuntando con sus armas, esperando a que cualquier cosa pasase

- ¡Por favor abrid la puerta! - aquella voz insistía desesperadamente; Román se aseguraba de que todos tuvieran claro que estaba pasando...

- Satán no puede entrar en la casa de Dios, por eso está intentando engañarnos para hacernos salir - Decía Román convencido de ello.

De repente una luz cegadora deslumbró desde el otro lado de la puerta acompañado de un grito aterrador y una gran explosión que voló en mil pedazos las puertas de la iglesia, la onda expansiva tiró a todos los que estaban allí hacia atrás, la caja que tenía Román en sus brazos le fue arrebatada y cayó entre los bancos de la Iglesia donde estaban todos tirados en el suelo debido a la gran explosión. En lugar de las puertas de la iglesia había una bola de fuego que comenzaba a expandirse por todo el interior de la iglesia, y dentro de esa bola se podía ver la silueta de Andy que iba caminando lentamente hacia el pasillo central de la Iglesia, dos soldados que estaban cerca de la puerta murieron con el impacto de los trozos de las puertas. La madera de la puerta voló y se clavó en sus cuerpos como puñales; los otros soldados se incorporaron y comenzaron a dispararle, las balas se paraban en seco a unos cuantos centímetros de Andy mientras este seguía caminando sin detenerse, las balas solo paraban en el aire y caían ante él, Scott al ver esto guardó su pistola pues ya sabía que nada iba a conseguir con ella de momento; el soldado que estaba en frente de Andy seguía disparando sin parar, disparaba y gritaba en un acto de locura, pero sin conseguir ningún resultado, Andy se acercó a él y le dio un puñetazo en el corazón, matándole en el acto

- ¡Andy Nooo! - gritó Ava que aún estaba en el suelo atónita viendo como el amor de su vida le quitaba la vida a un hombre en frente de ella

- ¡Corred ir a la entrada de la torre! - gritaba Román desde el suelo mientras buscaba su caja de madera.

Mientras tanto los soldados restantes se enfrentaban a Andy en un combate cuerpo a cuerpo, pero no tenían nada que hacer en contra de Andy que se defendía con una maestría perfecta. Uno de los soldados lanzó una patada frontal, Andy solo dio un pequeño paso hacia un lado y respondió con un golpe mortal en la garganta usando el filo de su mano; el siguiente soldado lanzó un puñetazo de frente pero Andy lo esquivó fácilmente y contraatacó con un codazo en la sien del soldado, cayendo en el suelo sin vida, todos los demás veían incrédulos como Andy se había hecho paso hasta ellos sin ningún problema, estaban completamente paralizados, excepto Román, que a pesar de que seguía en el suelo no se daba por vencido...

- ¡MALDITA SEA! a que estáis esperando, ¡CORRED! - gritó desesperado Román mientras seguía buscando la caja que contenía la cruz de Longinos.

Scott reaccionó ante los gritos de su superior y comenzó a presionar a los chicos y a Henry para comenzar a moverse. Andy se acercaba lentamente y estaba solo a unos cuantos pasos de Román, por fortuna este encontró la caja y la abrió de inmediato...

- ¡Ahora verás maldito demonio, tengo un pequeño regalo para ti... ¡TOMA ESTO! -

Román se levantó rápidamente y puso la cruz en frente de la cara de Andy, a tan solo unos cuantos centímetros de ella, Scott, Henry y los chicos que estaban en la entrada de la Torre pararon al ver que Román había conseguido sacar la cruz a tiempo, todos estaban expectantes a ver que estaba a punto de pasar. Andy miró la cruz que tenía en frente suyo, con su mano derecha tocó la punta superior de la cruz y la bajó para ver la cara de Román, Andy miró los ojos de Román y simplemente dijo...

- No gracias, no soy creyente -

El corazón de Román se paralizó al ver que Andy no solo estaba en presencia de aquella cruz, sino que además la estaba tocando y nada había pasado. Andy en un movimiento rápido le arrebató la cruz y se la clavó directo en el corazón.

- ¡NOOOOOO! - Gritó Scott impotente al ver como su mentor moría ante sus ojos. Román caía lentamente de rodillas mientras seguía mirando directamente los ojos de Andy, la mirada era recíproca, Andy le miraba mientras caía al suelo sin sentir absolutamente nada, para él era solo uno menos antes de alcanzar su objetivo.

Scott no tenía tiempo para lamentaciones, él era un soldado y aún estaban en guerra, así que siguió con su objetivo...

- ¡Vamos corred! Tenemos que seguir -

Los chicos y Henry miraron a Scott con lástima, pero sabían que él tenía razón, la lucha aún no acababa, y ellos tenían que seguir corriendo. Ava encabezaba el grupo, seguida por Mike, Henry y Scott en la retaguardia, mientras corrían Scott les daba instrucciones acerca del plan B, un plan que había elaborado él mismo por temor a que nada funcionase en contra del diablo...

- Escuchadme, en el segundo piso de esta torre hay una puerta que lleva a un puente que conecta a la torre oeste del castillo, bajo esa torre hay un coche deportivo con las llaves puestas y una dirección preestablecida en el GPS esta dirección lleva hacia al aeropuerto donde habéis llegado hoy, en ese aeropuerto está el avión listo con personal esperando por nosotros para despegar cuanto antes, así que pase lo que pase debemos asegurarnos de que Ava suba a ese avión, ¿me habéis entendido? -

- ¡Sí! - todos respondieron al unísono excepto Ava, que aún seguía sin creer que aquello estaba pasando por su culpa, pero ahora no debía mortificarse por las atrocidades que estaba cometiendo su chico, ahora lo único que importaba era asegurarse que aquellas muertes no hayan sido en vano.

Scott seguía hablando…

- Satán solo tiene hasta hoy para cumplir su objetivo, si conseguimos evitar que llegue a Ava antes del amanecer habremos ganado -

En aquella torre cada vez que llegaban a un piso debían atravesar una habitación e ir hacia las escaleras que estaban al otro lado para subir al siguiente piso, y tal como había dicho Scott en el segundo piso había una puerta que estaba cerrada, Ava fue la primera en llegar allí y lógicamente trató de abrirla, pero aquella puerta tenía el cerrojo puesto. Ava desesperada trataba de abrir la puerta, pero todo era inútil…

- Maldición- exclamó el profesor Bianchi - ¿Y ahora que hacemos Scott? No podemos abrir la puerta y si seguimos subiendo estaremos atrapados -

Scott sacó su pistola automática y se la arrojó al profesor, este la atrapó en el aire sorprendido

- Volad la cerradura, yo me encargaré de daros algún tiempo extra - Scott dio media vuelta y comenzó a descender por las escaleras, Ava reaccionó…

- ¡Scott espera! No lo hagas-

- me temo que es la única posibilidad que tenemos de salir de esta -

- pero tiene que haber otra solución, por favor no lo hagas... te lo suplico -

Henry y Mike quedaron sorprendidos con la reacción de Ava, a pesar de que la situación lo ameritaba la forma de suplicar de Ava era muy especial, tanto que incluso Mike en el fondo se sintió celoso, pero Ava simplemente no quería ser responsable de la muerte de otro inocente

- no te preocupes por mi Ava, tu solo ocúpate de llegar a ese avión... y no olvides nunca de parte de quien estas - Scott sonrió, dio media vuelta y comenzó a descender las escaleras para hacer frente a Andy.

Andy llegó al segundo piso, caminando sin prisas, y en el centro de aquel piso estaba Scott esperándole, Andy le miró y sonrió...

- Hola Scott, me alegra ver que has llegado puntual a nuestro encuentro -

Scott empuñó su catana que aún estaba en su espalda, y la sacó lentamente...

- si crees que puedes ver el futuro sabrás lo que viene a continuación, ¿verdad? -

Andy le miró fijamente a los ojos mientras sonreía, y le respondió...

- Si, ahora es cuando tú mueres -

Scott se puso en posición de combate con su espada mientras seguía con sus ojos fijos en los ojos de Andy...

- eso ya lo veremos - Scott se lanza al ataque con su espada.

Scott había practicado artes marciales extremas cuando era un niño, y la exhibición con espada era una de sus favoritas, lo cual lo convertía en un guerrero a temer con la espada por su gran rapidez y agilidad. Él se arrojó de frente a Andy y lanzó varios ataques con la espada acompañado de patadas que lanzaba mientras giraba sobre sí mismo; Andy esquivaba cada uno de sus ataques con éxito, pero hasta el momento era el único que le estaba ofreciendo un verdadero espectáculo, Scott no se rendía y seguía con su ataque, más rápido, más violento, haciendo que Andy comenzara a retroceder, entonces Scott vio una oportunidad y dio un par de vueltas en el aire como si de un bailarín profesional se tratase, primero extendió la espada para alcanzar a su blanco pero este se agachó para esquivarla, inmediatamente Scott lanza una patada con su pie izquierdo, patada que Andy bloquea con sus brazos, y es entonces cuando en un alarde de agilidad Scott lanza al mismo tiempo otra patada con su pie derecho, dándole de lleno a Andy en el pecho tirándole hacia atrás. Scott había conseguido lo que las balas no habían hecho hasta entonces, golpear el cuerpo de Andy, Scott estaba complacido, pero tenía en cuenta que solo era una pequeña victoria en una guerra que de antemano sabía que no iba a ganar, Andy estaba impresionado con él, había recibido un golpe, pero no era suficiente como para hacerle perder su confianza en sí mismo...

- realmente me sorprendes Scott, pero me temo que si quieres detenerme tendrás que hacerlo mucho mejor -

Scott sonrió...

- tranquilo, solo estoy calentando -

Scott volvió al ataque, sabía que si quería volver a sorprenderle debía ser más rápido, más impredecible, y eso solo podía lograrlo con las acrobacias que solía hacer de niño, las acrobacias acompañadas de la espada son una combinación letal, Scott saltó nuevamente para contraatacar en el aire, pero esta vez Andy se adelantó y saltó igualmente lanzándole una patada, arrojando a Scott un par de metros atrás, Scott desde el suelo miró a Andy, Andy sonreía...

- Vamos, a un estoy esperando a ver lo que sabes hacer -

Aquello le dolió más a Scott que la patada, se sintió tan herido en su orgullo que perdió el control y se lanzó al ataque con todas sus fuerzas en un solo ataque con su espada, corrió hacia Andy y levantó su espada con intensión de cortar a Andy en dos de arriba abajo, Scott gritó con todas sus fuerzas y bajó la espada con rapidez, pero cuando estaba a punto de tocar la frente de Andy, este detiene la espada usando tan solo su mano. Scott seguía fuera de control y seguía haciendo fuerza tratando de atravesar la mano de Andy, pero la espada no se movía ni un milímetro, Scott miraba fijamente los ojos de Andy, Andy tenía un semblante serio, se estaba tomando aquella pelea en serio, de repente Andy hace un pequeño gesto de dolor, Scott reconoció ese gesto y miró su espada, y vio como por ella bajaba la sangre de Andy que salía de su mano. Scott no podía creérselo, su corazón se llenó de un aire que lo hacía sentirse invencible, capaz de cualquier cosa, se sentía el hombre más feliz del mundo mientras veía aquella sangre correr por su espada...

- estás sangrando... ¡ESTÁ SANGRANDO! - gritaba Scott para que todos aquellos que aún estaban vivíos y cerca le escucharan

Andy reaccionó y soltó la espada, haciendo que Scott perdiera el equilibrio y se fuera de frente, Andy en un movimiento rápido se hizo detrás de Scott, sujetó su cabeza desde atrás y la giró con fuerza, rompiendo el cuello de Scott, matándole en el acto. Scott caía de rodillas para enseguida derrumbarse por completo en el suelo mientras Andy veía como caía.

Después de aquello Andy ya no estaba tan seguro de sí mismo, aquel hombre que yacía en el suelo no solo fue capaz de golpearle, también le hizo sangrar; Andy sabía que algo no iba bien para él, había usado mucho poder desde que había llegado a ese lugar, y dado los últimos acontecimientos era más que obvio que estaba perdiendo todo su poder, Andy estaba tan absorbido en sus pensamientos mirando como la palma de su mano sangraba que no se había percatado que al otro lado de la habitación estaban el profesor Bianchi y Mike mirando aquella escena, Andy reaccionó y vio como le miraban sorprendidos, Mike señaló la palma de Andy...

- Scott tenía razón, está sangrando, está perdiendo su poder -

Andy no pudo disimular sus nervios al escuchar aquellas palabras de Mike, pero no podía rendirse ahora que había llegado tan lejos, solo quedaban ellos dos en su camino hacia Ava, y no les iba a dar el gusto de verle retroceder...

- No te equivoques Mike, aún me quedan fuerzas suficientes para deshacerme de vosotros dos sin ningún problema - dijo Andy mientras comenzaba a caminar hacia ellos.

El profesor Bianchi aún empuñaba la pistola que le había dejado Scott, así que no dudó ni un segundo en apuntarle con ella...

- Détente satán, no me obligues a matar al huésped que albergas, Andy es un buen chico que no merece morir de esta manera... pero si me obligas, no dudaré en hacerlo -

Mike estaba paralizado, veía como tanto Andy como Henry estaban dispuestos a todo para alcanzar sus planes, Andy miraba fijamente los ojos de Henry y Henry no vacilaba en devolverle la mirada, Andy solo sonrió y le dijo...

- ¿Así? Pues trata de detenerme -

Andy dio un paso adelante y al mismo tiempo Henry disparó, Andy levantó su mano y gritó...

- ¡NOOO! –

Andy quiso detener la bala en el aire como había hecho hasta entonces, pero esta vez su truco no funcionó; la bala siguió su rumbo e impactó en su pecho, haciéndole retroceder un par de pasos mientras veía aquella herida de bala en su cuerpo. Henry vio su oportunidad y siguió disparando hasta seis veces más; cada bala acertando en el cuerpo de Andy; él seguía en pie, pero comenzaba a tambalearse, las balas habían acertado de lleno y este comenzaba a sangrar por cada herida de bala recibida, Andy comenzó a perder el equilibrio y se dirigió a una de las paredes que tenía a su derecha, una pared con ventanas que dejaban pasar la luz de la luna llena, Andy apoyó su espalda a esta pared y lentamente iba cayendo hasta quedar sentado en el suelo con sus piernas extendidas y su espalda aún a la pared, Henry y Mike se acercaron con precaución hasta estar en frente de Andy, no sabían si aquello era real pero por lo que sus ojos veían, Andy había recibido una herida mortal que le estaba matando... su final era inevitable.

# CAPÍTULO VEINTE
# El Gran Final

Andy seguía en el suelo con su espalda y cabeza apoyados contra la pared, respiraba cada vez más con dificultad mientras su boca se llenaba de sangre; Ava entró en la habitación y se sintió morir al verle moribundo en el suelo...

- ¡Oh no Andy! - Ava corrió a su encuentro, pero Mike se lo impidió

- ¡Ava que estás haciendo aquí, te dijimos que te fueras, tú deberías estar de camino al aeropuerto! -

- ¡Mike suéltame! Tengo que estar con él, se está muriendo, tenemos que hacer algo ¡por favor! -

Mike seguía forcejeando con ella impidiendo que estuviera cerca de Andy, Henry quiso intervenir también...

- Ava, tú no deberías de ver esto, tienes que entender que el hombre que está ahí tirado en el suelo no es tu querido Andy, es un monstruo que no dudó en matar a todos aquellos que quisieron impedir sus planes, piensa en todos los soldados que murieron hoy por protegerte y que él mató sin piedad alguna -

Ava escuchando a Henry se percató que Scott estaba tirado en el suelo sin vida, un buen hombre que murió por darle una oportunidad de escapar, y no solo él, Henry tenía razón al mencionar a todos aquellos soldados que habían muerto esa noche, Henry seguía hablando...

- Siento mucho que las cosas hayan acabado de esta manera, pero al menos piensa que ya todo terminó, ya no tienes por qué correr o esconderte... ganamos Ava, nosotros vencimos a Satán, ya verás que el mundo en el que vivimos será un lugar mucho mejor desde ahora -

Ava solo miraba a Henry sin decir nada, ya no luchaba en contra de Mike, ella sabía que tenían razón, pero aun así era inevitable no sentirse mal al perder al amor de su vida de aquella manera, ella había construido todo su mundo alrededor de Andy y ahora sin él ya no sabía que sería de ella...

- Os equivocáis -

Todos miraron a Andy mientras sentían como sus corazones se paraban por un segundo, Henry fue el único con el valor suficiente para hablar...

- ¿Qué has dicho? -

Andy tenía los ojos cerrados, pero seguía hablando, aunque con un poco de dificultad...

- He dicho que estáis equivocados - Andy sonrió

– Pobres mortales, ¿de verdad pensáis que si yo dejase de existir el mundo sería un lugar mejor? Jaa - Andy hizo una mueca de burla y abrió los ojos

- Pues lamento decepcionaros, pero incluso si eso llegase a pasar el mundo no cambiaría en absoluto, todo lo malo que pasa en este planeta no está causado por un solo ente, es solo la suma de todos aquellos mortales que saben que hacen el mal y más sin embargo no les importa, sois buenos o malos porque vosotros mismos elegís lo que queréis ser, no porque yo decida quién es malo y quien no -

Todos escuchaban las palabras de Andy sin decir nada, Henry fue el único que quiso replicar...

- Tal vez tengas razón y después de tu muerte nada cambie, pero aun así el mundo seguirá siendo solo para los seres humanos, sin otras entidades que quieran intervenir para cambiar nuestro mundo... y después de esta noche nosotros hemos demostrado que somos capaces de hacer lo imposible, si hemos sido capaz de vencerte seremos capaz de cualquier cosa –

Andy cerró los ojos y volvió a sonreír...

- Creo que no has escuchado lo primero que he dicho -

Henry y los demás estaban desconcertados

- ¿A qué te refieres? - preguntó Henry

Andy abrió los ojos y miró fijamente los ojos de Henry...

- Cuando dije que estabais equivocados... me refería a cuando dijiste que habías ganado, que me habías vencido - Andy volvió a sonreír

– Esto aún no ha acabado para vosotros -

Henry aún tenía la pistola de Scott en su mano, al oír esto rápidamente apunto a Andy a la cabeza, Andy solo miraba a los ojos del profesor...

- Puedes hacer con este cuerpo todo lo que quieras, da igual, no lo necesito más, gracias a él he pasado el suficiente tiempo en este mundo para saber cómo entrar aquí con mi verdadero cuerpo -

Todos se sorprendieron al oír esto, en especial Henry, que había pensado que ya todo había acabado, y de repente la peor de sus pesadillas se quedaba corta con lo que se le avecinaba, Andy seguía hablando...

- Así que podéis estar orgullosos de vosotros mismos, porque vais a ser los primeros en toda la historia... ¡en ver el verdadero rostro del diablo! -

Andy abrió la boca y de esta comenzó a salir un humo negro, el mismo que había salido de su cuerpo cuando fue poseído en su apartamento, y al igual que entonces, este humo comenzaba a salir por su nariz, sus ojos, sus oídos e incluso por las heridas de bala. Mike reaccionó, sujetó la mano de Ava y la llevó arrastras hasta la puerta que llevaba a la otra torre...

- ¡Ava tienes que irte, sigue con el plan de Scott, ve hasta el aeropuerto y pase lo que pase sube a ese avión! -

- espera Mike, ¿es que acaso tú no te vienes conmigo? -

- No, Henry y yo nos quedaremos para ganar algo de tiempo, así que esta vez prométeme que te iras lo más rápido posible y no pararas hasta llegar ese avión -

Ava sentía un nudo en el estómago al ver que Mike estaba dispuesto a sacrificarse por ella, ella le miraba de una forma en la que no le había mirado antes, Ava acaricio su rostro con su mano y lo miraba con tristeza al pensar que aquella podría ser la última vez que le viese con vida...

- ...Mike -

- Prométemelo -

- Está bien, te lo prometo -

- Ahora vete, no hay que perder más tiempo, ve -

Ava le miró y por primera vez le dio una sonrisa sincera, incluso con algo de amor, Mike sonrió igualmente, sabía que algo había cambiado dentro de ella, y aquello era suficiente para él para morir feliz por ella. Ava le dio la espalda y comenzó a correr con todas sus fuerzas hasta la otra torre del castillo, Mike la veía alejarse y sabía que aquella era tal vez la última imagen que guardaría de Ava, pero ahora eso no importaba, ahora su única misión era el de hacer frente al diablo y darle a Ava una oportunidad de salvarse.

Mike volvió a la habitación donde estaba Andy, al lado de él estaba Henry que no se había movido desde que Andy comenzó a expulsar aquel humo, Mike se acercó y se hizo al lado del profesor Bianchi, Henry no apartaba la mirada de Andy, incluso viendo con el rabillo de su ojo que Mike había vuelto, él seguía enfocado en Andy, pero aun así quería darle unas últimas palabras a su más formidable alumno...

- Pensé que habías escapado con Ava para ponerla a salvo -

Mike también miraba fijamente aquel espectáculo mientras respondía...

- si queremos darle una oportunidad a Ava tenemos que enfrentarnos a satán juntos, tal vez no podamos vencerle, pero al menos lo retrasaremos lo suficiente para que Ava pueda escapar -

- Sabías que si te quedabas ya no saldrías de aquí con vida, y aun así has decidido quedarte para luchar... eres un hombre muy valiente Michael Jones, y para mí será un verdadero placer luchar en contra del mal a tu lado -

Henry miró a Mike mientras este le devolvía la mirada...

- Lo mismo digo Profesor Bianchi –

Ava había llegado al otro lado de la torre, la puerta estaba abierta y comenzó a descender por las escaleras hasta llegar a un garaje que había en el entresuelo de la torre, allí solo había un coche deportivo, un Lamborghini Aventador rojo con las llaves puestas, Ava entró en el coche y vio en el GPS una ruta ya programada tal y como había dicho Scott, por suerte para Ava una de las aficiones favoritas de Andy era pasar algunas tardes conduciendo súper coches en circuitos especiales donde podías pagar para obtener aquella experiencia, afición que Andy compartía con Ava y que ella aprendió amar gracias a él, así que para ella no fue ningún problema encender el coche y salir de allí conduciendo lo más rápido que podía con rumbo al aeropuerto.

Andy seguía expulsando aquel humo que se iba convirtiendo en una nube que flotaba por encima de él, y a medida que expulsaba aquel humo su cuerpo se iba consumiendo más y más, cada vez era más piel y hueso que se iba secando, hasta convertirse por completo en ceniza que se iba desmoronando poco a poco. Henry y Mike contemplaban con horror como el cuerpo de Andy iba quedando reducido a solo un montón de cenizas en el suelo mientras aquella nube de humo que seguía en la habitación estaba haciendo algo desde su interior, parecía como un ser vivo que iba tomando forma. Mike solo podía pensar en la clase de bestia que saldría de allí... "el verdadero rostro del diablo"; recordaba aquel dibujo que había visto del diablo en casa del profesor Bianchi y el solo hecho de pensar que tenía que enfrentarse a esa criatura le dejaba helado. De repente desde el centro de aquella nube una luz blanca pura salía iluminando todo el lugar, era una luz muy brillante pero que más sin embargo no era una luz cegadora, no era una luz que molestara en absoluto a los ojos, desde el centro de aquella nube la luz se iba abriendo camino hasta hacer desaparecer a la propia nube. De aquella luz una silueta comenzaba a cobrar forma humana mientras la luz blanca empezaba a perder fuerza, revelando más detalles de aquella forma que había salido de la luz y que estaba flotando en el aire.

Mike y Henry comenzaron a ver que aquel ser tenía una ropa que no habían visto antes, era una especie de túnica hecha con hilos de plata que cubría todo el cuerpo, era un ropaje que incluso era demasiado para el monarca más poderoso de la tierra, porque aquello solo podía llevarlo un ser divino; a medida que subían la vista veían que aquel ser tenía unas alas de luz, el color de aquellas alas era un color que no habían visto antes, pero la mejor forma de describir aquel color era de pensar en un color magenta claro brillante, cada milímetro de aquel ser era un espectáculo para la vista, hacía que todos los mortales que estaban delante de él se sintieran insignificantes, Henry y Mike estaban tan absortos mirando con atención cada detalle de aquel ser que se olvidaron por un instante mirar lo más importante... la cara del diablo, cosa que los dejó sin habla en cuanto pusieron sus ojos en el rostro de este ser, sus ojos estaban cerrados pero podían ver muy bien su rostro; Mike tenía la boca abierta mientras que el profesor estaba tan confundido que no podía asimilar lo que estaba pasando...

- No... puede ser - decía una y otra vez Mike

- ¡No puede ser! A... ¿Andy? -

La cara del diablo seguía siendo la cara de Andy, Andy era un hombre muy atractivo con unos rasgos casi perfectos, pero aquel ser tenía la versión perfecta de la cara de Andy, parecía una versión hecha en computador de la cara de Andy donde resaltaba lo mejor y eliminando cualquier imperfección que pudiese existir, haciendo que aquel fuese el hombre más apuesto que jamás hayan visto, y estaban seguros de que era incluso el más apuesto de todos los hombres con diferencia, Luzbel descendió hasta el suelo y abrió sus ojos, el iris de sus ojos ya no eran negros, o azules como solían ser, ahora eran de color plata, dándole aún más un aspecto divino. Mike y Henry no sentían temor al estar en frente de este ser, para ellos verle era un espectáculo incomparable, pero no podían evitar el estar confundidos al ver que seguía teniendo la forma de Andy, Luzbel sonrió, y les habló...

- Entiendo que estéis confundidos al ver mi verdadero rostro y ver que sigue siendo el rostro de vuestro amigo Andy, pero una cosa que tenéis que saber es que Andy nunca fue concebido para ser una persona común y corriente, en todo este tiempo ha existido con un solo propósito, y es el de servirme como vehículo para entrar en este mundo; así que en todo este tiempo yo he sido siempre Andy -

Mike no lo podía creer, sabía que no podía ser así, él conocía muy bien a su amigo y definitivamente ese ser de los últimos días no era para nada Andy...

- ¡Mientes!, Andy nunca fue parte de tus planes hasta que fue víctima de aquel ritual con los Nova Lumen, gracias a ellos pudiste poseer su cuerpo, pero esa es la única conexión que te une a él y nada más -

Luzbel miraba fijamente los ojos de Mike y sonrió...

- Si eso es así entonces dime una cosa Mike, ¿Cómo es posible que yo, un ser que ha visto la creación del tiempo y del espacio comparta la misma cara que tu amigo? -

Mike no tenía respuesta para eso por mucho que intentase pensar en ello, Luzbel seguía hablando...

- La verdad es que Andy fue una creación mía, lo hice desde una dimensión diferente a esta dimensión, en la cual creé una célula humana con parte de mi información para luego ser insertada en una mujer a la que posteriormente se convertiría en la madre de mi creación... Andy, fue una creación hecha por mí y para mí... a mi imagen y semejanza -

Aquella explicación les escandalizó, pero al mismo tiempo solo generaba más preguntas en la mente de Mike, y entre todas esas preguntas solo una le venía repetidamente...

- No lo entiendo, entonces si eres capaz de crear vida y tener tu propio cuerpo terrestre... ¿para qué necesitas a Ava? ¿Cuál es el sentido de toda esa persecución si puedes estar en este planeta con tu propio cuerpo material? -

Luzbel miró fijamente los ojos de Mike y sonrió, sabía que esa era una buena pregunta y él no tenía ningún problema en responderle...

- Para mí no representaría ningún problema volver empezar, crear un nuevo cuerpo usando alguna mujer y tener la misma apariencia que tenía antes, pero a pesar de ser una creación mía y de poder controlarla a mi antojo yo sigo sin ser parte de este mundo, por lo cual mi poder se ve reducido considerablemente al estar dentro de un cuerpo terrestre -

El profesor Bianchi y Mike no dijeron nada, pero ambos tuvieron el mismo pensamiento a la vez... (si después de todo lo que hemos visto hasta ahora ha sido solo una versión reducida de su poder... ¿Cuál será el alcance de su verdadero poder? ¿qué será de nosotros ahora que está aquí con su verdadera forma?) Luzbel seguía hablando...

- Por este motivo estar siempre dentro de un cuerpo humano no es una opción para mí, es algo que me debilita, limita mi percepción y me convierte en un blanco fácil para los otros seres de mi mundo ... pero, si en vez de ser yo el que está siempre en este planeta es alguien hecho de mi propia energía, cuidando de mis propios intereses como si fueran los suyos propios... esto resolvería mis problemas sin tener que estar presente aquí en todo momento -

Mike tenía una última pregunta...

- ¿Y Ava? ¿Porque ella? -

Luzbel recordaba la cara de la primera mujer en la creación, recordaba la cara de Ava y veía una gran semejanza, era prácticamente ver a la misma mujer más joven, no podía negar que sentía algo muy especial por aquellas mujeres, así que solo se limitó a responder...

- ¿Y por qué no? Ella es una mujer muy especial, y es perfecta en mi plan de recrear "el plan maestro de dios" para traer a este mundo a mi propio hijo - Luzbel soltó una carcajada

Henry no había dicho nada hasta entonces, pero al escuchar todo aquello una parte de él entró en coraje...

- ¡Blasfemia! Solo Dios es capaz de crear la vida tal y como lo conocemos, tu solo eres un insubordinado con delirios de grandeza... una creación hecha a tu imagen y semejanza, ¡Ja! pobre diablo -

Luzbel miró fijamente a los ojos de Henry, Luzbel solo sonreía mientras Henry veía como sus palabras no hacían el menor efecto en él...

- Muy bien, acabemos con esto -

Henry volvió levantar su pistola apuntando a la cabeza de Luzbel, apretó el gatillo y nada pasaba, Henry sabía que aún quedaban balas en el cargador, pero por más que apretaba el gatillo nada pasaba, Henry miraba la pistola y miraba los ojos de Luzbel, Luzbel le dijo...

- Ten cuidado profesor, recuerda que las armas las carga el diablo -

El profesor comenzó a bajar el arma lentamente mientras sentía como esta se iba calentando rápidamente en su mano, Henry quiso soltar el arma cuando esta explotó en su mano destrozándola por completo, el profesor Bianchi había perdido su mano mientras Mike veía impotente aquella escena de terror, Henry sentía un dolor agónico, quería gritar con todas sus fuerzas pero al mismo tiempo el dolor era tan grande que le formaba un nudo en la garganta que no le dejaba gritar, ni siquiera respirar. Luzbel volvió a mirar fijamente al profesor y una ráfaga de viento proveniente de Luzbel arrojó a Henry contra la pared, este sufrió un golpe muy grande en la cabeza y cayó inmóvil en el suelo, Mike sabía que no tenía nada que hacer en contra de Luzbel, él solo veía como el profesor estaba tirado en el suelo y sabía que ahora era su turno. Mike se giró para ver la cara de Luzbel y este estaba mirándole fijamente, Mike estaba paralizado, toda su vida pasaba por sus ojos y no podía creer que aquel era el final, Luzbel le habló…

- Aún siento algo de simpatía por ti Mike, y en nombre de esa gran amistad que nos unía no te mataré, al menos no de momento, así que por una vez se listo y aprovecha esta oportunidad que te estoy dando -

Luzbel le ignoró y se giró para mirar la pared que tenía en frente de él, sus ojos se iluminaron y la pared voló en miles de pedazos a varios metros de allí, Luzbel se acercó al enorme agujero que había creado y miraba hacia la carretera, y como si de un halcón se tratase empezaba a mirar más y más en la distancia hasta encontrar el coche rojo que Ava estaba conduciendo, Luzbel extendió sus alas de luz y saltó de la torre, caía en picado hacia el suelo y a unos cuantos metros de distancia sus alas se desplegaron haciéndole volar por los aires a una gran velocidad dejando a su paso solo unos pequeños destellos.

Mike no podía creérselo, aún estaba vivo, pero Luzbel iba a por Ava y no tenía ni la más remota idea de cómo detenerle...

- ¡Mierda! Andy con poderes ya era una pesadilla y ahora con el diablo en su verdadera forma... es imposible poder derrotarle, lo que necesito es un milagro o una súper ar... un momento -

Una idea se iluminó dentro de la cabeza de Mike, así que bajó corriendo por las escaleras de la torre y volvió hasta donde estaba la iglesia destrozada por Andy, buscaba entre los restos el cuerpo de Román, en cuanto le vio salió corriendo hasta donde él; su cuerpo estaba boca abajo, Mike le dio la vuelta y vio la cruz de Longinos aun clavada en su cuerpo, Mike tomó aire, agarró la cruz y la arrancó del cuerpo de Román...

- No funcionó porque el cuerpo de Andy le protegía, pero ahora ya no hay nada que proteja a ese hijo de puta -

Mike puso la cruz atrás entre sus pantalones para que esta no se cayera y él pudiera sentirla en todo momento, salió rápidamente de la torre y vio un escenario post apocalíptico con cientos de muertos por todas partes y aquel imponente castillo semidestruido, Mike vio que en el suelo había una de las motos con las que habían llegados los soldados después del primer ataque de Andy, las llaves aún estaban puestas así que sin pensárselo tomó la moto y se dirigió a toda prisa al encuentro de Ava.

Ava seguía conduciendo a toda prisa y mirando constantemente el retrovisor para asegurarse que nadie la venia siguiendo, de pronto vio que una luz desde el cielo parecía seguirla, era una luz que se iba haciendo más grande poco a poco, Ava asustada tuvo un mal presentimiento y aceleró pisando a fondo el pedal, aquel coche parecía volar en la carretera, el corazón de Ava quería salirse de su pecho al ver lo rápido que iba conduciendo por aquella carretera sin pavimentar, pero el pensar que aquella luz podía ser el diablo persiguiéndola le daba el valor para continuar, ella seguía mirando por el retrovisor y veía como aquella luz se iba haciendo más pequeña, hasta que dejó de verla, Ava dejaba de mirar el retrovisor para girar la cabeza y mirar atrás, sin ver a nada ni nadie detrás de ella; de repente mientras ella miraba atrás, Luzbel aterrizó en frente de ella poniendo una de sus piernas en el capó del coche y la otra apoyada en el suelo, esto sacudió el coche he hizo que Ava se fuera para atrás y adelante en el asiento, Luzbel era arrastrado por el coche mientras su pie seguía en el capó del coche, hasta que abrió sus alas y sujetó con fuerza el coche con su pie, el coche se detuvo en seco e hizo que las ruedas traseras se elevaran  casi formando un ángulo de 90 grados desde el suelo, el airbag del auto saltó golpeando la cara de Ava dejándola aturdida mientras el coche caía en el suelo. Ava apenas tenía control de su cuerpo, pero sabía que tenía que salir de allí lo antes posible, así que abrió la puerta y cayó en el suelo mientras veía como alguien se acercaba a ella desde el frente del coche, ella se arrastraba en el suelo intentando levantarse desesperadamente, cuando por fin pudo levantarse para salir corriendo de allí tropezó con alguien y volvió a caer al suelo, Ava miró con quien había tropezado y no lo podía creer…

- ¿Andy? -

Luzbel estaba en frente de ella sonriendo como Andy solía hacerlo, él la ayudó a levantarse…

- ¿Ahora lo entiendes? Todo este tiempo siempre he sido yo, ya te amaba desde antes de que existieras, y he esperado pacientemente por ti durante miles de años solo para estar así contigo, sea porque creas en el destino o no, no importa, porque yo sé que tú estás hecha para mí, y yo estoy aquí para amarte por encima del tiempo -

Ava temblaba en frente de él, sus ojos se llenaban de lágrimas al ver la cara de su querido Andy y al escuchar todas esas palabras, ella tenía un mundo de contradicciones en su interior que no podía aclarar, Ava esquivaba su mirada mientras hablaba...

- No es justo, tu solo dices eso porque quieres utilizarme, te aprovechas de mis sentimientos para cumplir tus planes sin realmente importante lo que yo pueda sentir -

Luzbel puso su mano en la barbilla de Ava y la levantó gentilmente para que ella le mirase a los ojos...

- Mírame a los ojos Ava y dime si te estoy mintiendo, tú me conoces mejor que nadie y lo sabes, sabes que lo que digo es cierto... sé que me han tachado como el mal encarnado y el directo responsable de todas las desgracias del mundo, pero no me importa, doy gracias por cada error y cada acierto que he tenido durante mí existir, porque gracias a ello ahora puedo estar aquí en frente de ti para decirte que todo lo que soy y todo lo que tengo es tuyo, porque mi único plan es estar contigo, decirte que gracias a ti se lo que significa amar, soy un ser divino que se sintió tan pequeño al sentir todo el amor que me has dado, tú eres lo que yo más quiero, lo que más me importa, y si crees que te estoy mintiendo eres libre de darme la espalda y marcharte ahora mismo, te doy mi palabra que no te detendré... pero espero que no lo hagas porque de verdad que quiero estar contigo, para siempre -

El corazón de Ava latía deprisa con cada palabra de Luzbel, ella le miraba a los ojos y sabía que no le estaba mintiendo, ella estaba cansada de luchar, ¿por qué resistirse a algo que ella estaba deseando hacer?, ahora ella entendía que daba igual el nombre, Andy o Luzbel, ahora no importaba, ella acaba de darse cuenta de que aquel hombre en frente de ella era el amor de su vida, Ava sonrió y se acercó a él para besarle, Luzbel se acercó igualmente y la besó en los labios lentamente, mientras que con sus alas la envolvía iluminando todo el lugar…

- ¡AVAAA! -

Gritaba Mike desde la distancia acercándose rápidamente en la moto. Luzbel volvía a guardar sus alas mientras dejaba de besar a Ava para enfocarse en Mike…

- Me parece que ya no tengo ninguna simpatía por este hombre -

Luzbel dio un paso al frente, extendió su mano y la moto donde iba Mike paró en seco arrojándole por los aires, Luzbel le agarró del cuello con una mano mientras aún estaba en el aire, lo sujetaba sin ninguna dificultad mientras Mike estaba con sus piernas por encima del suelo…

- Te di una oportunidad para que te alejaras de aquí, y las has desaprovechado -

Mike sujetaba con una mano la mano de Luzbel mientras que con la otra la ponía en su espalda, Mike sonrió y hablaba con dificultad...

- Bueno, ya me conoces, soy un cabeza dura cuando me propongo algo -

Luzbel miró desconcertado a Mike porque sabía que estaba tramando algo, rápidamente Mike sacó la cruz y la puso en frente de Luzbel; la cruz salió disparada hacia el pecho de Luzbel como si tuviese una fuerza magnética muy poderosa, en cuanto tocó el pecho de Luzbel una descarga eléctrica sacudía su cuerpo. Luzbel gritó, cayó de rodillas y soltó a Mike mientras aquella cruz seguía torturándole.

Mike corrió hasta donde Ava que parecía hipnotizada mirando a Luzbel sin decir nada; Luzbel continuaba gritando mientras una corriente eléctrica golpeaba cada rincón de su cuerpo, era un dolor que ya había experimentado antes y le traían malos recuerdos, fue exactamente el mismo poder con el que el creador le había atacado usando su cetro, en aquella ocasión uno de sus súbditos le había ayudado, pero esta vez él estaba solo, así que tenía que hacer algo.

Aquella situación no tenía sentido para Luzbel, si Cristo fue solo un hombre ¿cómo era posible que aquella cruz tuviera tal poder? Luzbel tocaba la sangre seca de aquella cruz y solo una imagen venía a su cabeza...

- NO PUEDE SER... ¡Este poder viene del hijo del creador! ¿Pero cómo lo ha hecho? ¿Cómo ha conseguido estar en el cuerpo de Cristo sin que me diera cuenta? –

Ahora lo entendía, sabía que el hijo del creador había poseído a Cristo, para manipular su sangre y convertirla en un arma hacia el propio Luzbel, exactamente como lo había hecho sin que Luzbel o alguno de sus seguidores se diera cuenta era inexplicable. Aquella nueva información abrió un sinfín de preguntas en la mente de Luzbel, pero ahora no era el momento para profundizar en ellas, aquella arma era una amenaza para Luzbel y él tenía que contratacar. Reuniendo todas sus fuerzas Luzbel sujetó la cruz y comenzó a empujarla la cruz de su pecho, lentamente comenzó a separar la cruz de su cuerpo, comenzando con unos cuantos centímetros hasta alcanzar una distancia que le permitía tener sus brazos completamente extendidos, sujetaba aquella cruz con sus manos, la cruz de Longinos tenía una fuerza increíble, pero Luzbel se las había arreglado para despegarla de su cuerpo, Luzbel sonreía mientras hablaba...

- ¡Esta vez no podrás vencerme tan fácilmente! -

De repente del cielo se escuchan unas trompetas que resonaban por todas partes, Luzbel aún estaba de rodillas sujetando aquella cruz cuando vio como del cielo un portal de luz se abría dejando salir a cinco ángeles de alas de luz, Luzbel no se lo podía creer, hasta ese momento él pensaba que era el único ángel con unas alas de luz, pero aquellos ángeles le rodeaban con unas alas de color cian claro brillante. Un ángel sujetó la mano derecha de Luzbel, otro su mano izquierda, otro se hizo detrás de él y sujeto su cabeza, los otros dos también detrás sujetando sus piernas, una vez que habían tomado posiciones los ángeles que estaban sujetando sus manos abrieron sus brazos haciendo que la cruz se volviese a pegar con fuerza en el pecho de Luzbel, nuevamente una descarga de electricidad recorría todo el cuerpo de Luzbel, él gritaba desesperadamente…

- ¡SOLTADME, MALDITOS! ¡SOLTADME! -

Los ángeles de luz le seguían sujetando con fuerza mientras la cruz continuaba sobrecargando su cuerpo, el cuerpo de Luzbel brillaba con más fuerza y él ya no podía gritar más fuerte aunque quisiera, su cuerpo iluminó todo el lugar dejándolo todo más claro que la luz del día, su cuerpo no pudo aguantarlo más y explotó en una lluvia de luz que se disipaba por doquier, del cuerpo de Luzbel solo quedaban chispas que se iban atenuando hasta desaparecer, los ángeles de luz se incorporaron y miraron a Mike, Mike les miraba asustado sin saber exactamente qué había pasado, los ángeles le sonrieron y volvieron volando al portal de donde habían salido, aquel portal dejó de brillar dejando aparecer la oscuridad de la noche nuevamente, Ava reaccionó, cayó de rodillas y comenzó a llorar,

Mike se arrodilló cerca de ella y la abrazó tratando de consolarla…

  - Ya está, ya todo acabo -

# Más Allá del Ángel Caído

3 años después – Castillo de Sforza…

- Nuevo ataque de Estados unidos y la colisión dejan al menos 124 víctimas, entre ellos 30 niños, todos ellos fallecieron en un bombardeo aéreo de la coalición internacional liderada por Estados Unidos sobre la localidad de Al Shadadi, en el sur de la provincia de Al Hasaka, El Observatorio ha denunciado repetidamente las "masacres" por parte de los aviones de la coalición, que bombardea zonas donde tienen presencia los yihadistas pero, que en la gran mayoría de las ocasiones, provoca solo víctimas civiles-

- Qué horror, Mike quieres apagar la tele por favor - dijo Ava que estaba sentada en una cama viendo televisión con Mike, Mike se levantó y apagó la tele, Ava seguía hablando…

- Él tenía razón, incluso después de su desaparición el mundo parece ir de mal a peor, y esta vez no tenemos a nadie a quien culpar, nosotros somos los únicos responsables -

- Lo sé, los seres humanos aún estamos dominados por nuestra naturaleza salvaje, pero no pierdo la fe en que pronto sabremos lo que debemos hacer para convivir los unos con los otros en paz y armonía -

Ava miraba fijamente a Mike...

- ¿alguna vez te has puesto a pensar que hubiese pasado si él hubiese ganado? No sé... ¿de verdad crees que el mundo sería peor que esto? -

Mike no se sintió sorprendido con aquella pregunta, pues es algo que incluso él mismo había pensado un par de veces...

- mentiría si te dijera que nunca me he planteado esa situación, pero a pesar de que tal vez sea ilógico o irracional, si estamos viviendo un infierno en la tierra me alegra saber que es porque nosotros mismos lo hemos elegido, y no porque alguien nos lo haya impuesto -

Ava sonrió y parecía entender el punto de Mike, pero él seguía hablando...

- además, si él hubiese ganado, eso significaría que este pequeño no tendría ninguna elección además de liderar la mayor fuerza satánica jamás vista -

Mike ponía los ojos en él bebé recién nacido que tenía Ava en su regazo...

- Me alegra saber que él tiene un mundo de posibilidades para elegir -

Alguien toca la puerta...

- Hola parejita, lamento interrumpir, pero el consejo acaba de llegar y tenemos que ir ahora mismo Mike - dijo el profesor Bianchi

Mike solo suspiró…

- Vaya, no me dejan ni un momento tranquilo -

Ava sonrió…

- eso es lo que pasa cuando derrotas al príncipe de las tinieblas, que te conviertes en una estrella dentro de Los Bellatores Dei -

Mike sonrió, besó la frente del bebé y luego besó los labios de Ava…

- vuelvo enseguida -

Henry señaló con la prótesis de su mano una foto que había en una mesa cerca de la puerta…

- Me encanta esa foto, es muy buena -

Mike sujetó la foto a la que se refería Henry y veía que era la foto de su boda con Ava…

- sí, a mí también me encanta -

Mike desde la puerta miraba a su querida esposa con su hijo, y se sentía el hombre más afortunado del mundo…

- cuida bien de nuestro pequeño -

Ava sonrió y Mike dejó la habitación.

Él bebé estaba dormido, Ava lo miraba con mucho amor y solo repetía…

- sí, nuestro pequeño -

El bebé comenzaba a moverse e iba abriendo sus ojos, unos ojos negros al igual que los de su padre, Ava sonreía al bebé que la miraba fijamente y ella decía lo mismo...

- nuestro pequeño -

Ava miraba fijamente los ojos del bebé y a su memoria venia aquel momento hace 3 años cuando estaba en el camino del castillo con Luzbel, miraba los ojos del bebé y recordaba aquel momento cuando se acercaba lentamente a los labios de Luzbel. La mirada de Ava se enfocaba en uno de los ojos del bebé y recordaba lo que había dicho Mike una vez...

- (él es un ser que ha existido antes del tiempo y el espacio, un ser que no le afectan nuestras leyes y que las conoce también que incluso puede jugar con ellas a su antojo) -

Ella seguía mirando bajo del iris del ojo de su hijo para ver una pequeña marca; una cruz invertida...

- Nuestro pequeño -

Ava cerró los ojos y recordaba todo lo pasado en aquel beso, como todo el lugar se iluminaba y la transportaba a otra dimensión, recordaba como él la besaba sin parar más y más, como le decía que la amaba al oído mientras le quitaba la ropa, como él recorría todo su cuerpo desnudo con sus labios, como besaba sus pechos, como acariciaba con sus manos los rincones más excitantes de su cuerpo, como él se ponía encima de ella y la penetraba lentamente mientras ella sentía un placer intenso que no había experimentado antes, de como hacían el amor durante horas cambiando a diferentes posiciones y a diferentes ritmos hasta estallar en el orgasmo más intenso que jamás había experimentado. Y después de aquello Ava recordaba cómo se habían quedado abrazados flotando en un espacio en blanco donde ella se sentía estar acostada en la nube más cálida y cómoda del mundo, él solo la besaba lentamente y le decía una y otra vez cuanto la amaba, ella se moría de amor por él...

- Quiero estar siempre contigo y ser la madre de tus hijos -

Luzbel sonrió...

- Ya lo eres -

Ava se sorprendió, pero solo la idea de pensar que estaba embarazada de él la hacía muy feliz...

- ¿En serio? ¿estás seguro de ello? -

Luzbel seguía sonriendo, y puso su mano en el vientre de Ava...

- Este bebé es parte mía, y al igual que yo tiene un gran poder, aún no se ha formado, pero ya sabe cuál es su misión y lo que mejor le conviene, por eso solo nacerá cuando no haya ninguna sospecha de él y pueda vivir tranquilo sin correr ningún peligro -

Ava sonreía feliz...

- No puedo esperar a tenerlo entre mis brazos -

- Tendrás que esperar un poco para ello, pero cuando el momento llegue seremos los padres más felices del mundo -

Ava miró fijamente a Luzbel...

- Prométeme que siempre estarás cerca de nosotros -

Luzbel miraba con amor los ojos de Ava y no podía parar de sonreír...

- Te lo prometo -

Ellos volvieron a besarse, Luzbel rodeó a Ava con sus alas de luz e hizo que apareciera su ropa, seguido de llevarla devuelta al camino del castillo, donde Mike los interrumpiría en su moto.

Ava abrió los ojos y besa la frente de su bebé...

- Nuestro pequeño -

Todo dentro de aquel castillo marchaba con normalidad y nadie se había percatado que justo encima de la habitación de Ava había una silueta de un hombre vestido con un traje negro, un hombre con los ojos cerrados, al que en sus pensamientos se podían escuchar...

Mi nombre es Luzbel, y no soy quién para decirte en que o en quien debes de creer, pero pronto, gracias a mi hijo todos sabrán la verdad; mi verdad. Y tú... ¿estás preparado para ello?

Andy abre los ojos dejando ver el color negro de sus ojos... él solo sonríe.

# J.C. Ramírez

Juan Carlos Ramírez Sánchez, nació en Medellín - Colombia, lugar donde vivió por 16 años, después se mudaría a Elche - España, ciudad en la que viviría por 14 años, para luego mudarse a Inglaterra, lugar donde actualmente reside. Desde siempre ha sentido un gran interés por todo tipo de leyendas y teorías conspiratorias, esto sumado a un sueño en su adolescencia dieron como resultado esta obra.

Para más información sobre el autor visita

www.bellatorespublishing.com

Printed in Great Britain
by Amazon

36970233R00223